恋爱中的骗子

〔美〕理查德·耶茨　著

衷宁　译

RICHARD YATES

LIARS IN LOVE

上海译文出版社

献给索尼娅·伊丽莎白·莱文

目录

※

※ 唉，约瑟夫，我太累了

※

当富兰克林·罗斯福成为候任总统时，全美国的雕塑家一定都渴望能跟他面对面，为他雕刻头像，而我母亲有熟人。我们住在格林威治村的一个院子里，她有一个顶要好的朋友兼邻居，是个名叫霍华德·惠特曼的老好人，他刚丢了《纽约邮报》记者的饭碗。霍华德在《纽约邮报》的一个前同事如今在罗斯福纽约总部的新闻办公室工作。这可以给母亲走后门行方便——或是像她说的，获得入场许可——而且，她有信心能处理好接下来的事。那时候，她对自己做的所有事都信心满满，但这其实并没能掩盖她对各方面支持和认可的渴求。

她算不上一个很优秀的雕塑家。自跟父亲离婚后，她入这一行才三年，作品仍透着一种生硬而业余的感觉。在给罗斯福塑像之前，她擅长的是"花园塑像"——膝盖以下变成山羊腿的真人大小的某个小男孩，跪在羊齿蕨丛中吹着潘神牧笛的另一个小男孩，小女孩们要么举起的胳膊上挂着串串雏菊，要么走在张开翅膀的鹅身旁。这些天马行空的小孩塑像是用石膏做的，漆成了绿色，仿制久经日晒雨淋的青铜质感。它们被放在自制的木头底座上，绕着她的工作室摆了一圈，以便在房间中央留出空间给雕塑台，上面放着她正用黏土做的各种东西。

她的想法是，许多优雅高贵的有钱人很快就会发现她：他们会用她的雕塑作品装扮自家园林，还想跟她当一辈子的朋友。此外，以给候任总统塑像的第一位女性雕塑家的身份在全国范围内小小宣传一下，这对她的事业总归没什么损害。

且不说别的，她的工作室真不错。事实上，算上她此后人生所拥有的众多工作室，这间是最好的。我们院子这侧对面有六到八座老房子，都背对着贝德福德街，我们家的房子可能是这一排的门面，因为一楼的前屋有两层楼高。走下几级宽宽的砖石台阶就到了高大的前窗和前门，接着是挑高宽敞、采光明亮的工作室。这里足够大，也能当客厅，所以除了那些绿油油的花园小孩塑像外，这里还摆着客厅家具，全都是从我们跟父亲居住过的郊区小镇哈德逊河畔哈斯廷斯[1]——我出生的地方——那栋房子里搬来的。工作室的一端接着二楼的阳台，楼上挤着两间小卧室和一间窄浴室，阳台下方的一楼空间延伸至贝德福德街，那边是整套公寓中唯一能让你知道我们没多少钱的部分。天花板很低，里面总是暗暗的，小窗对着人行道铁栅栏的下方，街上的洼坑里填满了垃圾。我们的厨房蟑螂肆虐，大小勉强够放一架炉子、一个从来洗不干净的水池和一个棕色木壳的冰箱，冰箱里的冰块黑不溜秋的，总是在融化。剩下的区域就是我们的餐厅，就连那张曾在哈斯廷斯用过的大旧餐桌都无法让那里焕发光采。不过，我们的美杰士牌收音机也放在那里，把那儿变成了我姐姐伊迪丝和我可以享受的地方：我们喜欢收听下午晚些时候播放的儿童节目。

　　一天，我们刚关掉收音机走进工作室，就发现我们的母亲正跟霍华德·惠特曼讨论罗斯福塑像的事。那是我们第一次听说这事，我们一定打岔问了太多问题，因为她说："伊迪丝？比利？够了吧。

1　Hastings-on-Hudson，位于纽约州韦斯特切斯特郡，南接纽约市，西临哈德逊河。

我之后再跟你们说这些事。快去花园里玩儿吧。"

她总是把院子叫作"花园"，尽管除了一些市政部门种的矮树和一小块从没生长开来的草坪，那里什么也没有。大多是光秃秃的土地，被铺路砖隔开，这儿露一块那儿露一块的，地上沁着些许煤烟，四下散落着猫狗的粪便。院子虽说有六到八座房子那么长，却只有两座房子那么宽，让这里显得逼仄阴郁，唯一有趣的是靠近我们家的地方有一座破旧的大理石喷泉，比鸟澡盆[1]大不了多少。喷泉原本的设计是想让水沿着上层边缘均匀地滴下来，叮叮咚咚地汇入下层水池，然而岁月流逝，设计已被破坏。水从上层边缘唯一保持干净的一英寸宽的地方溢出来，一道水流淌如细绳。下层水池里的水深得能在酷暑天浸凉你的双脚，可那也没多大乐趣，因为水底的大理石上结满了褐色的浮垢。

住在那里的两年间，姐姐和我每天都能在院子里找到事做，但那仅仅是因为伊迪丝是个想象力丰富的孩子。在做罗斯福头像时，她十一岁，我七岁。

"爸爸?"一天下午，在父亲位于上城区的办公室里，她问道，"你听说了妈妈正在给罗斯福总统做头像吗?"

"噢?"他正翻找他的办公桌，想找到他说我们可能会喜欢的什么玩意儿。

"她要来纽约给他量尺寸什么的，"伊迪丝说，"就职典礼后，等雕塑做完了，她会带着它去华盛顿，在白宫送给他。"伊迪丝经常对

---

1 园中供鸟嬉水或饮水的浅盆。

父亲或母亲说另一方的光荣事迹，这是她长久以来想让他们重归于好的部分徒劳的努力。许多年后，她对我说，她觉得自己从来没有也永远不会从他们离婚的打击中恢复过来了。她说，在哈德逊河畔哈斯廷斯的那段时光是她这辈子最幸福的，那让我感到嫉妒，因为我几乎什么都不记得。

"嗯，"父亲说，"真厉害啊，是吧，"随后他在桌子里找到了一直想找的东西，他说，"找到喽。你们觉得怎么样？"那是两张打有齿孔的薄纸片，看起来像是邮票贴纸，每张贴纸上都有黄色背景衬着一个亮白色电灯泡的标志，还印着字："更亮。"

我父亲的办公室位于通用电器大楼二十三楼众多小格子间中的一个。他在当时叫麦自达电灯部的部门担任区域销售副经理——这份工作普普通通，但业绩好的时候，也足够让他租住在像哈德逊河畔哈斯廷斯这样的小镇上。这些印有"更亮"的贴纸是最近一场销售会上的纪念品。我们对他说贴纸很漂亮——也确实如此——但对怎么用它们表示了疑问。

"噢，它们就是用来装饰的，"他说，"我想你们可以贴在课本上，或者——你们懂的——想贴哪儿就贴哪儿。准备好走了吗？"他小心翼翼地叠好那些贴纸，收进里面的口袋，在回家的路上由他保管。

从地铁出口去院子的路上，在西村的某个地方，我们总会经过一块空地，那里的人们挤在一起，围着用破水果箱子和垃圾生起的小小火堆，有些人用衣架铁丝架着罐头食物在火上加热。"别盯着看，"父亲在第一次经过时就说，"那些人都失业了，他们吃不饱肚子。"

"爸爸?"伊迪丝问,"你觉得罗斯福是好人吗?"

"当然了。"

"你觉得所有民主党的人都是好人吗?"

"嗯,大部分是的。"

很久以后,我才知道父亲多年来一直参加当地民主党的政治活动。他曾为他的一些民主党友人做过事——我母亲形容他们是来自塔马尼协会[1]的讨厌卑鄙的爱尔兰人——帮他们在城里各个地方开设麦自达电灯分销店。他喜欢他们的社交聚会,总是受邀唱歌。

"嗯,当然了,你太小了,记不得爸爸唱歌。"一九四二年父亲去世后,伊迪丝有一次对我说。

"不,我不小了,我记得的。"

"但我是说真的记得,"她说,"他是我听过的最好听的男高音。还记得《丹尼少年》[2]吗?"

"当然。"

"啊,天呐,那真棒,"她闭上眼睛说,"那真是——真的太动听了。"

那天下午,我们回到院子,走进工作室后,伊迪丝和我看着我们的父母互相打招呼。我们总是紧紧盯着,盼着他们或许能聊聊天,一起坐下来,找点什么事开开玩笑,但他们从没这样,而且那天相

---

1 民主党政治机器,自十八世纪九十年代至二十世纪六十年代,对纽约市政局及爱尔兰移民的政治崛起产生过重大影响。
2 主要表达父子之爱的爱尔兰民谣。

较往常甚至更加不可能，因为母亲有客人，一个名叫斯隆·卡波特的女人，她是母亲在院子里最要好的朋友，她热情地跟父亲打招呼，透着一股假惺惺和调情的意味。

"你好吗，斯隆？"他说，然后转身对前妻说，"海伦你呢？我听说你正计划做一个罗斯福的半身像。"

"哦，不是半身像，"她说，"是头像。我觉得从脖子截断的效果会更好。"

"嗯，不错。挺好的。祝你好运。行，那就这样吧，"他深情地看着伊迪丝和我，"好了。再见了。拥抱一下吧？"

他的拥抱令人难忘，那是他探视权中的高潮部分。他把我们轮流抱起，紧紧贴着他，陷入他身上散发出的亚麻布、威士忌和烟草的气味中；他的下巴暖暖的、刺刺的，刮擦着我们的一侧脸颊，他会在我们的耳朵边上留下一个湿漉漉的轻吻，然后放开我们。

就在他几乎走出院子，快走到街上时，伊迪丝和我追了上去。

"爸爸！爸爸！你忘了贴纸啦！"

他停下转过身来，就在那时，我们看到他在流泪。他试图掩饰——他几乎将自己的脸埋进了胳肢窝，好像那样方便他翻查内口袋似的——但一张泪水涟涟的难看面庞根本藏不住，它肿胀着，爬满了皱纹。

"找到了，"他说，"给你们。"他对我们微微一笑，那是我见过的最不可信的笑容。如果说我们留下来跟他说说话，再抱抱他，那应该挺好的——但我们太尴尬了，什么也没做。我们接过贴纸，头也不回地跑回家了。

"噢，你不激动吗，海伦？"斯隆·卡波特说，"要去跟他见面啊说话啊之类的，还是在所有记者面前？"

"嗯，那当然了，"我母亲说，"但要紧的是把尺寸量准。我希望到时候别有太多摄影师和讨厌的打扰。"

斯隆·卡波特比我母亲年轻几岁，长得特别漂亮，风格就跟常常出现在我记得当时叫《装饰派艺术》插画中的一模一样：黑色直刘海，大大的眼睛，大大的嘴。她也是个单亲妈妈，不过她的前夫很早以前就音讯全无了，每每提及，只是被叫作"那个混蛋"或是"那个狗娘养的懦夫"。她只有一个儿子，名叫约翰，跟伊迪丝一样大，伊迪丝和我都非常喜欢他。

我们搬到院子没几天，这两个女人就认识了；等母亲帮忙解决了约翰上学的问题之后，她俩的友谊就坚不可摧了。母亲认识住在哈德逊河畔哈斯廷斯的一家人，他们愿意收留寄宿者赚点钱，所以约翰就去了那里住宿和上学，只在周末的时候回家。这一安排的开销超过了斯隆的承受能力，但她想办法应对过去了，也一直心怀感恩。

斯隆在华尔街区工作，是一名私人秘书。她经常说起自己有多讨厌她的工作和老板，但好在她老板经常很长时间都不在城里，这让她有时间使用办公室的打字机来追求她此生的抱负，就是给广播电台写剧本。

她曾向我母亲透露，她的名字是自己取的：叫"斯隆"是因为听起来英气，是一个单身女性在世间摸爬滚打时需要的那种名字，姓"卡波特"则是因为——好吧，因为它带些派头。那有什么不好的吗？

"噢，海伦，"她说，"这对你来说真是件高兴事儿。要是你出名了——要是登报或是拍新闻片了——那你就是全美最有趣的人物之一了。"

我母亲跟候任总统第一次见面后回家的那天，有五六个人聚在她的工作室里。

"谁给我倒杯喝的？"她环顾众人问道，装作一脸无助的样子，"然后我再跟你们都讲讲。"

她手里端着喝的，眼睛像小孩一样瞪得大大的，对我们说起门开了之后，两个大块头的男人是怎么把他架进来的。

"大块头的男人，"她强调，"年轻强壮的男人，举着他的胳膊把他架起来，你看得出来他们在使劲儿。然后，你看到一只脚迈开，鞋子上有吓人的铁支架，再是另一只脚。他在出汗，上气不接下气的，他的脸——我不晓得——亮堂堂的，紧绷着，挺可怕的。"她打了个寒颤。

"唉，"霍华德·惠特曼一脸尴尬地说，"他也不想是个瘸子的，海伦。"

"霍华德，"她不耐烦地说，"我只是想告诉你们那有多丑。"那句话似乎有一定分量。如果她在评判美这方面是权威的——比如一个小男孩该如何跪在羊齿蕨丛中吹潘神牧笛——那么她在评判丑这方面自然也获得了权威的资格。

"总之，"她继续说，"他们搀他坐上一把椅子，他用一块手帕擦干净了脸上的大部分汗水——他还在喘气——过了一会儿，他开始跟那里的其他男人说话，我听不懂他们在说什么。之后，他终于转向我，带着他那标志性的微笑。坦白说，我不知道能不能形容出那个笑容。那不是你在新闻片上能看到的东西，你得在现场。他的眼神毫无波澜，但嘴角向上扬起，仿佛被木偶线扯着。那笑容真吓人，让你觉得：这可能是个危险的人，这可能是个邪恶的人。嗯，不管怎样，我们开始聊了起来，我直接跟他对话。我说：'我没有投票给你，总统先生。'我还说：'我是个忠诚的共和党员，我投给了胡佛。'他说：'那你为什么来这里？'或是类似的话，我说：'因为你的脑袋很好玩儿。'于是他又对我那样笑了笑说：'哪里好玩？'我就说：'我喜欢上面的包。'"

那时候，她一定以为房间里的每位记者都在笔记本上写东西，摄影师们也准备好了闪光灯，明天报纸头条可能就是：

女雕塑家嘲笑罗斯福头上长"包"

跟他寒暄过后，她便开始着手正事，就是用卡尺量他头部不同地方的尺寸。我知道那是怎样的感觉：在我为她的林间小仙童当模特的那段时间，沾着黏土的卡尺读数标记曾在我身上冷冰冰、晃悠悠地又挠又戳。

然而，在她测量和记录尺寸时，一个闪光灯都没亮过，也没人问她任何问题。她紧张兮兮地说了些表示感谢和告辞的话，就又到了走廊外面，没入那群伸长了脖子却进不去的绝望人群中间。这一定让她大失所望，但我猜她通过琢磨回家后该如何得意洋洋向我们讲述事情的经过弥补了自己的失望。

"海伦?"等大部分其他客人离开后，霍华德·惠特曼问道，"你为什么要跟他说你没给他投票呢?"

"呃，因为事实如此。我就是个忠诚的共和党人，这你也知道。"

母亲来自俄亥俄州的一个小镇，是一个商店主的女儿。也许她从小听着"忠诚的共和党人"这句话长大，它是体面和衣着干净的标志。虽说她或许对体面的标准降低了，或许都不那么在乎衣着干净了，但"忠诚的共和党人"依然值得坚守。这在接待来买她的花园塑像的客人时是有所帮助的，那些人说话声音低沉，彬彬有礼，欢迎她进入他们的生活，而且他们几乎肯定也都是共和党人。

"我相信精英统治。"每当她的客人在讨论共产主义时，她常会叫嚷，好让自己的声音盖过他们的吵吵闹闹，而他们很少注意她。他们挺喜欢她的：在她举办的派对上，酒尽情喝，而且就凭她那股急于取悦别人的感人劲儿，她算得上是个讨喜的女主人；但一聊到政治，她就像个歇斯底里讨人嫌的小屁孩。她相信精英统治。

她也相信上帝，或者至少每年去圣卢克主教教堂参加一两次礼拜仪式时她是信的。她还相信埃里克·尼科尔森，一个长相英俊的中年英国人，是她喜欢的人。他在一家英国连锁铸造厂美国分部做事：他的公司铸造铜制和铅制的装饰品。整个东部的大学和高中里的建筑穹顶，以及像斯卡斯代尔、布朗克斯维尔这些地方都铎风格房屋的铅窗框，都是埃里克·尼科尔森的公司实现的部分业绩。他总是对自己的生意过分谦虚，但又因其成功而红光满面。

我母亲是去年认识他的，那时她正找人帮忙把其中一个花园塑像铸成铜的，放在某个花园塑像展廊里"寄售"，但一直没卖出去。埃里克·尼科尔森说服她铅铸几乎跟铜铸一样好，还便宜很多；接着他就邀她共进晚餐，那个晚上改变了我们的生活。

尼科尔森先生很少跟姐姐或我讲话，我想我们俩都怕他，但他给我们送了很多礼物。起初主要是书——一本《盘趣》[1]杂志的漫画，不太全的狄更斯文集，一本叫作《都铎时期的英格兰》的书，伊迪丝喜欢里面用薄页纸覆盖的彩色插图。但在一九三三年的夏天，当父亲安排我们和母亲在新泽西的一个小湖区度假两周时，尼科尔森先生的礼物变成了一大堆户外用品。他送给伊迪丝一根钢制钓鱼竿，上面有个过于精巧的钓丝螺旋轮，我们谁都弄不明白该怎么用，尽管我们都知道该怎么钓鱼；还有一个用来装鱼的柳编鱼篓子，尽管她后来一条都没钓到；以及一把可以挂在她腰间的带鞘猎刀。他送给我一把短斧，斧刃包在皮套子里，可以绑在我的皮带上——我猜这是用来砍柴煮鱼的——还有一柄不太好用的带把手的渔网，可以用橡皮肩带背着，在需要我下水帮伊迪丝捉条狡猾的鱼时就能用得上。那个新泽西的小村子里没什么事可做，除了去散步，我母亲称之为有益身心的徒步。每天，当我们顶着烈日在蚊虫嘤嘤的野草丛里艰难穿行时，我俩都带着毫无用武之地的全套装备。

同年夏天，尼科尔森先生帮我订了三年的《田野与溪流》杂志，我觉得那本艰深的杂志是他送的所有礼物中最不合适的，因为尽管我们之间的一切都已改变，它还是一直寄过来，持续了很长很长一

---

[1] 一八四一年在伦敦创刊的一本幽默讽刺类漫画杂志。

段时间：在我们从纽约搬到斯卡斯代尔之后——尼科尔森先生在那里找到一幢租金便宜的房子；在他毫无征兆地在那幢房子里把我母亲抛弃之后——他回了英国，回到他其实一直没离婚的妻子身边。

但那都是后来发生的事，我想回过头来说说在富兰克林·D.罗斯福大选和就职期间的事，那时他的头像在我母亲的雕塑台上正慢慢成形。

她原本计划做成真实大小，或是更大，但尼科尔森先生极力劝她缩小尺寸，在浇铸时省点儿钱，所以她做的只有六七英寸高。他又说服她——他们认识后的第二次——铅铸几乎跟铜铸一样好。

她总说自己丝毫不介意伊迪丝和我看着她工作，可我们其实一直不大愿意；现在倒是有点意思了，因为我们可以看着她筛选很多从报纸上剪下来的罗斯福的照片，直到她找到一张满意的，能帮她雕刻脸颊或眉毛的精微角度。

不过，我们大部分时间都在上学。尽管约翰·卡波特可以去哈德逊河畔哈斯廷斯上学，这是伊迪丝一直渴望的，但就连她也会承认，我们所拥有的仅次于它：我们在自己的卧室里上学。

在这之前一年，母亲帮我们在街上的公立学校报了名，但当我们回到家时头发里长了虱子，她就开始后悔了。后来，有一天伊迪丝回到家，被指责偷了一个男孩的外套，那真是太过分了。她让我们都退了学，以此抗议市训导员，又请求父亲一起支付私立学校的费用。他拒绝了。为她所支付的房租和积欠的账单已经让他负担沉重，支出远远超过了离婚协议中规定的；他已经负债了；她总得明白他能有份工作就算幸运的了。她就不能懂点事吗？

是霍华德·惠特曼打破了僵局。他知道一种不贵且完全有资质的函授服务，叫做卡尔弗特学校，主要针对那些有残疾儿童的家庭。卡尔弗特学校每周提供书本、资料和学习计划，她只需要找个人在家里执行计划，当辅导老师。像巴特·坎朋这样的人倒是胜任这份工作的理想人选。

　　"那个瘦不拉几的家伙？"她问，"那个来自荷兰还是哪里的犹太小伙子？"

　　"他受过良好的教育，海伦，"霍华德告诉她，"他能说流利的英语，他会尽心尽责的。他自然也需要挣这个钱。"

　　知道巴特·坎朋要当我们的辅导老师，我们都挺开心的。院子周围的大人当中，我们最喜欢的除了霍华德，大概就是巴特了。他大约二十八岁，还算年轻，所以被小孩子逗弄时，他的耳朵还会变红；这是我们有一两次用袜子不成对这样的事打趣他时发现的。他个子高，非常瘦，除了足够放松时会微笑之外，看起来总是一脸受了惊的模样。他是一个小提琴手，是荷兰裔犹太人，前一年移民过来，希望能加入某个交响乐团，直至最终开启自己的演奏会生涯。但那时的交响乐团不招人，小一点的管弦乐队也一样，所以巴特已经很久没有工作了。他一个人住在第七大道的一个单间里，离院子不远，喜欢他的人常担心他可能吃不饱肚子。他有两身西装，剪裁在当时的荷兰一定都是时髦的：线条僵硬，垫肩很厚，腰身收紧；身上多点肉的人穿起来可能更好看。巴特穿衬衫时，袖口会卷上去，汗毛浓重的手腕和前臂看起来比想象中的更脆弱，但他的手修长匀称，而且很有力量，说明他擅长拉小提琴。

"我就都交给你了，巴特，"在他询问母亲对我们的辅导有何说明时，我母亲说，"我知道你能在他们身上创造奇迹。"

一张小桌子被搬进我们的卧室，就挨着窗户下方，周围摆了三张椅子。巴特坐在中间，这样他就能把时间平均分配给伊迪丝和我。卡尔弗特学校每周邮寄一批整洁又沉甸甸的棕色大信封过来，每当巴特拆开信封，把里头五花八门的东西倒在桌上时，那感觉就像是要开始玩游戏了。

那一年，伊迪丝上五年级，她那侧的桌上提到的尽是令人费解的英语、历史和社会科学，而我才上一年级。我的早上总是在巴特帮我理清学习初期产生的困惑之中度过。

"慢慢来，比利，"他会说，"要有耐心。一旦上了道，你就会发现有多么简单，你就能接着学了。"

每天早上十一点，我们会休息一下。我们会下楼，到院子那块有点草的地方去。巴特会将外套小心折好放在一边，卷起衬衫袖口，准备跟我们玩他称之为"坐飞机"的游戏。我们轮着玩，他会抓住我们的一只手腕和一只脚踝，然后将我们甩离地面，以他自己为中心，一圈又一圈地转，直到在我们的飞旋中，院子、建筑、城市乃至整个世界都陷入一片晕晕乎乎的模糊之中。

坐完飞机后，我们会飞快跑下台阶去工作室，通常会看到母亲已经摆好了托盘，上面放着三大杯冰镇阿华田，有时旁边还有曲奇饼干，有时则没有。有一次，我听到她对斯隆·卡波特说，她觉得那杯阿华田一定是巴特当天吃的第一餐——我想她可能是对的，从他颤抖着伸手握杯子的样子就看得出来。有时候，她会忘记准备托盘，我们就挤到厨房里自己弄。现在一看到货架上的阿华田罐子，我都会想起那段时光。在那之后，我们回到楼上继续上课。那一年，巴特·坎朋对我又是哄骗又是鼓励，叫我要有耐心，他教会了我阅读。

那是显摆自己的绝佳机会。我会从母亲的书架上抽书来读——大部分是尼科尔森先生送的礼物——大声朗读囫囵不清的句子，想让她对我另眼相看。

"真棒，亲爱的，"她会说，"你真的会读书了呢，是不是呀。"

不久，我的卡尔弗特一年级读本的每一页上都粘了一个黄白相间的"更亮"贴纸，以此证明我已经会读了，而我算数练习册上的贴纸就攒得慢一些。还有其他贴纸则粘在我这侧桌旁的墙上，张扬地排成黄白相间的小小一列，一直贴到我能碰到的最高处，贴纸上面还有拇指弄脏的污迹。

"你不该把贴纸粘到墙上。"伊迪丝说。

"为什么？"

"呃，因为它们很难弄下来。"

"谁要把它们弄下来？"

我们那个小小的房间，承担了睡觉和学习双重用途，在我的记忆中比家里其他地方更清晰。也许应该有人来告诉母亲，像我们这个年纪的女孩和男孩应该有各自的房间了，但直到很久以后，我才想到这一点。我们的小床脚对脚贴墙摆着，剩下的空间刚够挨着床边走到上课的桌边，晚上躺下等着入睡时，我们会有些愉快的谈天。我记得最清楚的是那次伊迪丝跟我提起城市的声音。

"我说的不仅仅是那些吵闹的噪声，"她说，"像是刚才的警报声，或是车门砰地关上，或是街上的大笑大喊声，那都是近处的东西。我说的是其他东西。你瞧，纽约有上百万人——人多到你简直无法想象——其中大部分人都正在做着会发出声响的事。也许是说话，也许是开收音机，也许是关门，也许是在吃晚饭时把叉子放到盘子上，或是睡觉前脱掉鞋子——因为有那么多人，所有那些轻微的声响汇聚起来，变成了一种低吟，但很微弱，非常非常微弱，除非你很仔细地听很久，不然听不到。"

"你能听到吗？"我问她。

"有时候可以。我每晚都听，但只能偶尔听见。别的时候我就睡着了。现在，让我们保持安静，仔细听。看看你能不能听到，比利。"

我努力地听着，闭上眼睛，仿佛那能起到什么作用，又张开嘴巴，减小呼吸声，但最后不得不跟她说我听不到。"你呢？"我问。

"喔，我听到了，"她说，"只有几秒钟，但我听到了。只要你继续努力，你也会听到的。这事儿值得等待。当你听到了，你就是在听整个纽约市的声音。"

我们每周最快乐的时候是周五下午，那时约翰·卡波特会从哈斯廷斯回家。他浑身散发着健健康康、循规蹈矩的气息，给我们波希米亚式的生活带来了郊区的新鲜气息。当他在时，他甚至把他母亲的小公寓都变成了一个令人羡慕的地方，一个在他鼓足干劲闯荡世界的间隙可以休憩的地方。他订阅《男孩生活》和《男孩大道》杂志，在我看来，哪怕只是看在插图的分上，家里有这些杂志也很棒。约翰穿得跟那些杂志里的男孩一样神气十足，灯芯绒短裤搭配罗纹袜子，直直地拉到结实的小腿肚。他常常提起哈斯廷斯高中部橄榄球队，他准备年龄一满，就去参加选拔。他还经常提起哈斯廷斯的朋友们，我们对他们的名字和个性几乎熟悉得就像他们是我们的朋友一样。他还教我们用带感的新方式说话，比如不说"有什么不一样？"而是说"啥区别？"而且，在院子里找新鲜事儿做这方面，他甚至比伊迪丝更厉害。

那时候，你可以在伍尔沃斯买金鱼，每条十到十五美分。一天，我们买了三条带回家，养在喷泉里。我们在水上撒满伍尔沃斯的鱼食颗粒，远远超过它们所需要的食量。我们用自己的名字给它们取名："约翰"，"伊迪丝"和"比利"。有那么一两周，每天早上在巴特过来上课之前，伊迪丝和我都会跑去喷泉那里，确认它们还活着，看看它们的吃食够不够，也会观赏它们。

"你注意到比利长大了很多吗？"伊迪丝问我，"它真大。它现在快跟约翰和伊迪丝一样大了。它以后可能会比它们俩都大。"

后来一个周末，约翰回家了，他让我们留意那些鱼转身和游动时有多么迅速。"它们的反应比人还快，"他解释道，"当看到水中有影子，或有任何看起来像是危险的东西时，它们逃窜的速度比你眨眼睛都快。看好了。"他说着就把一只手浸到水里去抓那条叫伊迪丝的鱼，但它躲开他，逃掉了。"看到了吗？"他问，"速度够快吧？知道么，我敢打赌，你朝里面射支箭，它们也能及时逃开。等会啊。"为了证明他的观点，他跑进他母亲的公寓，拿回来一把精致的弓箭，那是他之前在夏令营里做的（约翰每个夏天都去参加夏令营，这是他另一件让人羡慕的事）。他跪在喷泉边上，样子就像图画里的弓箭手，一只健壮的手稳稳握住弓，另一只手则将箭羽紧紧绷在弦上。他瞄准了那条叫比利的鱼。"喏，这支箭的速度，"他说，声音因为用力而削弱了，"大概比时速八十英里的小汽车还快。可能更像一架飞机，甚至比那个还要快。行，看好了。"

那条叫比利的鱼突然浮上水面，死掉了，它的身侧被刺进四分之一长的箭，部分粉红色的内脏沿着箭杆滴落下来。

我已经长大了，不能再哭了，但当我从喷泉那里跑开，不顾一切地往家跑时，我不得不发泄一下内心涌起的惊惧、愤怒和悲伤。半路上，我遇到了母亲。她站在那儿，看起来干净整洁，穿着我从没见过的新外套和新裙子，紧紧挽着尼科尔森先生的手臂。他们要么是正要出去，要么是刚刚回来——我不关心到底是哪个——尼科尔森先生朝我皱起眉头（他曾不止一次告诉我，像我这个年纪的男孩在英国都上寄宿学校），但我也不在乎了。我把头埋在母亲的腰间一直哭，直到感受着她的手在我背上抚摸了很久，直到她安慰我说金鱼花不了几个钱，我很快就会再有一条，还说约翰对他做的那件蠢事感到很抱歉，这之后我才不哭了。我发现，或者说重新发现，哭泣是一件愉快的事——要是你的脑袋埋在母亲的腰间，她的手抚摸着你的背，要是她刚好穿了新衣服的话，哭泣可以是一件无可比拟的乐事。

也有其他开心的事。那一年在我们家，大家度过了一个愉快的平安夜，至少一开始是愉快的。我父亲也来了，这使得尼科尔森先生不得不回避。看到父亲在母亲的朋友堆里游刃有余，感觉挺好的。

他是个内向的人，但他们看起来挺喜欢他的。他跟巴特·坎朋尤其谈得来。

霍华德·惠特曼的女儿莫莉是个性子甜美的女孩，年纪与我相仿，她从泰瑞敦来跟她父亲一起过节。还有其他几个我们认识却不常见面的孩子。那天晚上，约翰穿着深色外套，系着领带，看起来非常成熟，显然是明白自己作为最年长的孩子所肩负的社交责任。

过了一会儿，毫无征兆地，聚会的人们施施然退到餐厅那块区域，上演了一场即兴表演。是霍华德先开始的：他搬来母亲雕塑台边的高椅子，让他女儿面对观众坐在上面。他把一个棕色纸袋的开口往下折了两三折，套在女儿的头上，然后脱下他的西装外套，向后盖在女儿的身上，一直盖到下巴；他走到她身后，蹲下不让人看见，把手伸进外套袖子里，露出的手看起来就像是她的一样。单是看着一个笑呵呵的小姑娘头戴一顶纸袋做成的帽子，用一双巨大的手夸张地挥舞、做手势，就足以让人捧腹大笑。那双大手揉揉她的眼睛，摸摸她的下巴，把她的头发撩到耳后，然后他俩巧妙配合，用他的拇指抵住她的鼻子朝我们做了个鬼脸。

下一个表演的是斯隆·卡波特。她笔直地坐在高椅子上，高跟鞋钩住下面的横档，极力以最好的角度展示她那不凡的双腿，但她的第一个节目没有成功。

"嗯，"她开始说，"今天我在上班的时候——你们知道我的办公室在四十楼——我偶然从打字机前抬头，看到了一个胖老头儿，像是蹲在窗台外面，留着白花花的胡子，穿了一身滑稽的红衣服。于是我跑去打开窗户，说道：'你还好吗？'哇，那是圣诞老人，他说：

'当然，我没事；我习惯了待在高处。但听着，女士：你能告诉我怎么去贝德福德街七十五号吗？'"

接下来还有，但我们一脸尴尬的模样一定让她明白了我们知道她在逗我们；她一找着收尾的办法就赶紧结束了。思忖片刻之后，她又试着讲了别的东西，效果倒是好了很多。

"你们这些小孩有没有听过第一个圣诞节的故事呀？"她问，"那时耶稣才出生？"然后，她就开始用那种低沉而戏剧化的声音讲故事了，她一定是希望解说员能用这样的声音讲述她那更为严肃的广播剧本。

"……他们还有好几英里的路才到伯利恒，"她说，"那是个寒冷的夜晚。这时，马利亚知道自己很快就要生宝宝了。她甚至知道自己的孩子有一天将成为全人类的救世主，因为一个天使已经跟她说过了。可她只是个年轻的姑娘啊，"——讲到这儿，斯隆的双眼亮闪闪的，仿佛眼泪就要涌出来——"旅途让她筋疲力尽。驴子走路时颠来颠去的，把她弄得瘀伤了，她浑身上下都疼，她感觉他们永远都无法到那儿了，她能说的只有一句'唉，约瑟夫，我太累了'。"

她的故事还继续讲到住宿被拒，在马厩生子，讲到食槽、动物们和三王来朝[1]。讲完后，我们鼓掌了很长一段时间，因为斯隆讲得太精彩了。

"爸爸？"伊迪丝问，"你能给我们唱首歌吗？"

1　《马太福音》中提到，耶稣诞生后，东方三博士（Wise Men）带着黄金、乳香、没药等礼物前往耶路撒冷朝拜，又称"三博士朝圣"。

"噢，谢了，亲爱的，"他说，"还是算了，我得有钢琴伴奏才行。还是谢谢你。"

那晚最后出场的是巴特·坎朋，在大家的热情要求下，他回家取了小提琴。毫不意外，他就像一个专业琴手那样演奏，就像你在收音机上听到的那样。赏心悦目的是看着他那张瘦削的脸在腮托上蹙起眉头，除了关心音准之外，浑然物外。我们为他感到骄傲。

我父亲离开后不久，许多其他大人陆续来了，大多数我都不认识，他们看起来像是一晚上已经去过了好几场别的派对。夜已经很深了，或者说已经是圣诞节当天很早了，我看向厨房，看到斯隆跟一个我不认识的秃头男人站得很近。他一手颤颤巍巍地端着一杯酒，另一只手慢慢地摩挲着她的肩膀；她似乎在往后缩，倚着那台老旧木壳冰箱。斯隆擅长那种微笑，就是当她上下打量你的时候，半开的两瓣唇间能吐出丝丝缕缕的香烟，她现在就是那样的。然后，那个男人把酒放在冰箱上，把她搂进臂弯里，我就看不到她的脸了。

另一个男人，穿着一身皱不拉几的褐色西装，不省人事地躺在餐厅地板上。我绕过他走去工作室，那里有一个漂亮的年轻女人正站着痛哭流涕，三个男人试图安慰她，却相互挡道。我看到其中一个男的是巴特，看见他比另外两个人坚持得更久，然后将女孩转了个身带向门口。他一手搂着她，她把头靠在他的肩上，他们就那样离开了。

伊迪丝穿着皱掉的派对裙子，看起来一脸疲惫。她靠在那张哈德逊河畔哈斯廷斯的旧安乐椅上，头往后仰着，双腿伸开挂在椅子的扶手上，约翰盘腿坐在地板上，靠近她悬空的一条腿。他们似乎在聊什么彼此都不感兴趣的东西，等我加入他们坐在地板上时，谈话完全停止了。

"比利，"她说，"你知道现在几点了吗？"

"啥区别？"我说。

"你几个小时前就该上床睡觉了。来吧。我们上楼吧。"

"我不想。"

"好吧，"她说，"反正我上去了。"她吃力地从椅子上起身，向拥挤的人群走去。

约翰扭头看我，不高兴地眯起眼睛。"你知道吗？"他说，"当她那样躺在椅子上时，我什么都看见了。"

"啊？"

"我什么都看见了。我能看到那条缝，还有毛。她开始长毛了。"

姐姐的这些特征我看过很多次——在浴缸里或是在她换衣服的时候——也并没觉得有多奇特。即便如此，我立刻意识到这对他而言一定很了不得。要是他不好意思地笑一笑，我们或许还能像《男孩大道》杂志上的两个普通家伙一样一笑置之，但他脸上依然透着那股轻蔑的神情。

"我一直在看，"他说，"我得让她一直讲话，这样她就不会看穿，我本来做得挺好的，直到你过来搞砸了。"

我应该道歉吗？那好像不对劲，可做其他事似乎也不对。我便只是盯着地板。

等我终于上床睡觉时，几乎没时间去听这座城市的隐秘声音了——我发现那是让自己不去想其他事的好办法。这时，母亲跌跌撞撞地进来。她喝了太多酒，想躺下来，但没回自己的房间，而是跑来跟我睡。"噢，"她说，"噢，我的儿子。噢，我的儿子。"那张小床很窄，根本没办法给她腾地方。然后，她突然干呕起来，跳起来跑去浴室，我听到她在里面呕吐。就在我往她躺过的地方挪动身体时，我的脸立刻往后缩，但还是不够及时，沾到了她在那侧枕头上留下的一口滑溜的呕吐物。

那年冬天，约摸有一个月，我们没怎么见着斯隆，因为她说自己正在"写一个大项目，一个很大的项目"。写完后，她带到了工作室，看起来一脸疲惫，却比之前更漂亮了，害羞地问自己能不能读出来。

"好主意，"我母亲说，"讲的是什么？"

"那就是最精彩的部分。讲的是我们，我们大家。听好了。"

那天巴特不在，伊迪丝一个人在外面的院子里——她经常独自玩耍——所以听众就只有母亲和我。我们坐在沙发上，斯隆端坐在高椅子上，就跟讲伯利恒故事时一模一样。

"在格林威治村有一个奇妙的院子，"她读道，"它不过是由砖石和草地构成的一片狭窄地方，位于形状参差不齐的老旧房子中间，但让它奇妙的是住在那里或附近的人们，他们组成了一个奇妙的朋友圈。

"他们谁都不富裕，一些甚至很穷，但他们相信未来，相信彼此，也相信自己。

"有一个名叫霍华德的人，曾是大城市日报的顶尖记者。所有人都知道霍华德很快就会再次攀上新闻事业的巅峰，与此同时，他也是院子里睿智幽默的哲人。

"有一个名叫巴特的人，是一位年轻的小提琴家，显然注定会因精湛的技艺登上演奏会的舞台，尽管现在不得不感恩地接受所有午餐和晚餐的邀约，以便生存下去。

"还有一个名叫海伦的人，是一位雕塑家，终有一天她那些出色的作品将装扮美国最好的花园，她的工作室是圈内朋友最喜爱的聚会地点。"

还有更多类似介绍其他角色的东西，快结尾时又提到了孩子们。她形容我姐姐是"一个爱做梦的瘦高个儿假小子"，这怪怪的——我从没觉得伊迪丝是那样的——又说我是"一个眼神忧郁的七岁哲学家"，完全是莫名其妙。开头讲完后，为了获得戏剧化的效果，她停顿了几秒钟，然后继续读这个系列故事的第一集，或者我猜是叫"试播集"。

我没太听明白那个故事——好像只是为了让每个角色都到麦克风前说几句话——没过多久，我就只是听着看看那个以我为原型的角色有没有台词。在某种意义上，确实有。她念了我的名字——"比利"——但她没有说话，而是把嘴巴歪曲成各种难看的样子，同时发出一阵阵滑稽的低音，等终于讲台词时，我已经不在乎说的是什么了。我确实有严重的口吃——还要再过五六年我才克服——但我从没想到有人会把这事放在电台上播。

"噢，斯隆，妙极了，"读完之后，我母亲说，"真让人激动啊。"

斯隆正小心翼翼地把打印纸整理好，用的可能是她在秘书学校学的那种方式。她脸一红，自豪地笑起来。"嗯，"她说，"可能还得再加工，但我觉得它很有潜力。"

"它是完美的，"我母亲说，"现在这样就很好。"

斯隆把稿件寄给了一位广播制作人，他又给寄了回来，随附一封广播电台秘书打的信，解释说她的东西商业吸引力太小。他说，广播听众还没准备好听格林威治村的生活故事。

后来就到了三月。新总统承诺，我们唯一需要害怕的就是害怕本身。不久之后，尼科尔森先生的铸造厂就把用木头和细刨花包装好的总统头像送来了。

头像与他本人还是挺相像的。母亲捕捉到了那个有名的抬下巴的动作——要不是这样，可能根本就不像他了——所有人都说做得好，但谁都没提的是，她原本的方案是对的，尼科尔森先生不该干预：这个头像太小了，看上去不够大气。要是你把里头掏空，在头顶开条小缝，当个零钱罐可能更实用。

铸造厂抛光了铅铸头像，在光照下几乎闪耀着银辉，他们把它固定在用深黑塑料制成的坚固小底座上。他们寄过来三件：一件送呈白宫，一件用于展览，还多出一件。但多出来的那件没过多久就砸到地板上，严重损坏了——鼻子几乎陷进了下巴——要不是霍华德·惠特曼说它现在倒挺像副总统加纳，把大家逗得哈哈大笑，我母亲可能会痛哭起来。

查理·海因斯是霍华德在《纽约邮报》的老朋友，现在在白宫当初级职员，他安排母亲在一个工作日上午晚些时候见总统。母亲安排了斯隆过来跟伊迪丝和我过夜，然后用纸板箱装着雕塑，坐夜班火车南下华盛顿，在那里一家廉价旅馆住了一晚。第二天早上，她在白宫拥挤的候客室里见到了查理·海因斯，我猜他们在那里丢掉了纸板箱，随后他领着她去椭圆办公室外的等候室。她把光秃秃的头像搁在大腿上，他坐在她的身旁；等轮到他们了，他陪她走进去，到总统桌前送呈头像。过程并没有很久，也没有任何记者和摄影师。

之后，查理·海因斯带她去吃午饭，大概是答应霍华德·惠特曼会这么做。我猜那不是什么一流的餐厅，更有可能是受新闻工作者喜爱的某个热闹实惠的地方。我还猜他们没什么可聊的，直到聊到了霍华德，说他还没找到工作实在可惜。

"是啊，不过你认识霍华德的朋友巴特·坎朋吗？"查理问，"那个荷兰小伙子？是个小提琴手？"

"嗯，当然了，"她说，"我认识巴特。"

"噢，天呐，好歹有那么一桩高兴事儿，对吧？你听说了吗？上次我见到巴特时，他说，'查理，大萧条对我而言已经结束了'，他告诉我，他碰到了一个又笨又蠢的有钱女人，付钱请他教她的孩子。"

那天下午，当她坐着慢吞吞的长途火车回纽约时，我能想象她脸上的表情。她一定坐着直勾勾地盯着前方，或是看向脏污的窗户外头，眼神空洞，双眼瞪圆，脸上露出受了伤的柔弱神情。她在与富兰克林·D. 罗斯福的往来中一无所获。没有照片、采访或专题报道，没有激动人心的新闻片纪录；陌生人永远不会知道她是如何从俄亥俄州的小镇上走出来，不会知道为了让世界瞩目，她一个女人又是如何独自勇敢而艰难地耕耘着自己的才华。这不公平。

她现在唯一能指望的就是跟埃里克·尼科尔森的感情了，我觉得她也许在那时就已知道这段关系正在动摇——第二年秋天，他终于抛弃了她。

她四十一岁了，即使是浪漫派的人也得承认，到了这个年纪，青春已经逝去。这些年来，她没什么好炫耀的，除了一间摆满了没人会买的绿色石膏塑像的工作室。她相信精英统治，但没道理假想精英阶级到头来也会相信她啊。

而且，每次她想到查理·海因斯转述巴特·坎朋说的话——啊，真可恨；啊，太可恨了——伴随着火车哐啷哐啷冷酷而错落的节奏，那种羞辱感一浪一浪袭上心头。

她带着凯旋般的姿态回到家里，尽管迎接她的只有斯隆、伊迪丝和我。斯隆已经让我们吃过饭了，她说："你的那份在烤箱里，海伦。"但我母亲说还是来一杯酒吧。那时候，她与酒的长期斗争——一场她最终失败的斗争——才刚开始。那天晚上，她决定不吃晚饭，而是喝上一杯，一定是需要以此振奋自己。然后，她把她的华盛顿之旅"尽数"讲给我们听，尽量让它听起来是成功的。她说到真正进入白宫里面有多么激动人心，复述了罗斯福总统收到头像后对她说的所有简短而客气的话。她还带回了纪念品：几张便签大小的白宫信笺是给伊迪丝的，一个欧石楠根制的老旧烟斗是给我的。她解释说，她在椭圆办公室外的等候室里看到一个气度不凡的男人抽着烟斗，等他的名字被叫到时，他将烟斗在烟灰缸里迅速敲空，放在一边就急急忙忙进去了。她一直等到确信没人看她时，才从烟灰缸上拿走烟斗，放进自己的包里。"因为我知道他一定是位大人物，"她说，"他很有可能就是一位内阁成员，或类似那样的人。不管怎么说，我觉得你会很爱玩的。"可我并不喜欢。它太沉了，我的牙齿咬不住，而且咂在嘴里的味道恶心极了；而且，我一直在想，当那个男人从总统办公室出来，发现烟斗不见了，他到底会怎么想。

过了一会儿，斯隆回家了，我母亲一个人坐在餐桌边上喝酒。我想她是希望霍华德·惠特曼或是一些别的朋友会来串门，但谁都没来。快到我们上床睡觉的时间了，这时她抬起头来说："伊迪丝？跑去花园看看找不找得到巴特。"

巴特最近买了一双亮棕色绉胶底的鞋子。我看着窗外那双鞋轻快地踩上黑色砖石台阶——他兴高采烈的，似乎每一步都没碰到台阶——然后我看到他微笑着走进工作室，伊迪丝在他身后关上门。"海伦！"他说道，"你回来啦！"

她点头致意，然后从桌边起身，慢慢逼近他，伊迪丝和我开始意识到坏事将近。

"巴特，"她说，"我今天在华盛顿跟查理·海因斯一起吃了午饭。"

"噢？"

"我们聊了点有趣的事。他好像跟你很熟。"

"噢，谈不上；我们在霍华德家见过几次，但我们并不——"

"他说你告诉他，大萧条对你而言已经结束了，因为你碰到一个又笨又蠢的有钱女人付钱请你教她的孩子。别打断我。"

但巴特显然没想打断她。他穿着那双不出声儿的鞋子，从她面前往后退，退着经过了一个又一个绿色的花园小孩塑像。他看上去一脸惊吓，面色桃红。

"我不是个有钱的女人，巴特，"她说着向他紧逼过去，"我不笨，也不蠢。要是忘恩负义、不忠不诚、卑劣至极的坏心肠和谎言一并甩到我面前，我能看得明明白白。"

姐姐和我上楼上了一半，互相推搡着，想在最糟糕的部分来临前躲起来。最糟的总在最后发生，那时她会完全失控，开始大吼大叫。

"我要你滚出我家，巴特，"她说，"我永远都不想再见到你。我还要告诉你，我这辈子就是讨厌那些说'我有些好朋友是犹太人'的那种人。因为我的朋友全都不是犹太人，以后也不会有。你明白我说的吗？我的朋友全都不是犹太人，以后也不会有。"

在那之后，工作室安静下来。伊迪丝和我一声不吭，避开彼此的目光，穿上睡衣就上床了。但没过几分钟，屋里又回荡着母亲愤怒的咆哮声，仿佛巴特不知怎地被带了回来，被迫再次接受惩罚。

"……我说'我的朋友全都不是犹太人，以后也不会有……'"

她在打电话，向斯隆·卡波特形容那一幕的高潮，斯隆毫无疑问会站在她这边并安慰她。斯隆知道圣母玛利亚赶路去伯利恒时的感受，也懂得怎么学我口吃来博人一笑。遇上这样的事，她马上就明白自己该选择什么立场，况且把巴特·坎朋从她奇妙的朋友圈里踢掉，她也没有太大损失。

电话终于打完后，楼下一片安静，直到我们听见她用碎冰锥在冰箱里捣鼓：她正给自己再调一杯酒。

我们不会再在房间里上课了，可能再也见不到巴特了——即使看到，他或许也不想见我们。但母亲是属于我们的，我们是属于她的——在我们躺下聆听无穷无尽幽微至极的声音时，我们逆来顺受地接受了这一点。

※

　※　本色女孩

　　※

大二那年春天，二十岁的苏珊·安德鲁斯异常冷静地告诉自己的父亲，她不再爱他了。她几乎立刻就后悔了，或者至少是对语气感到抱歉，但已经太迟了：他坐在那里，看上去怔了几秒，然后弓身前倾，掩面而泣，不让她看到自己的脸，一只手颤抖着在黑色西装里摸索出一条手帕。他是美国最著名的五六位血液学专家之一，他已经许多年没遇上这样的事情了。

他们俩单独待在苏珊的宿舍里。这所位于威斯康星州的文科学院叫作特恩布尔，规模不大，却享有盛誉。那天她穿了一条端庄的黄色连衣裙，因为他来看她，这身衣着似乎是合宜的。但此时此刻，这条裙子束手束脚的，她不得不将两条细长精致的双腿并拢，像被缚住了一样。她还不如穿一条褪色的牛仔裤，套一件顶端两颗纽扣敞开的男士衬衫，就像她在多数其他日子那样。她棕色的眼睛大大的，透着忧愁，一头长发近乎纯黑。近来，有很多人热情而不失公道地对她说，她是个可爱的姑娘。

她知道，如果自己是怒气冲冲或是泪流满面地作此声明，现在可能还有办法收回，但她并没有为放弃那样的选择而感到太歉疚。她已经懂得诚实面对所有事情的意义和价值：如果你干脆利落地跟这个世界打交道，那么从来无须收回任何东西。即便如此，第一次见到自己的父亲流眼泪，这让她血气上涌，喉咙一紧。

"好吧，"安德鲁斯博士泣不成声地说，脑袋依然低垂着，"好吧，你不爱我了。但至少告诉我，亲爱的，告诉我为什么。"

"没有为什么，"苏珊说，庆幸自己声音如常，"爱或者不爱，都没什么道理可言。我想大多数聪明人都明白这一点。"

他慢慢站起身，看起来比几分钟之前老了十岁。他还得回圣路易斯的家，漫长的车程将会充满痛苦。"唉，"他说，"抱歉我哭了。我猜自己正变成一个多愁善感的老头儿什么的。不管怎么样，我最好还是上路吧。对不起，我对这一切都感到很抱歉。"

"我希望你别道歉，我也感到很对不起。等等，我送你到车那里。"

他们走回阳光刺目的停车场，经过老旧整齐的学院建筑和一群群开怀大笑的孩子们——有谁想过世上竟会有这么多孩子呢？这一路上，爱德华·安德鲁斯琢磨着分别时要说的话。他不想再说抱歉了，却又想不到其他可说的。最后他说："我知道你妈妈很想知道你的消息，苏珊，你的妹妹们也是一样。不如你今晚打个电话回家，要是你不那么忙的话。"

"嗯，好的，"她说，"我很高兴你提醒了我。行吧。开车小心。"然后她走了，他也上路了。

爱德华·安德鲁斯有七个女儿，他也乐于别人当他是个顾家的男人。一想到自己的女儿们个个长得漂亮，而且多数又聪明，他常常感到很高兴：大女儿早早结婚了，嫁给了一个思想深沉的哲学教授，要不是他这么多年来一直是个腼腆又敏感的小伙子，也许会叫人害怕；二女儿很少见到，因为她的丈夫在巴尔的摩是个稳重老道的大律师，他不喜欢外出旅行；三女儿显然是有些过了头——一个甜美的傻姑娘，高中时被搞大肚子，很快嫁给了一个没什么本事但心地善良的小伙子，他经常换工作。还有三个小姑娘仍住在家里，

Liars in Love   恋爱中的骗子

她们都郑重其事地对待发型和月经周期，家里有她们，到处都是欢声笑语。

但苏珊却是独一无二。她排行正中，在他战后归家不久后出生，他一直将她的出生与世界和平带来的第一缕巨大希望联系在一起。家里墙上裱起来的照片中，有她六岁时打扮成圣诞天使的模样，她虔诚地跪着，背着用薄纱和铁丝制成的翅膀；也有她端坐在生日派对桌前的模样，比所有其他人都更端庄有礼。每每翻看家庭相册，一看到那双忧愁的大眼睛，他总会屏住呼吸。在每张照片里，她似乎都在说：我知道我是谁，你知道你是谁吗？

"我不喜欢《爱丽丝漫游奇境》[1]。"她八岁时曾对他说。

"你不喜欢？为什么？"

"因为它就像发高烧时会做的梦。"

从此，每当他读到那两本书中的任何一页，或是看到泰尼尔[2]著名的插画时，他都能明白她的意思，也认同她说的话。

要把苏珊逗得哈哈大笑一向不容易，除非你有真正有趣的事讲给她听，但你若是成功了，付出的努力总是很值得的。在她十一二岁的时候——天呐，是一直到她读高中的时候——他还记得自己在办公室待到很晚，就为了把脑海中想到的趣事都整理一番，仅留下一个最出彩的，回家后尝试讲给苏珊听。

啊，她一直都是个不得了的孩子。当这所全国顶尖的学院录取

---

1 十九世纪英国作家刘易斯·卡罗尔（Lewis Carroll，1832—1898）创作的著名儿童文学作品。

2 Sir John Tenniel（1820—1914），英国插画家，曾为《爱丽丝漫游奇境》及其续集创作插画。

她时，尽管她似乎有些惊讶，但他却毫不意外。是他们慧眼识珠，发现了一个出类拔萃的人。

可是，她竟然爱上了自己的历史老师，那男人离过婚，年纪是她的两倍大，在一所州立大学谋了份新工作，她还坚持要随他一起去，即使这意味着特恩布尔学院已经全额支付的学费概不退还——谁又能想到这些呢？

"亲爱的，听着，"今天下午在宿舍里，他试图跟她讲道理时说，"我希望你明白这一点：这跟钱没有关系。那不重要，只是有那么一点不负责任。关键是你妈妈和我都觉得，你还没有成熟到做这样一个决定。"

"为什么把妈妈扯进来？"她说，"为什么你无论做什么，总要妈妈来给你撑腰？"

"我没有，"他说，"我没那样。可我们都非常担心——或者能让你开心的话，我就这么说吧：我非常担心。"

"为什么？"

"因为我爱你。你爱我吗？"

他就这样直截了当地撞了上去，就像喜剧演员一头撞上丢过来的蛋奶派。

他知道她或许是言不由衷，哪怕她自己觉得事实如此。那个年纪的女孩们总是被爱啊性啊搞得晕头转向，一半时间都不知道自己在说什么。尽管如此，她还是说了——一句他根本没想到会从自己最喜欢的孩子口中听到的话。

等上了州际公路，他把汽车控制在限速以内，已经准备好再撕心裂肺地大哭一场了，但又拼命忍住眼泪，因为他开车不能糊了眼睛，因为他的妻子和小女儿们还在家里等着他，因为他生活中其他有意义的一切也都在等着他；再说，没有哪个有教养的人会在一天之内崩溃两次。

等她一个人了，苏珊赶忙去了大卫·克拉克的公寓，扑进他的怀里哭了很长时间——她自己也吃了一惊，因为她原本压根儿没想哭。

"哎，宝贝，"他边说边抚摸着她颤抖的后背，"噢，好了，宝贝，没那么糟糕。来喝一杯，咱们聊聊就好了。"

大卫·克拉克既不强壮也不英俊，少年时期曾让他饱受困扰的一脸茫然无知的模样早就消失了，现在这张脸上浮现的是智慧与幽默。多年来，他把不跟自己班上的女学生胡来奉为事关名誉的大事。"那根本就不厚道，"他会向其他老师解释，"那是占了大便宜，是易如反掌的事。"还有羞涩和极其害怕被拒绝，尽管他通常不会谈到这些方面。

然而几个月前，一切理由都消失了——他发现自己就像一个寻求给养的人一般，只有不断盯着坐在前排的安德鲁斯小姐才能讲完一节课。

"啊，我的老天呐，"他们第一次一起过夜时，他对她说，"噢，宝贝，你是我见过的独一无二的人。你就像——你就像——噢，天呐，你真是无与伦比。"

她也向他耳语，低声说他为她打开了一个全新的世界，让她焕然新生。

没过几天，她就搬去与他同居了，只在宿舍里留下必要的东西，以便看上去"过得去"。大卫·克拉克记忆中最幸福快乐的时光就这样开始了，从来没有别扭或失望的时刻。她年纪轻轻却从来不会犯傻，常常是睿智的，所以他总是对此充满惊叹。他喜欢看她在他家里走来走去，裸着身体或是穿着衣服，因为她那张甜美又认真的脸上的神情清楚地说明她就像在自己家一样轻松自在。

"噢，别离开我……"大卫·克拉克对他在离婚后认识的几乎所有女人都说过这句话，这是一句呼唤或是一句恳求，仿佛完全不受控制地从他嘴里吐露出来。有几个姑娘似乎觉得这很可爱，其他人则感到困惑，还有一个讲话刻薄的女人称"说这话不男人"。

但与苏珊一起度过最初几个晚上之后，他很少重复那句话。这个女孩青春洋溢，双腿修长，她的身体正跳动着爱的热烈韵律——她会留下来的。

"嘿，苏珊?"他有一次说道，"你知道吗?"

"什么?"

"你让我感到安宁。那听起来或许没什么，但重要的是，我这一辈子都想获得安宁，从没有其他人让我有这种感觉。"

"嗯，那显然是句漂亮话，大卫，"她说，"但我觉得我能说得更漂亮。"

"怎么说?"

"你让我感觉到了真实的自我。"

她父亲来看她的那天下午，她试图解释看到父亲流泪时自己的感受，大卫尽力去安慰和开导她。但没过多久，她离开他的怀抱，到另一间房里独自伤心去了。沉默持续得有点过于久了，他不太喜欢。

"你瞧，"他对她说，"你不如给他写封信吧。要是你想的话，花上三四天的时间，写得漂亮一点。然后你就能把整件事抛在脑后了。大家都是这么做的，你没发现吗？人们学着放下。"

一年半后，他们在长老会教堂举办了婚礼，就在大卫当时任教的那所庞大的大学校园附近。他们搬进一套宽敞的旧公寓，来拜访的客人常常说这里"有趣"。有那么一阵子，除了彼此相爱，他们觉得世间再无所求。

但是很快，大卫开始为越南战争中的暴行感到忧心忡忡。为此，他在课堂上发表愤怒的演讲，帮忙分发请愿书，组织校园集会。有几次，他还因为这事一个人落寞地喝得醉醺醺的，凌晨两三点钟才跌跌撞撞地爬上床，咕哝着含糊不清的话，直到贴着苏珊熟睡的暖暖的身体昏睡过去。

"你知道吗？"一天晚上，当他在厨房帮她洗碗时，他问她，"我认为尤金·麦卡锡[1]将会成为本世纪下半叶最伟大的政治英雄，他让肯尼迪兄弟相形见绌。"

那天晚上晚些时候，他开始抱怨自己一开始就不喜欢学术生活。

1　Eugene McCarthy（1916—2005），从政之前曾是大学教授，一生参与五次美国总统大选均与之无缘，其中最知名的是以坚定反越战立场参加的一九六八年大选。

"老师们根本就和这个世界格格不入。"他对她说，手端一杯酒在客厅里暴躁地走来走去。她捧着缝纫篮，蜷缩在沙发上，正在补他一条裤子上脱线的针脚。

"老天啊，"他说，"我们阅读这个世界发生的事，我们也谈论这个世界，但我们从来没有参与其中。我们被安安稳稳地锁在其他地方，被撇在一边或是高高在上。我们不会行动。我们甚至不知道如何行动。"

"我一直觉得你是有所行动的，"苏珊说，"你运用自己的专业技能，与别人分享你的知识，这样你就能帮助人们开阔并丰富眼界。那不是行动吗？"

"哎，我不知道。"他说，几乎准备停止这场讨论。贬低自己的工作也许只会破坏她敬爱他的基础。而且，这个想法更令人心寒：当她说"那不是行动吗"，那可能是某种暗示，她是指"行动"在戏剧层面的意思[1]，仿佛过去在特恩布尔上的所有课，当他附和着自己的声音在教室前面踱来踱去，一次又一次停下来转身看她——仿佛这一切都不过是一个戏子该做的。

他安静地坐了一会儿，直到他想起这也能被当成是一种表演：端着一杯酒的男人在灯光下郁郁寡欢。然后，他站起身，又走动起来。

"好吧，"他说，"可是你瞧，我四十三岁了。再过十年，我就会趿拉着软拖鞋，看《梅夫·格里芬脱口秀》，因为怪你没赶紧端来爆

---

1 act 既有"行动"之意，也有"表演"之意。

米花而耍脾气——你明白我想说什么吗？关键是，麦卡锡的这一整套东西都太让我着迷了。我是真心想加入其中——就算不是跟着麦卡锡本人，那么至少是跟着和我们同一阵营的大人物，一个清楚这个世界即将分崩离析的大人物，除非我们能唤醒人们，让他们——帮助他们认清自己的——啊，该死的，宝贝，我想从政了。"

接下来的几个星期，他寄出了很多封措辞讲究的信件，焦躁不安地打了很多通电话。他联系了从前认识的人，其中一些又介绍认识了新的人。他到不同的城市跟人会面、吃午饭，他们有的能帮上忙，有的帮不上，还有的常常等到握手告别那一刻才会吐露自己的底细。

最后，等到想为麦卡锡竞选活动做点有用的事已经太迟时，大卫受聘为一个长相英俊、热情满满的民主党人撰写发言稿，他叫弗兰克·布莱迪，当时正在中西部一个工业化程度很高的州竞选州长，几份国内杂志都曾盛赞其"个人魅力"。弗兰克·布莱迪竞选成功后，大卫被留任在州议会，成为州长核心幕僚之一。

"噢，那可不仅仅是写发言稿。"当他们将自己的家什安置在那个州州府死气沉沉的近郊中心后，他向妻子解释，"发言稿不过是小打小闹。我更多的时间是花在像起草立场文件并随时更新它们之类的事情上。"

"什么是立场文件？"苏珊问。

"嗯，弗兰克必须针对各种话题形成有条有理的观点——像越战、民权问题自然不用说，但还有很多其他的方面：农产品价格、劳资关系、环境问题，等等。我就负责调研——噢，办公室里有一群非常得力的调研人员，他们可以减轻我的负担——我整理出四五页内容，打印出来，就是能让弗兰克在几分钟内读完并消化的东西，那就是他的——那就是他的立场文件。无论遇到什么话题，无论什么时候谈到，他都会采取文件上的立场。"

"哦。"苏珊说。她一边听他说着，一边觉得他们的沙发和咖啡桌摆放的位置不对劲，它们现在正靠着这间格局奇怪的陌生房间远端的那面墙。要是把它们搬到这里，把这些椅子搬到那里，也许能恢复他们在"有趣"旧居中令人愉快的秩序感。但她对自己的计划不抱太大希望：新的摆放方式也许看起来照样不对劲。"嗯，"她说，"我明白了。或者说至少我觉得我明白了。就是说，除了撰写从那个男人口中说出的每个词之外——当然他上电视脱口秀时除外，那时他只要随便咕哝几句，笑呵呵地对着电影明星就行了——除此之外，你还帮他思考，对吧？"

"噢，别这样。"他说着夸张地打起手势，想表示她有多傻，错得有多离谱。他希望他们没有坐在椅子上，因为要是他们坐在沙发上，他就能将她搂在怀里。"宝贝，好了，你看啊。弗兰克·布莱迪是一个不知道从哪里冒出来的人，他是靠自己的努力成功的，没依靠任何人，不亏欠任何事，他适时发动了一场卓有成效、振奋人心的竞选活动，被人们自由选举成为州长。数百万人相信他，信任他，把他当成领袖。而另一方面呢，我不过就是个雇员——他的助手之一，或者我猜是叫'特别顾问'。我为他写稿，真有那么糟糕吗？"

"我不知道，我觉得没有吧。我是说，你刚刚说的那一切，挺好的，挺不错的。只不过，听着：我真是累坏了。我们现在可以上床睡觉了吗?"

　　苏珊怀孕后，她很高兴地发现自己还挺享受的。她曾听很多女人谈起怀孕，就像那是不得不忍受的漫长煎熬，但现在一个又一个月过去了，她感觉自己正安然地成熟着。她胃口很好，睡得也好，几乎从不会烦躁，临近生产时，她也乐于承认自己挺享受在公众场合陌生人对她的谦让。

　　"我几乎想一直这么下去了，"她对大卫说，"怀孕确实会让你有些迟缓，但它让你感到——它让你的身体感到好极了。"

　　"不错，"他说，"我知道会的。你是个本色女孩。你做的每件事都很——很自然而然。我想我一直最喜欢你这一点。"

　　他们给女儿取名叫凯蒂丝，她给他们的生活带来了巨大的变化。他们突然间放弃了自己的私人空间，整天惴惴不安的，一切东西都不牢靠，所有吃的都好像馊了。但他们都知道没什么好抱怨的，于是想办法鼓励和安慰彼此，熬过了最艰难的头几个月，没犯任何的错。

　　一年中有那么几次，大卫会去一个遥远的东部小镇，看望上段婚姻离异后的孩子，而那一向是不愉快的时刻。

　　儿子现在十六岁了，在念高中，每门课都不及格，而且好像不管怎么努力都交不到朋友。他在家里多数时候都不说话，躲着不见人，一听到他妈妈有关"专业咨询"和"寻求帮助"的委婉建议就逃开，只有看到电视上傻透顶的笑话时才会精神振奋、哈哈大笑起来。显然，他很快就会离开家，加入漂泊流浪的嬉皮士世界，在那里，聪不聪明无关紧要，友谊和爱一样，遍地都是。

女儿十二岁，相较而言则有出息多了，但她那甜美的脸上皮肤不好，斑斑点点的，而且似乎总是一副郁郁寡欢的神情，像是在止不住地思考失去的本质。

至于他们的母亲，曾经也是个让大卫·克拉克相信自己命悬于她的年轻姑娘（"但这是真的，我是认真的，没有你我活不下去，莱斯利……"），如今已变成一个饱受岁月摧残的中年人，漫不经心，又肥又胖，一副乐呵呵的可怜模样。

他一直觉得自己闯入的是陌生人的家里。这些人是谁？他东张西望，不断问自己。这些人跟我有关系吗？还是我跟他们有关系？这个可怜的男孩是谁，这个一脸忧郁的小女孩怎么了？这个笨手笨脚的女人是谁，她为什么不收拾一下自己的衣服和头发呢？

当他对着他们微笑时，他能感受到嘴巴和眼睛周围的细小肌肉在每次微笑时将和蔼礼貌表演出来。当他跟他们一起吃晚饭时，倒不如说是在某个古老知名的自助餐厅吃饭，那里的餐桌为了方便是共用的，而所有的顾客都埋头吃东西，尊重彼此独处的需要。

"哦，要我说没什么好担心的，大卫，"有一次他把前妻拉到一边谈论他们的儿子时，她说道，"这个问题一直存在，我们只能慢慢处理。"

那次探望快结束时，他开始数算时间。三个小时，两个小时，啊，天呐，还有一个小时——终于，他自由了，在街道上大口呼吸着新鲜空气。那天晚上，在一路飞越半个美国回家的飞机上，他津津有味地嚼着干烤花生米，喝着波旁威士忌，竭尽全力清空思绪，并一直保持如此。

最后，累到发抖的他在凌晨三点到家了。他拎着行李箱，爬上自家的楼梯，进到客厅，摸索着墙上的电灯开关。他本想马上悄没声儿地穿过房间上床睡觉，却发现自己在一片亮光中呆站了许久，他环顾四周，怔怔地感觉自己从来没有见过这个地方。

谁住在这里？他沿着黑黢黢的走廊走着，想找到答案。宝宝房间的门仅半开着，里面没有太多亮光，但他看得到高高的白色婴儿床。在纤细的床栏杆之间，沉浸在香喷喷的爽身粉和甜腥的尿味之中，他看见一团东西，几乎不占什么地方，却似乎静静地发散着能量。里面有一个活人。里面的人转眼就会长大，可能会长成任何一种人。

他赶忙走进另一间卧室，仅凭走廊透进来的一点光亮来辨认方向。

"大卫?"苏珊半睡半醒地说道，在被子里费劲地翻了个身。"噢，真高兴你回家了。"

"是呢，"他对她说，"噢，天啊，宝贝，我也是。"

他躺在她的怀里，意识到自己的人生到底不算完蛋。

苏珊觉得这座州府城市没什么可让人喜欢的：一连好几英里，不管你看向哪里，它一点都不像一座城市。有很多的树——这倒不错——但剩下的地方似乎都是购物中心、加油站以及采光通透的连锁快餐店。等宝宝大到可以坐婴儿车了,她期待着能探索城里的新鲜地方,找着更好的东西,可结果却是一场空,就像希望大卫从一开始就没有为弗兰克·布莱迪工作一样徒劳。

一个温暖的午后,她出门散步,结果走得离家太远了,感到疲惫。在推着婴儿车回来的路上,她感觉自己可能走不到家了。只剩三个街区的路就到了,但日光灼灼,令人晕眩,让人感觉还有五六个甚至更多街区的路要走。她停下来休息,气喘吁吁的,敏锐地感受到了自己的心脏——它大致的尺寸、形状和分量,它的触感,它的跳动,及其必然死亡的可怕终局。坐在塑料椅座上的宝宝转过身抬起头来,睁着圆溜溜的眼睛,像是在问她们为什么停下了,苏珊尽力以一个安抚性的微笑来回应她的表情。

"我们没事,凯蒂丝,"她说,仿佛凯蒂丝能明白似的,"我们没事,我们很快就到家了。"

她最终走完了那段路。她甚至爬上了楼梯,那是最艰难的。她把凯蒂丝放在床上,将婴儿车折叠起来放好,然后躺在客厅的沙发上,直到自己的心脏恢复正常——直到心脏怦怦作响的威胁消除了,直到身体就像当初怀孕时感觉那么棒,能够再次承受心脏的跳动。

大卫下班回家时,她还躺在沙发上,犹豫着要不要小睡片刻。

"哇,"他陷进客厅另一边的椅子上说,"天呐。今天办公室的活儿真累。我告诉你,宝贝,这一天真不容易……"

她听着,或者说是在观察他的时候努力听着,她发现他看起来比实际年龄更苍老。在她的建议下,他留起了短短的胡子,她大约每三个礼拜会帮他修一下,但要是早知道胡子长出来是白色的,她不确信自己还会不会这么建议。此外，她不知道自己到底能不能习惯他的新发型，那完全是他自己的点子。他们相识这么久以来，他那头棕色直发一直到处夹杂着银灰，她一直觉得那挺有魅力的，但几个月前，他决定把头发留起来，因为他不想成为州长办公室中唯一一个留着五十年代发型的人。现在他的头发很茂密，看起来灰白远远多于棕色。后面的头发长得遮住了衬衫和外套的领子，两侧的头发又长又厚，盖住了他的耳朵，当他身体前倾时，还会来回摩挲他的面颊，前额垂着精心剪的不规则刘海，就像女演员简·方达[1]一样。

还不止这些：就在几年前，她尚且能形容他的双腿是"纤瘦"的，但现在穿上干净的灰色法兰绒裤子之后，它们看起来又细又薄，让人感觉他在骑自行车时一定会在街上歪七扭八慢慢吞吞地前进。

"……有时候，"他一边用拇指和食指轻轻揉着闭上的眼皮，一边说，"有时候，我希望弗兰克·布莱迪能走开，别来烦我。你没法儿想象在那间血汗办公室里的压力有多大。唉。要给你倒杯酒吗？"

"好的，"她说，"谢了。"她看着他走出客厅，进到厨房。她听到大冰箱门轻轻地合上，冰格盘上的冰块被剥落下来，然后传来一阵意想不到且令人害怕的声响：一阵响亮癫狂的爆笑声，听着根本不像是大卫的声音。笑声持续不断，音量高到变成假声，在他大口喘气时才稍微变小一点。回到客厅时，他仍旧笑得前仰后合，上气不接下气，手里端着一杯深色的兑水波旁威士忌，冰块在里头叮叮

1　Jane Fonda（1937—　），美国女演员。

当当晃荡。

"宝贝，听着，"他等能够开口了就说，"我刚刚想到一个报复弗兰克·布莱迪的完美办法。听着。用订书机——"但他还没说完，就又忍不住狂笑不止。缓过劲儿之后，他深呼吸了一口，摆出一副严肃的表情说，"用订书机把他的下嘴唇钉在他的办公桌上。"

她挤出一点微笑，但那没能让他满意。

"噢，该死，"他说，看起来像是受了伤，"你觉得不搞笑。"

"我当然觉得了。当你想象那个场景时，还挺滑稽的。"

之后，他们紧挨着坐在沙发上，他贪婪地大口大口喝着酒，仿佛这杯浓郁可口的威士忌就是他等了一整天的要紧东西。

"我能也要一点吗？"她问。

"要什么？"

"你知道的，一杯酒。"

"啊，天呐，对不起，"他说着便起身又冲进厨房，"对不起，亲爱的。我本来是想给你倒一杯的，我竟然忘了，真是的。我老了，变得健忘了，真是的。"

她等他说完，始终面带微笑，希望他别再谈论他上了年纪这事。他还不到四十七岁呢。

另一次深夜时分，只剩下他们俩在收拾邀请一些人来吃晚餐后的残局，大卫酸溜溜地嘲讽其中一位客人，说他是个年纪轻轻、自命不凡、毫不幽默的蠢蛋。

"哦，我不会这样讲他，"苏珊说，"我觉得他还不错。"

"噢，是么，'不错'。对你而言，这个词可以用来形容一切，是不是。嗬，操，操他妈的'不错'。"他砰的一声关上房门，去了走廊，像是要直接上床睡觉。有那么一两分钟，卧室里传来好一阵乒乒乓乓的声响，然后他又折回来，浑身颤抖地盯着她。"'不错'，"他说，"'不错'，那就是你想要的吗？你想这个世界变得'不错'？听着，宝贝，听好了，亲爱的。这世界真太他妈不错了。这世界到处都是斗争、强奸、屈辱和死亡。这世界太他妈的不适合从圣路易斯出来的爱做白日梦的富家小丫头了，你听明白了吗？回你家吧，我的天呐。要是你想要的是'不错'，那就滚出去，滚回你家，滚回你该死的爸爸身边。"

当他站在那里对她大吼大叫时，那些灰白的头发在他脸侧甩动着，那张脸几乎被挡住了，几乎叫人记不起原来的模样，就像看着一个疯老头儿在耍小孩子脾气。

但这并没有持续很久。等他羞愧地默默坐下，双手抱着留着精致发型的脑袋，一切很快结束了。之后不久，他便低声下气地哽咽着道歉。"噢，天呐，苏珊，对不起，"他说，"我不知道自己怎么会那样。"

"没事，"她告诉他，"我们就——这阵子我们就还是多体贴彼此吧。"

结果证明，体贴彼此几乎称得上是一件乐事了。它带来的温柔、安宁和克制让他们都能躲开各自头疼的烦心事，也不会显得畏畏缩缩；此外，当他俩都有兴致时，也能让他们重温过去的亲密。就这样，他们又能相处下去了。

又磕磕绊绊地过了两年多，其间有平静的时刻，有欢喜的相伴，也有愤怒和争吵的时刻，或仅仅只是沉默着。这一切似乎都沉淀为大卫所说的好的婚姻。

"嘿，苏珊?"他不时会问她，装出一副小男生似的羞怯，"你觉得我们能过下去吗?"

"当然。"她会说。

美国从战争中撤军之后不久——这场战争曾激励大卫·克拉克改变自己的生活——他想了法子重新去教书。之后，他给布莱迪州长写了一封辞职信，这一行动让他感觉"棒极了"，还劝妻子不要担心将来。他解释说，这些年远离课堂不过是犯了个错，不算糟糕，代价也不算大，他甚至最终还能从中获益——但那依旧是个错误。他是个老师，过去一直是，也许以后永远都是。

"除非，"他突然看起来难为情地说，"除非你认为这一切有些——倒退了什么的。"

"我为什么要那样想?"

"我不知道。有时候很难知道你在想什么。一直都是这样。"

"哦，"她说，"我想这事我也没辙，对吧?"

他们俩陷入沉默。那是暮夏时分一个温暖的午后，他们坐在那里，手里端着冰茶，杯里的冰块已经融化，淡而无味的茶水几乎已经喝光。

"噢，宝贝，听着——"他开口说道，伸手捏了一下她的大腿以示强调，但犹豫之后又缩回了手。"听着，"他又说，"让我告诉你：我们会没事的。"

她停顿良久，凝视着已带有暖意的杯子说："不，我们不会了。"

"啊？"

"我说，不，我们不会了。我们已经不好了很长时间，我们现在也不是没有问题，事情不会有任何好转。要是这来得太突然，我很抱歉，但其实并不应该，而且，如果你真像你以为的那样很了解我，也就不会觉得突然了。都结束了，就是这样。我要走了。等我一收拾好我们的东西，可能要个一两天吧，我会带着凯蒂丝去加利福尼亚。我今晚会打电话告诉我父母，然后我全家人都会知道。一旦大家都知道，我想你就更容易接受了。"

大卫的脸上几乎血色全无，他嘴里发干。"我不相信，"他说，"我不相信自己会遇到这种事。"

"哦，你很快就会相信的。无论你说什么都阻止不了我。"

他把空杯子放在地板上，立马站起身，每次大喊大叫时，他都会这么做，但这次他没有喊叫。他目不转睛地盯着她的脸，像是要看穿这张面孔，然后说，"我的天啊，你是认真的，是不是？我真的失去你了，对吗？你不——不再爱我了。"

"是的，"她说，"确实。我不再爱你了。"

"啊，天呐，苏珊，为什么？你能告诉我为什么吗？"

"没有为什么，"她说，"爱或者不爱，都没什么道理可言。大多数聪明人不都明白这一点的吗？"

在圣路易斯郊区一处高档住宅区，大块大块的草坪连成片，宽敞时髦的大房子掩映在树荫之间。爱德华·安德鲁斯一个人坐在书房里，试图写完一份医学期刊的约稿。他觉得大部分完成得不错，但没法儿将最后几段妥善收尾，每次尝试不同的写法，感觉总会更糟。文章一再卡壳，就是无法结尾。

"艾德?"他的太太在走廊上喊道，"刚刚苏珊打电话，她现在在州际公路上，她跟凯蒂丝再过半小时就到。你要换个衣服什么的吗?"

他当然要。他还想迅速冲个热水澡，站在镜子前郑重地一再梳理头发，直到理得妥妥帖帖的。之后换一件干净的衬衫，袖口往上折两折，再换条新的薄款法兰绒裤子——这一切都是为了证明，面对苏珊，六十三岁的他依然可以整洁熨帖，充满活力。

等苏珊到了，大家在前厅里拥抱、亲吻——安德鲁斯博士的嘴唇扫过她一侧冰凉的耳垂——又欢快地惊叹着自上次跟外公外婆见面之后，凯蒂丝又长大了多少，又有多大变化。

安德鲁斯博士独自在厨房准备酒水，突然有了一个紧张的念头，想着在把酒盘端到客厅前，他最好在这里先喝上一杯——他再次疑惑起来，在他最喜爱的孩子、在这个与众不同的女孩面前，到底是什么让他止不住地颤抖。一来呢，她总是那么冷静，那么能干。她这一生可能从未做过一件不在行或不负责的事，除了那次浪费了特恩布尔学院的学费——而想到这里，跟那些年数不清的其他孩子们的言行相比，这事根本不值一提：那些孩子们戴着鲜花和彩色念珠，稀里糊涂地信仰东方宗教，愚蠢地追求嗑药带来的疯狂。说到底，也许该谢谢大卫·克拉克把她带离那一切;可不对啊，不是这样的，不能归功于克拉克，因为这功劳属于苏珊她自己。她这么聪明，根本不会成为一个浪荡子，就像她这么诚实，绝不能跟自己不再爱的男人继续生活一样。

"那你有什么打算，苏珊？"他端着闪亮的盘子进入客厅时问道，上面放着叮当作响的杯子，"加利福尼亚算是个大地方，也有些吓人。"

"吓人？你指什么？"

"噢，呃，我不知道。"他说。只要能避免争吵，他现在愿意在任何事情上退让。"我是说——你懂的——从诸如杂志上读到的内容来看。我确实没有任何亲身体验。"

然后苏珊解释说，她在"旧金山以北的"马林郡有一些朋友，所以她不是在全然陌生的地方重新开始。她会找一个住处，然后再找份工作。

"哪一类的？"他问，"我的意思是，你有什么特别想做的吗？"

"我还不太清楚，"她说，"我很擅长跟孩子打交道，我可能会去幼儿园或是日托中心工作吧，不行的话就找找别的。"她盘起双腿，将纤巧好看的膝盖藏在精美的花呢短裙褶边下面。他好奇她是不是在路上哪家汽车旅馆的房里换了身新衣服，以便这次归家时看起来漂漂亮亮的。

"嗯，亲爱的，"他说，"我希望你知道，我很乐意尽我所能帮助你，如果你——"

"不，不用，爸爸，没事。大卫寄来的钱能让我们舒服过日子了。我们不会有事的。"

听到她叫"爸爸"真是件快乐的事啊，于是他向后靠坐着，什么话也没说，几乎放松下来。他甚至都没问心里最想问的那个问题：大卫怎么样了，苏珊？他能接受这一切吗？

他跟大卫·克拉克只见过和聊过几次——第一次是在婚礼上，自那之后有四五次——他每一次都不无意外地发现自己喜欢这个人。有一次，他们试探性地聊到政治，直到大卫说，"好吧，博士，我猜自己一直都是个虚情假意的自由派"。爱德华·安德鲁斯觉得这句话挺有趣的——且不说它或许正切合时事，它本身也包含着幽默和自嘲的意味。他甚至决定不在意大卫比苏珊年长二十岁，或是他在遥远的地方还有上段婚姻里的另一个家庭，因为这一切似乎意味着他不可能再犯什么错了，他会将自己大好的中年时光献给第二段婚姻。而且最关键的一点是——这似乎让其他的一切都不重要了——无论在哪一次聚会上，这个腼腆礼貌、有时一脸迷糊的陌生人都无法将自己的目光从苏珊身上挪开。谁看不出来他爱她呢？找女婿的话不就是先看这一点吗？嗯，当然是，理应如此。好了，那现在呢？那个可怜的倒霉蛋要怎么度过余生呢？

苏珊和她妈妈在聊家事。苏珊的三个妹妹现在都搬出去了，两个结了婚，也交流了跟姐姐们有关的一些消息。过了一会儿——似乎不可避免地——她们聊起了生孩子的事。

艾格尼斯·安德鲁斯马上六十岁了，这么多年来她不得不戴眼镜，镜片厚得不大容易看清她的眼神：你只能依靠微笑、皱眉或是平静而不动声色的嘴巴来判断。她丈夫也不得不承认，她的其他部位也在迅速衰老。她从前那头浓密的秀发已所剩无几，只留下理发师能挽救和精心打理的那部分；她身体的有些地方下垂了，另一些地方则鼓起来。她的模样始终如此：一个大半辈子都被人用尖利饥渴的声音叫"妈妈"的女人。

在几乎想不起有多久的从前，她曾是个干净利落、异常热情活泼的年轻护士，她的身体让他完全抵抗不住。从他们在一起的第一个晚上一直到他向她求婚的那个晚上（"我爱你，艾格尼斯；啊，我爱你，我需要你，我需要你……"），唯一一个可以轻易忽略的小小异数，唯一能证明他的爱的，就是他知道有些人——比如他的母亲——也许会奇怪他竟会娶一个工薪阶层的姑娘。

"……嗯，生朱迪的时候最轻松，"她说，"我一点感觉都没有。我住进医院，他们把我麻醉了，等我醒过来，一切都结束了。她出生了，我打了很多镇痛剂，所以觉得没事，还有个人给了我一碗脆米酥。嗯，但其他几个就难多了——比如你吧，生的时候可艰难了。不过，我还是觉得生你妹妹们的时候最痛苦，可能是因为我上了年纪吧……"

艾格尼斯很少说这么多话——有可能一整天过去了，她都不会说上一句——但这刚好是她最喜欢的话题。她坐在那里，身子前倾，前臂搁在膝盖上，握着的双手摆来摆去的，用来强调自己的观点。

"……你瞧，帕尔默医生以为我昏迷了——他们都这么认为——但麻醉还没生效。我什么都感觉得到，也能听见他们说的每句话。我听到帕尔默医生说：'小心她的子宫：已经薄成纸片了。'"

"天呐，"苏珊说，"你不害怕吗？"

艾格尼斯疲倦地微微一笑，令她的眼镜在渐暗的午后光线中闪了一闪。"哎，"她说，"等你像我这样经历这么多次之后，我猜你不会再想着害不害怕了。"

凯蒂丝喝的是一杯里面放了颗樱桃的姜汁汽水，她走到朝西的大玻璃窗前向外张望，像是在估算到加利福尼亚的距离。"妈咪？"她转身喊道，"我们今晚是住这里还是怎么说？"

"噢，不，亲爱的，"苏珊告诉她，"我们只能待一小会儿。我们还要开很远的路呢。"

爱德华·安德鲁斯又进了厨房，他将冰格盘上的冰块弄下来，使用的力道和弄出的响声都超出了必要，希望以此抑制住自己越来越强烈的怒气，结果并没有。他不得不转过身，用一只颤抖着的手的掌根用力压着前额，就像一个该死的悲剧演员。

女人啊。她们总会让你气得发疯吗？她们拒绝的微笑总会让你陷入绝望，而她们接受的微笑只是意味着会以更糟糕更可怕的新方式来伤你的心？难道你愿意一直听其中一个炫耀自己的子宫有多薄，或另一个说"我们只能待一小会儿"吗？啊，我的老天，花上一辈子的时间都弄不懂女人吧？

一两分钟过后，他差不多平静了。他端着新倒好的酒回到客厅，神情近乎肃穆，下定决心在接下来的这点时间里，他会将一切静静地压在心底，这样这两个女孩——这两个女人——都不会感觉到他的痛苦。

半个小时后，暮色初临，他们都去了车道上。凯蒂丝被放在副驾驶的座位上，绑好了安全带，苏珊掏出车钥匙握在手里，拥抱了自己的母亲。然后，她向前一步拥抱父亲，但那根本算不上一个拥抱，更像是不惹人厌的敷衍。

"开车小心，亲爱的，"他贴着她那柔软芳香的黑发说道，"听着——"

她从他怀里抽身，露出愉悦而专注的表情，但不管他想说的或是原本想让她知道的是什么，他都咽了回去，只说了一句："听着：保持联系，好吗？"

※   ※

选 拔 赛

※

伊丽莎白·霍根·贝克喜欢告诉别人，她的父母是不识字的爱尔兰移民。在大萧条的那些年里，她一直替韦斯特切斯特郡的几家报纸写专题故事。她家在新罗谢尔，她在家里工作，不过每天都开着一辆锈迹斑斑、摇摇晃晃的福特 A 型车外出。她开得飞快，漫不经心的，嘴角常常叼着一支烟，透过弥漫的烟雾眯眼看路。她是个漂亮的金发女人，身强体壮，依然年轻，一碰见什么荒唐事，就会放声大笑，而现在的生活压根儿不是她原本打算过的那种。

"你能想明白吗？"她会问，经常是晚上喝了些酒之后。"我从农民堆里爬出来，念了大学，在一家郊区报社干着一份不起眼的破工作，因为那时觉得就那样将就一两年也不错，可你看现在，你看看，你能想明白吗？"

谁都想不明白。她的朋友们——她总是有羡慕她的朋友——只能承认是她运气不佳。这份工作以及由此强加给她的那种压抑沉闷的环境并没有让伊丽莎白充分发挥自己的才能。

二十年代，她还是个年轻姑娘，是新罗谢尔《标准星报》的一个爱做白日梦的记者。一天，她从办公桌上抬起头时，看到有人领着一个年轻小伙子在办公室里转悠。他个子高高的，留了一头黑发，看上去很腼腆。他是新来的职员，名叫休·贝克。"他走进来的那一刻，"她后来反复说过许多次，"我想着：这就是我要嫁的男人。"其实也没过多久。不到一年，他们结了婚，两年后，生了一个女儿。但很快地，一切都以伊丽莎白不愿细说的方式土崩瓦解。休·贝克一个人搬去了纽约，最终成为某份晚报的特稿作者，以其轻松的笔调经常受到编辑们的赞扬。就连伊丽莎白也从未抨击过这一点：多年来，无论怨恨与否，她总说在自己认识的所有男人当中，休·贝克是唯一一个能真正逗她笑的人。而现在，她已经三十六岁了，一天将尽之时多半没事可做，只能回家，回到新罗谢尔的一套楼上公寓，假装喜欢跟孩子待在一起。

艾德娜是一个矮胖的中年妇女，她的衬裙似乎总会露出裙摆一圈，露出至少一英寸。伊丽莎白进门时，艾德娜正在厨房炉子边上干活。

"一切尽在掌握之中，贝克太太，"艾德娜说，"南希已经吃了晚饭，我正想用小火温这个，这样您随时想吃就能吃到。我做了一个不错的炖菜，总之很好吃。"

"好的，艾德娜，那挺好的。"伊丽莎白脱下那副陈旧的驾驶皮手套，每次这样做时，她总是无意识地把手轻轻甩开，就像在经过一段漫长艰难的骑行过后，一个刚下马的骑兵军官摘下自己的防护手套那样。

当她们去看南希时，她看起来已经准备好上床睡觉了：她穿着睡衣，正在房间地板上漫无目的地玩着什么游戏，把几件旧玩具小心翼翼地排成一列。南希九岁，今后会像她爸爸那样个子高高的，皮肤黑黑的。最近，艾德娜把她的丹顿医生[1]连体睡衣的脚趾部分剪开了，好让她更自在——她长得快，穿什么都嫌小了——但伊丽莎白觉得堆在她脚踝处的多余面料形成的布兜子看起来挺滑稽的，

---

1 Dr. Denton，美国知名连体睡衣品牌。

而且她确信九岁的孩子不该再穿那种睡衣了。"你今天过得怎么样？"她在门口问道。

"噢，还行，"南希抬起头，只是扫了一眼她的妈妈，"爸爸打了电话。"

"噢？"

"他说他下下个礼拜六会来看我，他买了在郡中心演出的《潘赞斯的海盗》的票。"

"嗯，真不错，"伊丽莎白说，"是不是呀？"

然后，艾德娜双臂张开，弯下腰走进房间。南希急忙爬起来，她俩站着拥抱了很久。"那就明天见啦，小不点儿。"艾德娜贴着孩子的头发说。

伊丽莎白常常觉得，一天中最棒的时刻是她终于能一个人待着的时候，端着一杯酒蜷缩在沙发上，脱下的高跟鞋歪倒在地毯上。或许，这样的平静感觉理应是生活本身最棒的部分，它让其他的一切都可以忍受。不过，她一向尽量认清现实，不去欺骗自己——自欺是一种病——因此，在喝了几杯酒后，她愿意承认孤身一人度过这些晚上的真实情况是：她在等电话铃响。

几个月前，她认识了一个名叫贾德·莱纳德的男人，他不拘礼，又热情，时不时地散发着个人魅力。他在纽约开了一家小型公关公司，谁要是不懂公关和宣传之间的区别，他就会对着谁吼。他四十九岁，离过两次婚，胸无大志，脾气暴躁，还爱喝酒，但伊丽莎白却爱上了他。她曾去他在纽约城里脏乱的公寓过了三四个周末。他也来过新罗谢尔，笑笑闹闹，两个人聊了好几个小时。他就是在这张沙发上跟她亲热的，也乖乖听从了让他在第二天早上南希醒来前离开这里的话。

可是，贾德·莱纳德现在几乎不怎么给她打电话了——或者说，几乎不怎么在能说清楚话时给她打电话了——所以，伊丽莎白开始一夜又一夜地守在这里。

等电话终于响起时，她正在沙发上打瞌睡，刚打算让炖菜在炉子里烧干、就这么不管不顾地穿着衣服睡在这里算了。但打电话的不是贾德。

是露西·托尔斯，一个非常欣赏她的朋友，这意味着这通破电话至少要打一个小时。

"……呃，嗯，露西，"她说，"等我一会儿，让我清醒一下，行吗？我刚刚在打盹儿。"

"噢，好的，当然行，不好意思，我等你。"露西比伊丽莎白年长几岁，如果自欺是一种病，那么露西早就病入膏肓了。她说自己"在地产行业"，意思是她在郡里好几家房地产公司工作过，但她似乎不能或是不愿保住工作，经常长时间闲着，主要靠前夫每月寄给她的钱过日子。她有一个十三岁左右的女儿和一个跟南希一样大的儿子。她那不切实际的社交抱负——或者说是社交虚荣——让伊丽莎白觉得愚不可及。尽管如此，露西心地善良，又会安慰人，她们已经是多年的朋友了。

伊丽莎白又倒了一杯酒，疲倦地坐下来，然后又拿起电话。"好了，"她说，"我现在好了，露西。"

"很抱歉电话打得不是时候，"露西·托尔斯说，"但重要的是，我真等不及告诉你我想到的一个绝妙主意。首先，你知不知道斯卡斯代尔邮政路上的那些房子？哎，我说的是斯卡斯代尔，我知道，但那些房子没太多市场价值，因为它们在邮政路上，你瞧，所以大多数都是出租房，其中一两幢真的很不错……"

主意是这样的：如果伊丽莎白和露西愿意把她们的资源整合在一起，她们就能合租一幢那样的房子。露西觉得她已经选出了最好的那幢，当然了，伊丽莎白也得先去看一看。那里有足够的房间住下两家人，孩子们会很喜欢这样的安排；而且，她们甚至可以用省下来的钱雇一个女佣。

"啊，再说，"露西总结道，最后说到了点子上，"再说，我真心厌倦了一个人生活，伊丽莎白，你没有吗？"

那幢房子很大，在秋日的阳光下闪闪发亮。它挨着公路，即使是在一九三五年，路上也车流不息。房子杂糅了不同的建筑风格和材料：大体上是仿都铎风格的，但有些地方用了大卵石，还有些地方涂了粉色灰泥，像是建筑方案中出了几处错，人们不得不竭尽全力善后。租房中介承认，这里看起来或许不怎么样，但完好无损、干干净净，也够"漂亮"，就这样的租金来说，确实是桩好买卖。

约定入住的那一天，露西·托尔斯和她的孩子们先到。女儿名叫爱丽丝，下礼拜开始念初中，她想让一切尽量看起来漂漂亮亮的，所以帮了她妈妈很大的忙，把旧家具挪来挪去，以各种新颖"有趣"的方式摆放，就为了将陌生的房间布置妥当。

"罗塞尔,你别挡我的路,行吗?"她对弟弟说,他从其中一个包装箱里找到了一个旧皮球,正闷闷不乐地在地板上拍来拍去。"他总是挡我的路,就挡我的路,"爱丽丝解释道,"我正想要——哎呀!"

"好了。"露西·托尔斯生气地把头发捋到脑后,前臂内侧露出一层屋内的灰尘印子,沾了她上次洗手时残留的水迹,淌下几条干净的水印。"亲爱的,如果你不跟我们一起干活,就最好到外面去,"她对儿子说,"行吧。"

于是,罗塞尔·托尔斯把球塞进自己的口袋,走下那条野草丛生、没有修剪的短坡,走到公路边上,他没什么事可做,就站在那里看着车来车往。贝克一家很快就会开着她们那辆旧福特车过来,要么是在搬家货车的前头,要么是跟在后头,他觉得让她们发现他在那里或许也挺好的,就像一个驻扎在车道上的殷勤哨兵。

罗塞尔一家搬过很多次家,住过很多个城镇,他一向不喜欢搬来搬去,而这次的新冒险是至今为止最没前途的。自他们六岁起,他就被迫偶尔跟南希·贝克打交道,但他总是躲着她,或是她躲着他,因为他们俩都知道他们的妈妈才是朋友。从现在开始,也许之后的几年,南希的卧室和他的卧室会在同一条短短的、只有一个洗手间的走廊上;他们会一起吃饭,很有可能其他时间也只有彼此做伴。他们被分到三年级的不同班级——校长说这样的安排是"明智"的——但即便如此,肯定还会有其他不便。如果他从学校带了人回家(假设他真能交到朋友,他现在还想不了这事),根本解释不清为什么南希会出现在这幢房子里。

等那辆 A 型车终于减速，摇摇晃晃拐进车道后，贝克太太先下车，叫罗塞尔在那里等货车开过来，因为她不确定司机是否知道是哪幢房子。之后，南希也下了车，过来跟他一起等，她提着一个行李箱，抱着一只看起来邋里邋遢的小泰迪熊。她犹疑地笑了笑，罗塞尔飞快地低下头。他们饶有兴趣地看着贝克太太用鞋子踩灭一根香烟，向厨房门口走去。

　　"知道这条路为什么叫邮政路吗？"他问，眯着眼睛眺望道路远处，"因为它一直通往波士顿。真该叫波士顿邮政路，我想用'邮政'是因为他们送信就走这条路。"

　　"哦，"南希说，"嗯，不，我不知道这个。"然后她举起自己的泰迪熊说，"他叫乔治。从我四岁起，他就每天晚上跟我一起睡。"

　　"哦，是么？"

　　直到那辆货车减速拐弯时，罗塞尔才看到它。不管怎么样，他还是拼命挥手，但那个司机没有注意到，或者说没这个必要了。

　　没过几个礼拜，南希·贝克就变得不可理喻。她脾气犟，总绷着脸，还特别爱哭。她那连体睡衣被剪开的脚部滑稽可笑。她的门牙很惹眼，其中一颗歪斜地叠在另一颗上面，那是相貌平平、惹人讨厌的小姑娘才有的样子。她死皮赖脸地缠着爱丽丝·托尔斯，甚至在爱丽丝几次三番委婉拒绝之后依然如此（"现在不行，南希，我告诉过你了，我正忙呢。"）。尽管露西·托尔斯偶尔一本正经地想表现得友善，但她似乎也一直被南希搅得不得安宁。"南希算不得是个很——讨人喜欢的孩子，是吧？"她有一次若有所思地对自己的儿子说。罗塞尔无需更多的证据就知道南希有多讨人嫌，反正也足够了：她自己的妈妈似乎也觉得她难以理喻。

有些早上，托尔斯一家不得不尴尬地坐在早饭桌上，听她们母女二人在楼上争吵不休的喧闹声。"南希！"伊丽莎白喊道，用的是她偶尔背诵爱尔兰诗歌时同样造作的声调。"南希！我一刻都等不了了……"同时传来南希哭哭啼啼的说话声。会有一两声撞击和摔上门的声响，接着是伊丽莎白一个人下楼的声音，高跟鞋咔嗒咔嗒重重地砸在台阶上。

"有时候，"一天早上，她走进餐厅时咬着牙、拖着声音说道，"有时候，我真希望那孩子沉到海底去。"她拉出自己的椅子，威严地坐下来，那架势足以说明她很高兴自己说了那句话，而且还会再说。"你们知道这次是为了什么吗？因为鞋带。"

"您需要吃点什么吗，贝克太太？"黑人女佣问道，她出现在这里依然会让大家觉得意外。

"不了，谢谢，麦拉，没时间了。我就来杯咖啡吧。不喝咖啡的话，我没法儿清醒地做事。好吧，一开始是鞋带，"伊丽莎白继续说，"她只有一条扁鞋带和一条圆鞋带，你们瞧，她觉得那样去学校会丢人。你们能想象吗？现在美国半数小孩都吃不饱肚子呢？哎，那还只是个开头。她又说想念艾德娜了，她想要艾德娜。所以有人能告诉我该怎么做吗？难道要我去新罗谢尔，找到那个可怜的女人，再把她带到这里来吗？再把她留在家里？再说了，我想她现在在无线电管工厂上班——那地方在哪里，我根本找不到。"

伊丽莎白像喝药那般喝完咖啡，拖着步子走向汽车。那时爱丽丝和罗塞尔到点该去上学了，露西·托尔斯正在自己的卧室里做事。南希最后下来时，谁都不在，她什么都没吃，穿上外套，就急忙从别人家的草坪间经过，穿过一道破篱笆，然后沿着一条微微弯曲的郊区小路走去学校大楼，那里有一位皱着眉头的老师会给她再记一次"迟到"。

但现在还有更麻烦的事，罗塞尔·托尔斯发现自己无力担当家里的男人这一角色，哪怕只是象征性的。他一点都不沉稳自信，也不庄重得体。像南希一样，他也会愤怒地大发脾气、哭哭啼啼，甚至在发作过程中就会感到丢脸。一天晚上，他妈妈走进他的房间，说要跟一个男人"去白原市吃晚饭"。罗塞尔之前只见过那人一次，是个秃头红脸的大块头，把他叫作"小子"，那人现在可能就在楼梯口听着，正等着摇着头惊叹他是怎样一个乳臭未干、黏着妈妈的小屁孩，但罗塞尔还是爆发了。他假装摔倒在地板上，仿佛发脾气是某种癫痫发作，然后又假装摔在床上，对自己发出的尖叫声也感到很震惊："你不能去！你不能去！"

"……哎，好了，"露西说，"好了，罗塞尔。听着，听着，我会给你带个好东西的，我保证，等你睡醒了就会发现的，这样你就知道我回来了。"

"……啊！噢！噢！……"

"好了，别这样，罗塞尔，好了……"

第二天早上，他羞愧地醒来，发现枕边有个做工精致的毛绒玩具，是一只小羊羔——是给婴儿或是女孩的礼物。他把它拎到靠墙的木箱子边上，那里装满了所有他长大后不再适合玩的玩具，把它放进去，盖上了盖子。他是个黏着妈妈的小孩，好吧，像现在这种时候，否认这一点似乎窝囊透顶。

"你昨晚闹得真厉害。"那天晚些时候，南希对他说。

"嗯，是啊，我也经常听你闹腾。很多次。"

他本想再加一句，说他甚至听见哈利·施耐德闹脾气。哈利比他们大一岁，但哈利发脾气的时候，她不在场，所以她可能并不相信，甚至也不会在意。

罗塞尔在学校里还没有交上真正的朋友，他感到担忧，但哈利·施耐德是隔壁人家的小孩，因此跟他成为打打闹闹的普通朋友是容易的。一天，在哈利家的地下室，他们正专心致志地蹲着玩很多锡制玩具兵，这时施耐德太太走到楼梯口朝下面喊："罗塞尔，你现在得回家了。哈利得上来准备准备，因为我们一家要开车去弗农山。"

"哎，妈妈，现在？你是说现在？"

"我当然是说'现在'。你爸爸一个小时前就想出发了。"

就在这时，哈利发作了。他冷酷地连踢三脚，把玩具兵踢得到处乱飞，毁掉了他们一下午都在排列的队形。他像个只有自己一半岁数的人那样大声嚷叫，挥动双臂，不停哭喊，而罗塞尔则皱起眉头微笑着，尴尬地看向别处。

"哈利！"施耐德太太喊道，"哈利，我要你立刻停止。你听到了吗？"

但直到她下楼，把哈利可怜兮兮地领上楼很久之后，他才消停下来。当罗塞尔悄悄溜回家时，隔着一片黄色草坪，他仍能听到传来的可怕哭闹声。

即便如此，这里存在一个重要的区别：哈利哭是因为他想让他妈妈别管他，而罗塞尔哭却恰恰相反——这就是所谓的黏着妈妈的小孩。

冬天的一些晚上，伊丽莎白会把打字机搬到客厅，全神贯注地干几个小时的活儿，噼里啪啦地打出报纸专题文章，或是尝试写可能会投给杂志的更有分量的内容。工作时，她像一个速记员一样坐得笔直，背脊绝不会碰到椅背，她戴着角质架眼镜。有时，她的一缕漂亮金发会垂下来，挡住一只眼睛，她便不耐烦地用手指捋到耳后，指间常常还夹着一根短短的燃着的香烟。打字机的一侧总有一个满满的烟灰缸，另一侧靠近纸张那里是一大块牛奶巧克力，被小心翼翼地掰开，放在撕开的包装纸上——是那种将近五十美分才买得到的好时巧克力。不过，大家都知道这种巧克力不是给大家分享的：那是伊丽莎白不喝酒时所需的能量来源。

检查打印稿时会有很久的间隔，这时她会弓着身子，拿着一支铅笔修改稿纸，打破寂静的只有偶尔经过的汽车声，是车子开过邮政路上压实的冰雪时、松垮的轮胎防滑链敲打挡泥板内侧发出的咔嗒咔嗒声。一个大雪纷飞的夜晚，在这样的静谧之中，电话铃响了，似乎是好几个礼拜以来第一次响。

"我来接！"爱丽丝·托尔斯叫道，一股脑冲过去，满心以为可以开始初中社交活动，可随后转过身来说，"是找您的，贝克太太。"然后，大家都听着伊丽莎白对着电话小声咕哝、哈哈大笑，那样子只能说明打电话的是个男人。

"我的天啊，"她挂上电话后对露西说，"我想贾德·莱纳德是疯了。他现在在哈茨代尔火车站，说他打车到这儿来，十分钟就到。你能想象谁会在这样一个晚上大老远跑到这儿来吗？"然而，当她磨磨蹭蹭地走回凌乱的工作桌前、转身摘下眼镜时，她掩藏不了那种羞涩而快乐的表情，那让她一下子变成了一个小姑娘。"哎，老天，露西，我的头发还好吗？"她说，"我的衣服还行吗？你觉得还有时间洗漱一下，换个衣服吗？"

贾德·莱纳德来的时候带着阵阵笑声，在门厅处用力跺掉积雪。他在纽约城里穿的单薄鞋子不习惯这种东西，就连他那件昂贵的外套看起来都可怜巴巴的，但他洋洋得意地拿出一只沾满雪花的沉甸甸的纸袋子，里面的酒瓶碰撞有声。他在露西·托尔斯的脸颊上吻了一下，表示他已经听说她是个心地善良的女人，他对孩子们也关爱有加，向他们解释自己是个年老体弱的文字工作者，是南希妈妈的好朋友。

那天夜里，所有人都待得很晚。一开始似乎主要是露西在说话，说一些韦斯特切斯特郡的奇闻轶事。然后伊丽莎白兴致勃勃地对共产主义发表了长篇大论，贾德随即加入她的话题。他说，尽管他是在私有企业谋生，但很乐意看到私有企业消亡殆尽，要是这样人性才有救的话。这个时代面临着不可避免的变革，只有傻瓜才认不清这一点。孩子们上楼睡下很久之后，他那铿锵不断的声音依然在这幢被大雪困住的房子里回荡着。孩子们尽可能长时间地听着，不管理解与否，直到伴着声音的律动进入了梦乡。

第二天下午雪停之后，伊丽莎白和贾德悄悄搭的士去了哈茨代尔火车站。在他们一起坐火车去纽约的路上，贾德说："你的室友真是个傻瓜。喝了三杯，她想聊的就只有花园派对了。"

"噢，露西还好了，"伊丽莎白说，"只需要一点时间来适应她一下。而且，合租那幢房子，这安排挺不错的。对我也好。"

"啊，你这个来自斯卡斯代尔的有趣的爱尔兰裔小布尔什维克，"他一边深情地说着，一边用手臂搂住她，"你其实真不比她聪明多少，你知道吗？"

伊丽莎白消失后的第三还是第四天，露西猜想她是去纽约跟贾德待上一阵子了，每天通勤到新罗谢尔上班，晚上再回纽约城里。可是，让人家知道她的安排才算周到，不是吗？甚至都不告诉南希，这不是有些太不为她着想了吗？

罗塞尔·托尔斯觉得神奇的是，南希不知道自己的妈妈在哪里，也没有表现出任何担心不已的迹象——事实上，她看起来甚至毫不在意。在伊丽莎白离开一个礼拜甚或更久的一天，罗塞尔在南希开着的房门口徘徊，看着她在地板上用自己的套装彩色铅笔在从学校拿回来的艺术纸上画画。

最后他说："有你妈妈的消息吗？"

"没有。"她说。

"知道她在哪儿之类的吗？"

"不知道。"

他知道下一个问题或许很容易让他在她眼里变成傻瓜，但他还是没忍住："你担心吗？"

南希抬起头来，真诚而若有所思地看着他。"没有，"她说，"我知道她会回来的。她总归会回来的。"

这话令人印象深刻。当罗塞尔没精打采地踱回自己的房间时，他明白那样的态度正是自己生活中所需要的。可当他坐在床上仔细思考这事时，他也明白那是不可能发生的，就像拿自己跟印在早餐麦片盒上的运动员比较一样痴心妄想。他是个焦虑不安、瘦不拉几的小孩，总是表现得比实际年龄小太多，任何人只要掀开他的玩具箱盖子，就能发现令人恶心的证据。

几天后的夜里，电话又响了起来，又是爱丽丝·托尔斯先接的电话。"噢，好的，"她说，然后又说，"找你的，南希。是你妈妈。"

南希站着接电话，背对着托尔斯一家。她一开始说了句"嗨"，之后的话就听不清楚了，后来她就静静听着，肩膀不自然地耸得高高的。最后，南希转过身来，把电话递给露西，她飞快地接起来。

"嗨，伊丽莎白。你还好吗？我们都有些——担心你。"

"露西，我要见我的孩子，"伊丽莎白用读爱尔兰诗歌的那种沧桑声音说，"我想让你今晚把我的孩子送上车。"

"啊。呃，你瞧，一方面呢，末班火车可能早就开走了好几个小时了，而且，我——"

"末班火车十点半左右才开，"伊丽莎白说，"贾德查过班车表了。她有足够时间准备妥当。"

"好吧，可是，伊丽莎白，我真觉得这不是个好主意。她以前有没有一个人坐过火车？还是在晚上？"

"噢，胡说什么。不过就四十分钟的车程，贾德和我会去接她的，至少我会去。她知道的。我已经告诉她了，等她下了火车，只要跟着人流走就行。"

露西犹豫不决。"嗯，"她说，"我想如果你能保证在那里接她——"

"'保证'？我应该做出'保证'吗？对你？就这事儿？你开始让我感到烦了，露西。"

罗塞尔觉得，挂了电话后，他妈妈看上去像是受到了打击，显得迷糊无措，还有一点傻气，但她很快恢复过来，之后做的所有事都很妥帖。她让南希上楼换衣服、收拾东西，说话的语气很好地混合了威严和慈爱。然后，她打电话叫了一辆火车站专线的士，解释说有一个九岁的小女孩会一个人出发，询问司机能否送她安全登上火车。

南希换了一条新裙子下楼，穿了件冬大衣，拎着过夜的行李。露西·托尔斯说："噢，不错，你看起来很漂亮，亲爱的。"罗塞尔不确定，但感觉这是他第一次听到他妈妈叫南希"亲爱的"。

"噢，等一等，"南希说，"我忘了。"她又跑上楼去，下来的时候带上了她那只脏不溜秋的泰迪熊。

"噢，是呢，当然了，"露西说，"让我告诉你我们该怎么做。"她把那个小行李箱放在自己大腿上，解开扣环。"我们把这个打开，然后把老乔治放在最上面，这样你就知道他一直都在那儿。"那一幕最精彩的部分——南希羞怯的微笑足以证明——就是露西竟然记得那只泰迪熊的名字。

"好了，"露西一边说着，一边翻自己的钱包，"我们来拿点钱。

去掉买火车票的钱，我只剩一美元五十美分，但我相信足够了。你妈妈会在中央车站等你，所以其实根本不需要花什么钱。你以前去过中央车站，是不是？"

"是的。"

"好，你一个人的时候，只要记住跟着别人一起走就行。那里有一个长长的站台，然后是一个往上走的长长的斜坡，之后就走出来到车站里面了，你妈妈就在那里等你。"

"好的。"

这时，车道上传来的士的喇叭声，托尔斯一家三口都出来了，踩着坚实滑溜的积雪，冒着冰冷的寒风，送走了南希。

南希走了一个礼拜多，没打一个电话回来。后来，她一个人回了家，没有过多地提及这趟行程——她不知是怎么从哈茨代尔火车站自己打车回来的（光是这一点，罗塞尔毫无把握自己知道该怎么做）。

"你在纽约城里玩得开心吗，南希？"露西在吃晚饭时问，女佣在桌边轻声走动着，端上一盘盘肉酱意面。

"大部分时间都很冷，"南希说，"有一天，天气足够暖和，可以爬上屋顶坐着，我就那么做了，但我在那里只待了一个小时左右——一个小时——身上就落了一层煤灰。我的手上、脸上和衣服上，到处都是黑漆漆的。"

"嗯，确实，"露西一边说，一边用叉子卷了一大团意面，"是的，纽约的空气确实是——很脏。"

谁都没有提起哈利·施耐德对锡制玩具兵发脾气的事，但这件事的长期遗留影响似乎是，只要当着罗塞尔的面，他就有些易怒。他变得难以被取悦，还喜欢找人麻烦；他往那儿一站，两根拇指勾住灯芯绒短裤上的皮带，看起来非常的"强悍"。

　　"你那里装了什么？"一天下午，他在罗塞尔的房间对着那个玩具箱问道。

　　"没什么。不过是我妈妈还没扔掉的旧东西。"

　　但那并没有阻止哈利走过去打开箱子。"哎唷，"他说，"你喜欢这种东西？你玩这种东西？"

　　"当然不是，"罗塞尔说，"我说过了，不过是我妈妈还没来得及扔——"

　　"如果你不喜欢的话，为什么不自己扔掉呢？啊？你干吗非得等你妈妈来扔呢？"

　　那是个糟糕的时刻，罗塞尔唯一能做的就是让哈利立刻出去，但又没办法把他弄下楼到外面去，因为他似乎觉得站在南希房间门口往里看更有趣。

　　"你在干吗，南希？"他问她。

　　"没什么，刚把我的节目单收起来。"

　　"你的什么？"

　　"这些，你看，戏剧节目单。我和我爸爸已经一起看过吉尔伯特和苏利文创作的五场不同的小歌剧了，我总会把节目单保存好。我们下次要去看《天皇》。"

"天什么？"

"就是日本的国王，"她解释道，"应该会很不错。但目前为止我最喜欢的是《潘赞斯的海盗》，我觉得那也是我爸爸最喜欢的。他把那部剧的全部乐谱都寄给我了，是全部的喔。"

罗塞尔从来不知道她原来这么能聊，这么活泼，除了那次她把学校里的一个女孩带回家，可就算是那时候，也听不清楚她们在聊什么，似乎大多是不由自主的咯咯傻笑。而现在，她正全力总结歌剧剧本的内容，留心着不在任何可能会影响哈利整体理解的方面过多停留。在她的独白刚开始时，她微微示意对这两个男孩表示欢迎，他们很快就占领了她的房间：哈利坐在唯一一把椅子上，大腿上摆着一沓戏剧节目单，罗塞尔站在窗边，两根拇指勾住皮带。

"……我觉得最棒的是，"她说，"最棒的是那个当警察的次要角色。他非常僵硬粗鲁。"她模仿着僵硬粗鲁的举止，踱了几步之后转过身来。"他很棒，唱的歌也很好听。"

她试着用带有伦敦腔调的深沉男音唱歌，尽全力不笑出来：

当一重犯无所事事

——无所事事

"噢，我忘了跟你们说，"她一边说着，一边用手紧张地抚平头发，"舞台上有一整个合唱团的人，你瞧，他们总会像刚刚那样重复每句话的结尾"：

    ——无所事事

没在酝酿他邪恶的小计划

     ——小计划

他对单纯快乐的享受

     ——的享受

不输于任何一个老实人

     ——老实人

我们努力压抑自己的感受

     ——的感受

要完成警察的职责

     ——的职责

啊，要这也考虑那也考虑——

  哈利·施耐德皱起脸，缓缓地发出一声响亮的干呕声，仿佛这是他听过的最糟糕、最恶心的歌，而为了模仿呕吐的声音，他将戏剧节目单啪地一下全撒在地板上。这为他赢得罗塞尔身为同谋者的一声干笑。随后，房间里一片寂静。

  南希脸上惊讶和受伤的表情只持续了几秒钟，紧接着她就大发雷霆。她之后可能会哭，反正现在还没哭。"行，滚，"她说，"滚出去，都给我滚，立刻。"

  他们只好像小丑那样跌跌撞撞、兴奋不已地离开房间，互相推搡，做着鬼脸，似乎把这变成了一场为了嘲弄她发怒的佯退。她在他们身后重重地摔上门，力道猛得走廊天花板都掉落了几块漆。那天下午剩下的时间里，他们没什么事可做，就在后院瞎玩，避着彼此的眼睛，直到哈利到点回家。

当伊丽莎白终于回来时，她看起来"糟透了"——露西是这么向爱丽丝形容的。

"那你是觉得一切都结束了?"爱丽丝问，"跟贾德?"她开始依赖她妈妈解读成年人的行为，因为也没有其他人能问，但并非总有收获：上个月，一个读九年级的女孩因为怀孕退了学，露西对这个消息反感透顶，完全没有任何说法。

"噢，呃，我不清楚那种事，"露西这会儿说道，"我希望你别问这种私人问题，因为这真的与我们无——"

"私人问题? 我为什么要这么做?"

"噢，嗯，就因为你总是过分好奇，亲爱的，爱打听别人的隐私。"

爱丽丝看起来很受伤，最近她的脸上经常出现这种表情，比她妈妈或弟弟更频繁。

大多数时候，托尔斯一家都避着伊丽莎白，南希也是，就像家里有个陌生人一般。伊丽莎白踩着高跟鞋、脚步沉重地下楼梯，或是沉思般地站在前窗望着外面的邮政路，总是对端给她的所有饭菜挑挑拣拣，而晚饭过后，当她不耐烦地翻阅数本杂志时，又会喝很多酒。她似乎没有意识到她让大家感到多么不舒服。

之后的一天晚上，孩子们早就上床睡了，她把《新共和》杂志扔到一边说："露西，我觉得这样不行。我很抱歉，因为这之前确实像是个好主意，但我觉得我们都应该开始找新地方住了。"

露西怔住了。"呃，可我们签了两年的租房合同。"她说。

"哎，得了吧。我以前毁过约，你也是。谁都毁过约。我觉得你和我这样住在一起不太合适，就是这样而已，孩子们也不喜欢，所以我们到此为止吧。"

露西感觉像是有个男人要离她而去了。有那么一小会儿，她努力克制自己不哭出来——她知道为了这种事掉眼泪就丢人了——她迟疑不定地说："那你是要搬到纽约城里去吗？跟贾德一起？"

"啊，天呐，不是，"伊丽莎白站起来，开始在地毯上走来走去，"那个叽里呱啦、趾高气扬、装腔作势的酒鬼畜生——管它的，他跟我分手了，"她发出一声刺耳的笑声，"你真该看看他是怎么跟我分手的。你真该听听他是怎么说的。不，我会找个跟之前差不多的，或者比那更好的，我可以在那里安安静静地做——一个人做事。"

"哎，伊丽莎白，我希望你再考虑一下。我知道你这个冬天过得不称心，但这真的好像不公平，你就——唉，你瞧：再等上几个礼拜或是一个月，然后再做决定吧。因为你留在这里是有好处的，或者说也许会有，况且，我们是朋友。"

伊丽莎白让"朋友"这个词在空中回荡了一会儿，像是在审视它。

"呃，"露西说着又做出修正，"我的意思是，我们自然有很多共同点，而且我们——"

"不，我们没有，"伊丽莎白的眼里闪过一丝露西以前从没见过的残忍，"我们俩没有任何共同点。我是个共产主义者，而你可能给艾尔弗·兰登[1]投票。我一辈子都在工作，而你几乎没动过一根手指头。我一向都不认同赡养费，而你却靠这个生活。"

那一刻，露西·托尔斯什么也做不了，只能一言不发地快步离开房间，爬上楼梯，上床睡觉，等着不可抑制的阵阵抽噎向自己袭来。不过，她在那来临之前就睡着了，也许是因为她那晚也喝了不少酒。

那时是初春了。他们合租这幢房子已经六个月了，而现在即将结束。这件事讨论得不多，但对每个人而言，剩下的这些日子都带有最后一刻的意味。

这幢房子的一侧（就是与哈利·施耐德家相反的那一侧）有一块空地，是玩打仗游戏的好地方：一些杂草高得能藏下人，一些小路和坚硬的泥巴空地适合步兵作战。一天下午，罗塞尔一个人在那里闲逛，可能是因为这或许是他最后一次在那里玩了，但哈利不在，也没太多意思。他正往家走，这时他抬起头，发现南希在后门廊上看着他。

"你在那里干吗？"她问他。

"没干吗。"

"你看上去是在绕圈圈走路，还自言自语的。"

"噢，是的，"他边说边扮了个鬼脸，"我经常那样。大家不都这

---

1 Alf Landon（1887—1987），美国共和党成员，银行家，政治家，曾任堪萨斯州州长，是一九三六年美国总统大选共和党候选人。

样的吗?"

令他如释重负的是,她似乎觉得那挺有趣的,还回给他一声开心的笑。

不一会儿,他们俩就一起到空地上散步,他指给她看发生最新军事行动的几个地方。这丛野草是哈利·施耐德之前藏机关枪阵地的地方,这条小路是罗塞尔之前率领影子巡逻队经过的地方,刚一开火就打中了他的胸口。

为了重现那一幕,他假装震惊地蹒跚后退,然后栽倒在泥地上,躺着一动不动。"要是像那样被打中胸口,你就死翘翘了,"他一边解释,一边起身拍掉衣服上的泥土,"但最糟糕的是肚子上中了手榴弹。"他再次表演出来,痛苦地摔趴在泥地上。

在他为她表演了第三次死亡之后,她沉思地望着他。"你很喜欢倒下去,是不是?"她说。

"啊?"

"嗯,我是说,对你而言,最棒的部分就是被杀死,是吗?"

"不是。"他反驳道,因为她的语气暗示这种倾向有些不健康,"不是,我只是——我不知道。"

尽管他们走回家时依然友好,但那真让人扫兴。不过,无法否认的是,有那么一小会儿,他们是彼此的伙伴。

正因为这样,第二天中午放学回家吃午饭时,罗塞尔迈着重重的步子从后门廊回屋,想告诉她一件重要的事。

她先回到家,正靠着客厅沙发的垫子坐着,望着窗外,用食指绕着自己的一缕黑发。

"嗨，"他说，"有件搞笑的事。你认识你们班那个块头大大的家伙吗？卡尔·舒梅克？"

"当然，"她说，"我认识他。"

"嗯，我刚从学校出来，卡尔·舒梅克和其他两个家伙在操场上，他叫我过去。他说：'嘿，托尔斯，你要参加选拔赛吗？'

"我说：'什么选拔赛？'

"他说：'男人选拔赛。但我最好先提醒你，他们不接受娘娘腔。'

"我说：'谁是娘娘腔？'

"然后他说：'你不就是吗？我听说你是。所以我才提醒你。'

"我就说：'听着，舒梅克，提醒别人去吧，懂吗？'我说，'你要是想提醒人，最好还是找别人吧。'"

这段对话复述得相当准确，南希好像感兴趣地听完了。可最后一句话感觉意犹未尽，像是留下了某种可能性，等他回学校后，或许还会有麻烦。"在那之后，"他告诉她，"之后，舒梅克和那两个家伙就那样笑呵呵地走开了。我想他们不会再来找我的麻烦了。但我是想说，这整件事真有些——有些搞笑。"

这时，他不明白自己为什么要告诉她整件事，而不是讨论点其他事。他看着她坐在沙发上，正午的光线照在她的身上，他仿佛能看见她长大后变漂亮的模样。

"你说他听说你是个娘娘腔，是吗？"她说。

"嗯，他是这么说的，听说，但我觉得我——"

她意味深长地看着他，神情中带着令人窝火的狡黠。"嗯，"她说，"我好奇他到底是从哪里听说的。"

罗塞尔一边在地毯上慢慢后退，一边将拇指从皮带里抽出来，他目瞪口呆，对她的背叛感到震惊不已。就在他到门口时，他看到她脸上的狡黠变成了害怕，但一切都太迟了：他俩都知道他接下来会做什么，什么也阻止不了他。

他在楼梯口喊道："妈妈？妈妈？"

"怎么了，亲爱的？"露西·托尔斯出现在楼梯口，看起来心神不宁的样子，穿的是她称之为茶歇裙的衣服。

"南希对卡尔·舒梅克说我是个娘娘腔，他又告诉了很多人，现在所有人都在这么说，可那是个谎话，是个谎话。"

露西优雅从容地走下楼梯，仪态跟那条茶歇裙很相衬。"哦，"她说，"行，我们午饭时可以谈谈这事儿。"

伊丽莎白从来不回家吃午饭，爱丽丝在初中食堂吃，所以桌上只有他们三个人：罗塞尔和他妈妈坐在一边，南希坐在另一边。露西的说话声缓慢而冷酷，充满了怒气，没有人能转移其中的火力。

"我对你做的事感到很吃惊，南希，而且我感到非常困扰。一个人不该做那样的事，不该在朋友背后散布恶意的谣言和谎话。这就跟偷窃、欺骗一样糟糕。这让人觉得恶心。噢，我想有些人是会那样做的，但他们是我不愿意坐在同一张桌子上的那种人，我也不想跟他们住在同一幢房子里，永远也不想他们成为我的朋友。你明白我说的话吗，南希？"

女佣端着餐盘走进来——今天上的是小份的牛肉、土豆泥和豌豆——她徘徊在露西身旁，在回厨房前暗暗责备地瞟了她一眼。她以前从没在这样的家里工作过，也不想再经历一次。一个好女人，一个疯女人，三个可怜兮兮的孩子：这算是什么家啊？算了，很有可能就快结束了——她已经让中介替她找份新工作了——可同时呢，真该有人让那个疯女人闭嘴，免得她把那个小姑娘骂死。

"罗塞尔是你的朋友，南希，"露西·托尔斯还在说，"他跟你住在同一个家里。你在学校背着他散布关于他的恶意谎言，会造成巨大的伤害。噢，我相信你明白这一点，你从一开始就明白。但我想知道，你有没有想过我呢？因为你知道吗，南希？找到这幢房子的人是我，邀请你妈妈一起的人是我，这样我们就能住在一起了。一直百般希望我们在这里的生活能享有一点儿平静和谐的人也是我——是的，哪怕已经知道这不可能了，我还是这么希望着。所以，你瞧，你伤害的不仅仅是罗塞尔，南希，还有我，还有我啊。你太伤我的心了，南希……"

她还说了很多，正好到罗塞尔知道会停止的地方停下了。在这番责备中，南希始终默默坐着，神色严肃，眼睛低垂——她甚至还勉强吃了些东西，像是在显示自己不在乎——可最后，她的嘴巴开始抽搐起来。嘴唇明显地抖动着，越来越难以克制。然后她的嘴巴张开，绝望地定在那里，嘴里还含着两颗嚼了一半的嫩豌豆。她难过地痛哭起来，但没有发出任何声音。

那天下午，他们俩上学都迟到了，尽管南希先走了至少一百码[1]。罗塞尔从别人家的草坪间经过，穿过那道破篱笆，然后走上那

1　一码约合零点九米。

条微微弯曲的小路。他只能偶尔瞧见远处的她，一个高挑纤瘦的女孩，走路的样子显得不止九岁。她会长大，会变美，会结婚，会生下子女，所以担心她会永远记得罗塞尔·托尔斯今天对她所做的事或许是愚蠢甚至懦弱的。然而，永远也无法知道她今后会不会忘记这件事了。

　　"嗯，我觉得完全没必要再拖延了，"伊丽莎白第二天说，将两只整理好的行李箱放在客厅地板上，"南希和我会去白原市，在酒店里住几天，等我们找到地方了，我会派人过来拿剩下的东西。"

　　"你这样让我很难办。"露西阴着脸说。

　　"哎，得了吧，我一点都没觉得。好了，听着，我多给你一个月的房租，好吧？"她拿着支票簿坐到之前的工作桌前，潦草地迅速写了张支票。"给你，"她写完后说，"这样就能弥补你的痛苦了。"她和南希拎着行李箱向 A 型车走去。

　　托尔斯一家谁都没去前窗挥手告别，但这也无所谓，因为贝克母女二人也都没回头看。

　　"知道吗？"伊丽莎白说，那时她和南希正沿着邮政路向北开，"其实我不太负担得起那张支票。它不会被拒，但会让我们手头紧上一个月。不过，或许总有不得不花钱让自己脱身的时候，不管你负不负担得起。"

　　又开了大约一英里，她把目光从路上移开，瞥了一眼南希严肃的侧脸，说道："哎，天呐，在这车里就不能笑两声吗？你不如给我唱唱吉尔伯特和苏利文的歌什么的？"

南希向她露出一个转瞬即逝的羞涩微笑，随后又转过脸去。伊丽莎白慢慢脱下右手的驾驶手套，伸到女儿的大腿上，抓住她右侧的大腿，把她拉近自己，留心着不让她小小的膝盖碰到震动着的换挡杆。她把孩子的大腿紧紧压在自己的大腿上，压了很长一段时间。然后，她用非常轻柔的声音说了句话，几乎被车子的噪音淹没了："听着，会没事的，亲爱的，会没事的。"

　　　　　　　　※
※　　恋 爱 中 的 骗 子
　　　　※

当沃伦·马修斯与他的太太和两岁的女儿搬到伦敦居住时，他担心人们或许会好奇他为何看起来无所事事。说自己"拿了富布莱特奖学金"并没有太大用处，因为只有几个美国人知道那是什么意思。在他解释之前，大多数英国人则会一脸茫然，或是热心肠地微笑着，但即便解释之后，他们也不明白。

"何必跟他们提这些呢？"他的太太会说，"跟他们有什么关系？那靠私人收入在这里生活的所有美国人呢？"然后，她会继续回去干活儿，要么是在炉子、水池或是熨衣板边上，要么是优雅而有节奏地梳理她那头棕色长发。

她叫卡罗尔，是个五官端正、面容姣好的女孩，常常说自己年纪太轻就结了婚。没过多久，她就发现自己讨厌伦敦。这里又大又无聊，还人情冷淡。要是走路或坐公交，一连数英里都看不到任何好看的东西。冬天一到，四周弥漫着恶臭的黄色硫酸雾，把所有东西都染黄了，还会从紧闭的门窗渗进屋内，勾留不散，刺激着已经半眯着流泪的眼睛。

而且，她和沃伦关系不睦已经很久了。他们或许都曾希望搬到伦敦的冒险之举能解决问题，可如今很难记起他们是不是真的那样期待过了。他们不怎么吵架——吵架是他们婚姻前期会发生的事——但几乎也不再享受彼此的陪伴了。当他们整天待在那套狭小而整洁的地下室公寓时，似乎做任何事都会碍着另一个人。"啊，对不起，"每次不小心轻轻撞到或挤到后，他们就会小声咕哝，"对不起……"

这套地下室公寓是他们唯一交上的好运：只需支付象征性的房租，因为它是卡罗尔的英国姑妈茱蒂丝的。她七十岁，是个举止优雅的寡妇，一个人住楼上的公寓，还经常温柔地说他们多么"可爱"。她也很可爱。唯一的不便之处——事先已经认真讨论过了——是茱蒂丝需要使用他们的浴缸，因为她自己的住处没有。每天早上，她会不好意思地敲门进来，又是微笑又是道歉，穿一件奢华的曳地睡袍。之后，她洗完澡出来，身上冒着热腾腾的蒸汽，一张精致的老脸像孩子脸庞那般粉嫩清爽。她慢慢走进客厅，有时会留在那里聊一会，有时则不会。有一次，她把手搁在走廊门的把手上，停下来说："你们知道吗，当我们一开始做这样的居住安排，当我同意转租这层楼时，我记得自己在想，哎，要是我不喜欢他们怎么办？现在，一切都太棒了，因为我真的非常喜欢你们俩。"

　　他们努力做出高兴而亲切的回应，等她走后，沃伦说："那真不错，是吧。"

　　"嗯，挺不错的。"卡罗尔坐在地毯上，费劲地把他们女儿的脚后跟塞进一只红色橡胶套鞋。"别动了，宝贝，"她说，"让妈妈省省心，好吗？"

　　小丫头名叫凯茜，每个工作日都会去当地一家叫彼得·潘俱乐部的幼儿园。这么做原本是想让卡罗尔得空在伦敦找份工作，以便在富布莱特奖学金之外有所贴补，后来发现有条法律禁止英国雇主雇用外国人，除非能证明这个外国人拥有英国申请者都不具备的技能，而卡罗尔要证明这样的事是没希望了。不过，他们还是让凯茜继续上那家幼儿园，因为她好像挺喜欢的，而且尽管父母俩都没有明说，但她整天不在家的感觉还不错。

就在这天早上，想到能跟丈夫单独待着，卡罗尔就特别高兴：她昨晚已经下定决心，就在今天，她将宣布自己决定离开他。事到如今，他一定也会赞同。她会带着宝宝回纽约，一旦安顿好了，她就去找份工作，当个秘书或是前台什么的，重新开始自己的生活。他们当然可以通过书信保持联络，等他一年的富布莱特项目结束后，他们可以——嗯，他们俩可以到时候再仔细考虑和讨论。

在去彼得·潘俱乐部的路上，凯茜紧紧牵着她的手，一路上叽叽喳喳的；之后她又一个人回去，走得更快了。在来回的路上，卡罗尔尽量压着嗓子练习自己要说的话，但当那个时刻来临，她却发现场景远没有之前担心的那么困难。沃伦看上去并没有太震惊——至少不至于指责或是驳斥她的想法。

"好吧，"他没怎么看着她，一直难过地说着，"好吧……"过了一会儿，他问了一个棘手的问题："我们怎么跟茱蒂丝说呢？"

"嗯，是的，这一点我也想过了，"她说，"告诉她真相会很奇怪。就说我家里有人生病了，所以我不得不回家，你觉得怎么样？"

"呃，可你的家人也是她的家人。"

"哎，说什么傻话。我的爸爸是她的兄弟，但他已经去世了。她甚至从没见过我妈妈，不管怎样，他们离了不知道多少年了。再说也没有其他方式——你知道的——联系方式。她绝不会发现的。"

沃伦思考了一下。"好吧，"他最后说，"但我不想由我告诉她。你去跟她说，好吗？"

"好的。当然由我来告诉她，如果你觉得没问题的话。"

问题似乎就这么解决了——该跟茱蒂丝说什么，以及他们分居这件更大的事。不过，那天深夜，沃伦坐在那里，盯着气壁炉中黏土灯丝发出的蓝粉相间的灼热光芒看了很久，之后说道："嗳，卡罗尔？"

　　"怎么了？"她一边将干净的床单铺在长沙发上，一边拍打着，准备一个人睡在那里。

　　"你觉得他会是怎样一个人，你的男人？"

　　"什么意思？什么我的男人？"

　　"你知道的，就是你在纽约想要找的男人。噢，我知道他肯定比我好得多，也一定会比我有钱很多，可我是说，他会是什么样的？他长相如何？"

　　"我一点都不想听这些。"

　　"哦，好吧，但跟我说说呗，他会是什么模样的？"

　　"我不知道，"她不耐烦地说，"平平凡凡吧，我猜。"

　　卡罗尔预订的船离行前一个礼拜，彼得·潘俱乐部为庆祝凯茜三岁生日举办了一场派对。那是个享受的时刻，有配"茶"吃的冰淇淋和蛋糕，还有常见的肉酱面包、果酱面包，以及一杯杯类似于英国版酷爱[1]冲兑的晶莹饮料。沃伦和卡罗尔一起站在边上，对着他们快乐的女儿微笑着，仿佛是在向她保证，不管怎么样，他们永远都是她的爸爸妈妈。

　　"那你要一个人在这里留一段时间了，马修斯先生。"幼儿园的

1　Kool-Aid，美国一种水果味速溶冲兑饮料。

负责人玛乔丽·布莱恩说。她约摸四十岁，身材苗条，是个老烟枪，已经离异很久了。有几次，沃伦留意到她人还不错。"你一定要来我们常去的酒馆，"她说，"你知道富勒姆路上的芬奇酒馆吗？它其实是家挺邋遢的小酒馆，不过挺多正派人都去那里。"

他对她说自己一定会去看看。

接着就到了起航那天，沃伦陪太太和女儿到火车站，一直送到码头火车的登车口。

"爸爸不走吗？"凯茜问道，看起来很害怕。

"没事的，亲爱的，"卡罗尔对她说，"我们暂时得让爸爸留在这里，但你很快就会再见到他的。"她们很快就走远了，没入熙熙攘攘的人群中。

在那次派对上，送给凯茜的礼物中有一件是纸板音乐盒，它的前面有一只快乐的黄鸭子和一条生日祝福语，一边有一个小把手：当你摇动把手，音乐盒就会发出一小段《祝你生日快乐》的乐声。那天晚上回到公寓后，沃伦发现了这个玩具，跟其他几件被遗忘的廉价玩具一起掉在地板上，就在凯茜那张没有铺盖的床底下。坐在散落着书本和纸张的桌前喝威士忌时，他玩了一两次那个玩具。带着孩子般漫无目的做实验的意思，他反方向摇动把手，慢慢地倒放曲子。这么一来，他就发现自己停不下来了，或者说不想停下来，因为那微弱又简单的小段乐声让人想起这世上所有的失意与孤独。

　　嗒滴嗒　嗒嗒——嗒

　　嗒滴嗒　嗒嗒——嗒……

他个子高，非常瘦，总觉得自己长得不好看，就算没人看时也这么觉得——哪怕他离家三千英里，这辈子沦落到一个人孤孤单单坐着玩纸板玩具时，他还是这么觉得。那是一九五三年的三月，他二十七岁。

"啊，你真是可怜。"第二天早上，茉蒂丝下楼洗澡时说，"看你一个人待在这里，真是叫人难过。你一定很想她们。"

"嗯，是啊，只剩几个月了。"

"哎，但还是挺讨厌的。有没有人能照顾你一下？你和卡罗尔难道没认识什么年轻人，可以跟你做个伴的？"

"噢，当然，我们认识了一些人，"他说，"但我不想跟谁——你懂的，没有谁是我特别想来往什么的。"

"嗯，那你应该出去交交新朋友。"

四月一日过去没多久，茉蒂丝按惯例住到她在苏塞克斯的乡间别墅，她会在那里一直待到九月份。她向沃伦解释，她会偶尔回城里住几天，但"别担心，我要是下来找你，一定会提前给你打电话的"。

这样一来，他就真的一个人了。一天晚上，他去了那家名叫芬奇酒馆的地方，隐约想说服玛乔丽·布莱恩跟他回家，然后跟她在他和卡罗尔的床上做爱。酒馆里人群拥挤，他发现她一个人坐着，看起来老态毕现，已经喝得醉醺醺了。

"哎，我说，马修斯先生，"她说，"过来跟我一起吧。"

"沃伦。"他说。

"什么？"

"大家叫我沃伦。"

"啊，好的，是这样，这里是英国，你瞧，我们这里的人都正式得可怕。"过了一小会儿，她说，"我一直没太明白你是做什么的，马修斯先生。"

"嗯，我拿了富布莱特奖学金，"他说，"这是美国的一个奖学金项目，给出国留学的学生的。政府替你出钱，你——"

"噢，美国自然非常擅长那种事，是吧。我猜你一定很聪明。"她飞快地瞥了他一眼。"没见过世面的人常常这样。"然后她闪躲了一下，做出避开重击的动作。"抱歉，"她马上说，"那么说真对不起。"但又立刻面露喜色。"萨拉!"她叫道，"萨拉，过来见见年轻的马修斯先生，他希望别人叫他沃伦。"

一个高挑貌美的女孩从一帮喝酒的人群中转过身来，微笑着挥手打招呼，可当玛乔丽说"他是个美国人"时，那女孩的笑容僵住，手也垂下了。

"哦，"她说，"挺好。"随后又转过身去。

当时并不是美国人待在伦敦的好时机。艾森豪威尔当选总统，罗森伯格夫妇[1]被处死，约瑟夫·麦卡锡[2]势头正起，还有英国军队不情不愿派兵参加的朝鲜战争感觉会一直打下去。不过，沃伦·马修斯怀疑，即便是在最好的时候，他在这里也会感到疏离、会想家。

1　The Rosenbergs，冷战期间因向苏联泄密而被判处死刑。
2　Joseph McCarthy（1908—1957），美国政治家、极右反共主义者，麦卡锡主义已成为政治迫害的同义词。

单单是当地人说的英语，就跟他自己说的语言毫无相似之处，以至于每次与人交谈，都极有可能会漏听什么话。一切都含混不明。

他继续尝试，可即便夜色正好，在比芬奇酒馆更欢乐的地方，与更友善的陌生人做伴，他也只觉得自己的不安稍加缓和而已——他也没找到任何美丽的单身女孩。那些女孩，无论相貌平平，还是美若天仙，总是被男人的臂膀紧紧搂着，那些男人尽讲些诙谐幽默的话，让他摸不着头脑地堆笑。他郁闷地发现，这些人的含沙射影之辞，无论是挤眉弄眼暗示出来还是大声说出来，很多都是关于同性恋的搞笑之处。全英国都痴迷那个话题吗？还是只在伦敦的这块区域——在切尔西和南肯辛顿沿富勒姆路相接的这块安静而"有趣"的地方？

后来一天晚上，他坐夜班巴士去了皮卡迪利广场。"你去那里干什么？"卡罗尔准会这么问，路程几乎过半，他才意识到自己再也无需回答那样的问题了。

一九四五年，他还是个年轻小伙子，战后第一次获部队休假，曾对每天深夜时分在此来来往往的妓女们感到惊讶，她们当时被称为"皮卡迪利突击队"。看着她们走一段路转个身，走一段路又转个身——卖身的女人——他曾感到血脉偾张，久久难忘。在那些老到油滑的士兵眼中，她们似乎成了笑柄。他们中的有些人喜欢懒散地斜靠在墙上，在她经过时，把大个儿的英国便士弹到她们脚下的人行道上，但沃伦曾希望自己有勇气阻止那种嘲讽。他曾想挑一个女孩，付她钱，拥有她，不管她最终会变成什么样子。但他也鄙视自己，因为他让那两周休假白白过去了都没那么做。

他知道直到去年秋天，某种整改后的版本依然在上演，因为他和卡罗尔之前去西区一家剧院的路上曾见过。"噢，难以置信，"卡罗尔说，"她们真的全是妓女吗？这是我见过最可悲的事了。"

最近报纸上有新闻提到，在加冕典礼[1]之前迫切需要"整肃皮卡迪利"，但到目前为止，警方一定是办事拖沓，因为那些姑娘差不多都还在那儿。

她们多数都很年轻，脸上化着浓妆，穿着如糖果和复活节鸡蛋一般明艳多彩的衣裳，要么走着路转着身，要么站着等在暗处。他连喝三杯纯威士忌才鼓足勇气，可即便那样他也不自信。他知道自己看起来潦倒，上身穿着一件灰色西装外套，下身是一条旧军裤，鞋子差不多可以扔了。不过，当他从站在沙夫茨伯里大街上的四个姑娘中随意挑了一个，走过去问她"你有空吗"，那时世上任何衣服都会让他觉得自己暴露无遗。

"我有空吗？"她说，跟他对视不到一秒，"亲爱的，我这辈子都空着呢。"

他们一起走了半条街后，她想让他先同意她的价格——挺贵的，但在他的承受范围之内。然后她问他是否介意坐一小段的士。在的士里，她解释说，不像大多数其他姑娘们那样，她从来不去附近的廉价旅馆和出租公寓，因为她有个六个月大的女儿，不想离开她太久。

"我不怪你，"他说，"我也有一个女儿。"他一说完就疑惑自己

1　即英国女王伊丽莎白二世于一九五三年六月二日在威斯敏斯特教堂的加冕典礼。

为什么觉得有必要告诉她这事。

"哦，是吗？那你太太呢？"

"回纽约了。"

"那你们是离婚了，还是怎么了？"

"呃，分居了。"

"哦，是吗？那真是糟糕。"

他们尴尬而沉默地坐了一段路，直到她说："听着，如果你想亲我什么的没事，但在车里不要太动手动脚，好吗？我真心不喜欢那样。"

亲吻她时，他才开始看清她的模样。她把一头金黄的头发弄了些鬈儿垂在脸颊两边——车在街灯之间行驶着，她的脸庞忽明忽暗。尽管涂着厚厚的睫毛膏，她的眼睛倒生得漂亮，她的嘴巴也不错。虽说他没有太动手动脚，但他的手还是敏锐地发现她的身体纤瘦而紧实。

这段路不近——的士一直开，直到沃伦开始怀疑是不是只有等他们遇见一群候在那里的无赖时才会停下，他们会一把将他从后座拉出来，揍上一顿，抢光他身上的东西，然后跟这姑娘一起坐车离开。但车最后停在了一个安静的市内街区，他猜是在伦敦的东北边。她把他领进一幢看起来简陋的房子，但在月光下倒也显得宁静。接着她说了声"嘘"，他们就蹑手蹑脚地经过一条铺着油地毡的嘎吱作响的走廊，进了她的房间，她打开一盏灯，关上了他们身后的门。

她看了看宝宝，躺在靠墙放的黄色大婴儿床中间，小家伙盖着被子，一动不动的。不到六英尺远的正对面的墙边摆着一张双人床，看起来还算整洁，估计沃伦就是要在那上面享受一番。

"我只是想确认她还活着。"那姑娘一边解释一边从婴儿床边转过身。然后，她看着他数出正确张数的英镑和十先令的钞票放在她的梳妆台上。她在脱衣服时，把吊灯关了，但留了床边的一盏小灯。他一边紧张兮兮地脱掉自己的衣服，一边设法看着她。她的针织棉内裤看起来廉价得可怜，她的褐色阴毛出卖了她那头金发，她的腿短短的，膝盖有些滚圆，除开这些，她还不错。当然了，她还年轻。

"你有没有享受过这事？"当他们扭捏地躺在床上时，他问道。

"啊？你什么意思？"

"呃，就是——你知道的——过不了多久，这一定会变味的，你就不能真的——"他停在那里，尴尬得说不出话来。

"噢，不会，"她让他别担心，"嗯，我是说这很大程度上取决于那个男的，但我不——我不是个冷冰冰的人什么的。你会发现的。"

于是，沉浸在完全出人意料的温柔滋润中，他真真正正地拥有了她。

她叫克莉丝汀·菲利普斯，二十二岁，来自格拉斯哥，在伦敦待了四年。那天夜里，当他们后来坐起身抽着香烟、喝着一夸脱[1]温啤酒时，他知道要是自己相信她对他说的所有话，就容易上当受骗，但他还是不想先入为主。即便她说的很多话都在意料之中——比如，她解释自己要是愿意去"俱乐部"当"舞女"，就根本用不着

---

1 英制一夸脱约合一点一升。

当站街女郎，但她多次拒绝了这样的邀约，因为"那些都是专门宰客的地方"——而另外一些随口一说的话，则会让他温柔地搂紧她，就像她说给宝宝取名劳拉，是"因为我一直觉得那是世上最美的女孩名字。你不觉得吗？"

他也开始明白为什么她说话时几乎不带一丝苏格兰或英式口音：她一定认识很多美国人，士兵们、水手们和偶尔放纵的平民，他们干扰并重塑了她的语言。

"那你是做什么的，沃伦？"她问，"家里给你寄钱吗？"

"嗯，差不多吧。"他又解释了一遍富布莱特项目。

"是么？"她说，"你一定要聪明才行吧？"

"噢，不一定。在美国，做任何事都不再需要很聪明了。"

"你在跟我开玩笑？"

"不完全是。"

"啊？"

"我是说，我不过是在逗逗你。"

沉思片刻后，她说："嗯，我希望自己以前能多念些书。我希望自己足够聪明，能写一本书，因为我能写出一本超棒的书。知道我会取什么书名吗？"她眯起眼睛，手指在空中描画着正式的字母。"我会叫它《这就是皮卡迪利》。因为我觉得人们并不真的了解这里的事情。啊，天呐，我可以跟你讲些事，会让你——哎，算了，不说了。"

"……哎，克莉丝汀？"他过了一会儿又说，这时他们又躺回了床上。

"嗯哼？"

"想不想讲讲彼此的人生故事？"

"好啊。"她带着孩子般的热切说道，于是他不得不再次不好意思地解释，他不过是在逗逗她。

第二天早上六点，宝宝的哭声把他们吵醒了，但克莉丝汀先起身，告诉他可以再睡一会儿。当他再次醒来时，房间里只有他一个人，房里隐约飘着尿味和化妆品的气味。几个女人在不远处有说有笑，他想不到要做什么，只能起床穿好衣服离开这里。

这时，克莉丝汀走到门口，问他要不要喝茶。"要是你收拾妥当了，不如出来吧，"她边说边递给他一杯热茶，"见见我的朋友，怎么样？"

他跟着她走进一个厨房和客厅混用的地方，那里的窗户俯瞰一片野草丛生的空地。一个三十多岁的矮胖女人正站在熨衣板边上熨衣服，插头插在天花板上的插座上。另一个和克莉丝汀差不多年纪的姑娘躺在安乐椅上，穿着及膝的睡袍，趿着一双拖鞋，她那光溜溜的好看小腿在晨光中闪闪发亮。一面镶了框的椭圆镜子下有一个嘶嘶作响的气壁炉，四处飘荡着蒸汽和茶点的悦人香味。

"沃伦，这是格蕾丝·阿诺德。"克莉丝汀说的是熨衣板边上的女人，她抬起头说很高兴认识他。"这是艾米。"艾米舔了舔嘴唇，微笑地说了声"嗨"。

"你再过一会儿就能见到孩子们了，"克莉丝汀对他说，"格蕾丝有六个孩子。我是说，格蕾丝和阿尔弗雷德有六个孩子。阿尔弗雷德是这家的男主人。"

沃伦一边抿着茶，一边倾听着，一边在合适的时候点头、微笑和询问，他渐渐能把事情拼凑起来了。阿尔弗雷德·阿诺德是个室内油漆匠，或者说是一个"油漆匠和装修工"。他和他的太太有那么多孩子要抚养，为了维持开支就把房间租给克莉丝汀和艾米，也完全明白这两个姑娘是做什么的，他们就这样成了一大家子生活在一起。

　　大早上坐在这张沙发上，看着格蕾丝·阿诺德的熨斗来回滑动，禁不住被艾米洒着晨辉的小腿迷住，听着这三个女人的谈天，心里想着要过多久才能离开，这样礼貌而紧张的男人曾有多少个？不过，沃伦·马修斯回家也没事干，便开始希望这个愉快的社交时刻能持续得更久。

　　"你的名字很好听，沃伦，"艾米对他说，跷起了腿，"我一直喜欢这名字。"

　　"沃伦?"克莉丝汀说，"你要留下来跟我们一起吃点东西吗?"

　　很快，他们围坐在一张干净的餐桌边，每个人都有一片加了煎蛋的黄油吐司，又添了更多的茶，他们都彬彬有礼地吃着，仿佛身在公共场所。克莉丝汀坐在他的身旁，吃饭间隙害羞地捏了捏他空着的那只手。

　　"要是你不急着走，"在格蕾丝收拾盘子时，克莉丝汀说，"我们可以去喝杯啤酒。酒馆半个小时后就开门了。"

　　"好，"他说，"好的。"因为他最不想做的就是匆忙离开，哪怕那六个孩子大早上到街上玩好了都闹哄哄地回到家，每个人都想坐在他的大腿上跟他逗闹，还把沾了果酱的手指伸进他的头发里。这群小孩吵吵嚷嚷的，个个都活力满满。年龄最大的是个机灵的女孩，叫简，看起来怪怪的，像个黑人——皮肤是浅色的，却有着非洲人的五官和头发——从他身边往后退时，她咯咯笑着说："你是克莉丝汀的男人吗？"

"如假包换。"他对她说。

当他单独带克莉丝汀去街角的酒馆时，他确实觉得自己像她的男人。他喜欢她走路的样子——她穿了一件干净的褐色雨衣，衣领围着脸颊竖了起来，看起来一点都不像妓女——也喜欢她紧挨在他身边坐着。他们坐在一张贴墙的皮长椅上，这是一个陈旧的棕色房间，这里的一切似乎都浸润在啤酒里，就连灰尘翻飞的一束束阳光也不例外。

"哎，沃伦，"过了一会儿她说，转动着桌上亮闪闪的酒杯，"你想再留一晚吗？"

"呃，不了，我其实——问题是我的钱不够了。"

"噢，我不是那个意思，"她说着又捏了捏他的手，"我不是说要付钱。我是说——留下来吧。因为我想你留下来。"

一个年轻妓女免费把自己献给你，就算谁都不说，他也知道这是身为男人的巨大成功。他甚至不需要《乱世忠魂》[1]来告诉他这一点，虽然当他捧着她的脸贴近自己的脸时，他立刻就想起了那本小说。她让他感到无比的伟岸。"喔，好啊。"他嗓音嘶哑地说，然后亲吻了她。就在再次亲吻她之前，他又说："噢，真的太好了，克莉

1　From Here to Eternity，美国作家詹姆斯·琼斯（James Jones，1921—1977）所著战争小说。

丝汀。"

一整个下午,他们俩都频繁使用"好"这个字眼。除了间或需要短暂地照料一下宝宝,克莉丝汀似乎一刻都离不开他身边。一次,当沃伦一个人待在客厅时,她在地板上缓慢而迷醉地舞动着走向他,像是伴着小提琴的乐声,然后像电影中的女孩那样倒进他的怀里。另一次,她在沙发上蜷起身子紧贴着他,给他轻轻哼起一首名为《难以忘怀》的流行歌曲,每次唱到歌名时,她都会意味深长地垂下睫毛。

"噢,你真好,沃伦,"她再三说道,"你知道吗?你真的太好了。"

而他也会一遍又一遍地对她说,她也非常好。

当阿尔弗雷德·阿诺德下班回家时——他是个壮实的男人,疲累不已,看起来腼腆而平易近人——他的太太和年轻的艾米立刻忙着按老规矩迎接他:帮他脱下外套,拉好凳子,再倒上一杯杜松子酒。但克莉丝汀没有上前,紧紧挽着沃伦的胳膊,直到时机合适了再把他带上前,向这家的男主人做正式介绍。

"很高兴认识你,沃伦,"阿尔弗雷德·阿诺德说,"就当自己家啊。"

晚餐是咸牛肉和煮土豆,大家都说很不错。之后兴致来了,阿尔弗雷德简略地回忆起自己在缅甸当战俘的日子。"四年,"说着他伸出一只手,缩着拇指比画着,"四年啊。"

沃伦说一定非常煎熬。

"阿尔弗雷德?"格蕾丝说,"给沃伦看看你的表彰信。"

"噢，不了，亲爱的，没人想看那个的。"

"给他看看。"她坚持。

阿尔弗雷德妥协了，不好意思地从屁股口袋里摸出一只鼓鼓的黑色钱包，又从其中一个夹层深处取出一张污渍斑斑、折了好几折的纸。折缝处几乎快裂开了，但打印的字迹依然清晰：信上表达了英国军队对二等兵 A. J. 阿诺德的认可，在缅甸成为日本人的俘虏时，俘获者称赞他在一九四四年建造一座铁路桥时是一个勤恳踏实的好工人。

"嗯，"沃伦说，"不错。"

"啊，你懂女人的。"阿尔弗雷德私下说，把那张纸放回原处。"女人总喜欢让你显摆这种东西。我倒想把整件该死的事都忘掉。"

在格蕾丝·阿诺德眨巴着眼睛的坏笑下，克莉丝汀和沃伦想办法提前离席。卧室的房门刚关上，他们就紧紧拥抱、交缠在一起，沉重地呼吸着，迫不及待一心沉沦于欲望之中。他们没花太多时间就脱下了衣服，但那似乎依然是讨人厌的阻碍和延迟，紧接着他们就陷在床上纵情相欢，再次胶着难分。

"噢，沃伦，"她说，"噢，天呐。噢，沃伦。噢，我爱你。"

他听到自己说了很多遍他也爱她，多到他自己都无所谓相信或记得。

午夜过后的某个时间，他们静静地躺着，他好奇那些话怎会如此轻易而频繁地从他口中说出。几乎在同一时间，克莉丝汀也开始说话了，他意识到她喝了很多酒。床边地板上有瓶满满一夸脱的杜松子酒，两只沾满指纹的脏酒杯说明他们俩一直在喝，但她此时似乎已经遥遥领先于他了。她又给自己倒了一杯，舒舒服服地靠在贴墙放的枕头上，她说话的方式说明，为了戏剧性的效果，她每句话都精心措辞，就像一个假装是演员的小女孩一样。

"你知道吗，沃伦？我曾经想要的一切都被夺走了。这辈子一直这样。十一岁的时候，我在这世上最想要的是一辆自行车，我爸爸最后给我买了一辆。噢，只是一辆便宜的二手车，但我很喜欢。后来，也是在那个夏天，他因为我做了什么要惩罚我——我甚至记不起是什么事了——他就把那辆车弄走了。我再也没有见过。"

"嗯，唉，那一定感觉糟透了，"沃伦说，然后试着把谈话引向不那么伤感的地方，"你爸爸是做什么工作的？"

"噢，他是煤气厂的办事员。我们根本相处不来，我跟我妈妈也处不来。我从来不回家。嗯，可我说的都是真的：我曾经想要的一切都被——你知道吗——夺走了。"她停顿在那里，像是要把自己戏剧化的声音控制住，等她再开口时，声音更自信了，声调压低了，适合关系亲密的听众。

"沃伦？你想听听艾德里安的事吗？劳拉的爸爸？因为我真的很想告诉你，如果你感兴趣的话。"

"当然。"

"嗯，艾德里安是个美国军官，一个年轻的少校。现在或许已经是中校了。我都不知道他在哪儿，搞笑的是我也不在乎。我真的已经一点儿都不在乎了。不过，艾德里安和我曾有过一段美好的时光，直到我告诉他我怀孕了，他呆住了。他就那么呆住了。哦，我想我并没觉得他会娶我什么的——他在美国有个上流社会的富家女正等着他，这我是知道的。但他变得非常冷漠，让我去堕胎，我拒绝了。我说：'我要生下这个孩子，艾德里安。'他说：'好吧。'他说：'好吧，但你得靠自己了，克莉丝汀。你必须想尽一切办法来抚养这个孩子。'就在那时，我决定去见见他的指挥官。"

"他的指挥官？"

"嗯，总该有人出面，"她说，"总该有人让他意识到自己的责任。天呐，我永远不会忘记那一天。那个团长是个非常威严体面的人，叫马斯特斯上校，他坐在办公桌后面看着我，听我说完，有几次还点了点头。艾德里安跟我一起，一句话也没说，办公室里就我们三个人。最后，马斯特斯上校说：'好吧，菲利普斯小姐，依我看来，可以这么说，是你犯了错。你犯了错，就得自己承担后果。'"

"什么，"沃伦不安地说，"嗯，好吧，那一定——"

但他没必要把话说完，或是说些别的什么，好让她知道他压根儿不相信这个故事中的任何一句话，因为她哭了。她开始抽泣，屈起膝盖，将蓬乱的脑袋一侧斜靠着膝盖，然后把空酒杯小心翼翼地放在地板上，又陷到床上，背对着他哭个不停。

"哎，好了，"他说，"好了，宝贝，别哭了。"没办法，他只能将她的身子转过来，拥进怀里，直到她安静下来。

过了很久，她说："还有杜松子酒吗？"

"有一些。"

"嗯，听着，我们都喝完吧，好吗？格蕾丝不会介意的，要是她要我付钱，我会付给她的。"

第二天早上，因为流过眼泪睡觉，她的脸水肿得厉害，她试图用手指挡住。她说："我的天。我猜我昨晚喝得太醉了。"

"没事的，我们都喝多了。"

"嗯，对不起，"她说，带着习惯频繁道歉的人的那种不耐烦和近乎不服气的语气，"对不起。"她去照料宝宝了，穿着一件褪色的绿色浴袍，在小小的房间里摇摇晃晃地走来走去。"不管怎么说，听着，你会再来的吧，沃伦？"

"当然。我之后给你打电话，好吗？"

"别，这里没有电话。但你很快就会再来的吧？"她跟着他走去前门，他转身时看到她眼中明明白白的恳切。"要是你白天来，"她说，"我一直在家。"

有那么几天，当沃伦呆呆地坐在书桌前，或是在刚入春的时节去街上或公园里闲逛时，他发现自己满脑子想的只有克莉丝汀。他这辈子从没想过会发生这种事：一个年轻的苏格兰妓女竟会爱上他。他的自信心一反常态地膨胀起来，开始觉得自己是个罕见而幸运的芳心俘获者。想到克莉丝汀在他怀里嗫嚅着"噢，我爱你"，他在阳光下笑得像个傻子。其他时候呢，想到她身上那么多可悲之处——毫无幽默感的愚昧，走形的廉价内衣，醉酒后的哭泣——他又感到另一种微妙的快乐。甚至她讲的"艾德里安"（这个名字几乎一定取自某本女性杂志）的故事也能被轻易原谅，或者说将会被原谅，等他找到一个妥帖又不伤人的办法让她知道他清楚那些都是假的。他最终或许还得想个办法告诉她，当时说他也爱她并不是真的。但这一切都可以等一等，没有必要着急，眼下正是春天呢。

"知道我最喜欢你什么吗，沃伦？"在他们一起度过的第三或第四个晚上很晚的时候，她问道，"知道我真正爱你什么吗？是我觉得我可以信任你。我这辈子只期盼这一点：有个可信之人。你看，我一而再、再而三地犯错，是因为我信任的人到头来是——"

"嘘，嘘，"他说，"没关系的，宝贝。我们现在睡吧。"

"哎，等一等，就听我说一会儿，好吗？因为我真的想告诉你一件事，沃伦。我认识一个叫杰克[1]的小伙子。他一直说要娶我什么的，但麻烦的是，杰克是个赌鬼，以后永远都会是个赌鬼。我想你也猜到了那意味着什么。"

"那意味着什么？"

"那意味着钱，就是这意思。给他赌钱，替他还钱，每月接济他直到发薪日——啊，老天，光想想这些就叫我恶心。就这样持续了一年。你知道我一共拿回多少吗？嗯，你不会相信的，我还是告诉你吧。不，等等——我拿给你看。等一下啊。"

她起身，摇摇晃晃地去开吊灯。灯光突然大亮，把宝宝惊醒了，她在睡梦之中呜咽起来。"没事的，劳拉。"克莉丝汀一边柔声说，一边在梳妆台的顶层抽屉里翻找东西。不一会儿，她找到了东西，拿回床边。"给，"她说，"哎，读读看。"

那是一张带横线的廉价纸张，是从给学童们用的那种拍纸簿上撕下来的，上面没有日期。

---

1 即指下文写信之人。

亲爱的菲利普斯小姐：

随信附上两英镑十先令。这是我现在所有的钱了，之后不会再有了，因为我下个礼拜就要被送回美国，准备退伍离开部队了。

我的指挥官说你上个月给他打了四次电话，这个月又打了三次，千万别再这么做了，他是个大忙人，没工夫应付这种电话。别给他打电话，也别再给军士长或这里的任何人打电话了。

一等兵约翰·F. 柯蒂斯

"那不是最操蛋的事么？"克莉丝汀说，"我是说真的，沃伦，那可不就是最操蛋的事吗？"

"确实如此。"他又读了一遍。以"我的指挥官"开头的那句话似乎让一切都暴露了，"艾德里安"的事一看就站不住脚了，沃伦心里毫不怀疑，约翰·F. 柯蒂斯就是她孩子的父亲。

"现在你能关灯了吗，克莉丝汀？"他说着把信递还给她。

"好的，亲爱的。我只是想让你看看。"毫无疑问，她还想看看他会不会蠢到连这个故事也相信了。

等房间又暗下来，她蜷着身子贴着他的背，这时他悄悄准备了一段冷静又理智的话。他会说：宝贝，别生气，听着，你千万别再用这些故事骗我了，我不相信艾德里安的事，也不相信赌鬼杰克的事，所以不如别再搞这些花头了。我们多少试着对彼此讲讲真话不是更好吗？

考虑再三，他没有说出口，因为那些会让她恼羞成怒，她会立刻起床破口大骂，用她那一行最粗鄙的话来辱骂他，丝毫不顾哭醒许久的宝宝，到头来只剩下一发不可收拾的局面。

也许之后会有更合适的时机询问她事实如何——一定会有，而且很快——他面对墙躺着，她柔软的手臂搂着他的胸口，且不管这会不会让他觉得懦弱，他不得不承认现在不是时候。

过了几晚，他在家里接了个电话，惊讶地听到她的声音。"嗨，亲爱的。"

"克莉丝汀？呃，嗨，你怎么——你怎么有这个号码？"

"你给我的。你不记得了吗？你写下来的。"

"噢，嗯，是的。"他傻笑着对着话筒说道，但这事令人警醒。地下室这里的电话不过是楼上茱蒂丝的电话的分机，它们会同时响起来。茱蒂丝在家时，她总会在铃响第一二声后拿起听筒。

"听着，"克莉丝汀说，"你别礼拜五过来了，能礼拜四吗？因为那天是简的生日，我们会开个派对。她九岁了……"

挂了电话之后，他弓着身子坐了很长时间，那模样就像一个人在心里反复思量着严肃而隐秘的问题。他怎么会蠢到把茱蒂丝的电话号码给她呢？很快他又想起另一件事，这第二件蠢事让他站起身，在地板上焦急而沉重地来回踱步：她还知道他的地址。有一次在酒馆，他用光了现金，不能付清所有的啤酒钱，就写了张支票给克莉丝汀去付钱。

"大多数顾客觉得在每张支票的姓名下面印上自己的街道地址挺方便的，"当沃伦和卡罗尔去年去开支票账户时，银行的一个副经理解释说，"需要我为你们也那样预订吗？"

"好的，就这样吧，"卡罗尔说，"为什么不呢？"

礼拜四那天，一直快走到阿诺德家时，他才意识到忘记给简买礼物了。但他找到一家糖果店，不停地让柜台女孩往纸袋里多舀点什锦硬糖，直到装满沉甸甸的一大袋，只希望这能勾起一个九岁小孩的些许兴趣。

不管怎么说，简的生日派对非常成功。在那间明亮而破旧的公寓里，到处都是孩子。等他们坐到长桌前——三张桌子拼在一起——沃伦微笑地站在后面，搂着克莉丝汀看着他们，想起了在彼得·潘俱乐部举办的那场派对。阿尔弗雷德下班回家时带了一只巨大的毛绒熊猫，他把它塞进简的怀中，哈哈大笑着蹲下来，简给了他一个深情的大拥抱。但很快，简不得不控制住自己的欣喜雀跃，因为蛋糕已经摆在她的面前了。她皱了皱眉，闭上眼睛，许了个愿，猛吸一大口气把九根蜡烛都吹灭了，满屋子的人爆发出热烈的欢呼。

在那之后，美酒供应充足，大人们尽兴畅饮，甚至在派对的最后一个客人离开之后，在阿诺德家所有小孩都睡下之后，酒还没喝完。克莉丝汀离开房间，去哄宝宝睡觉，随身带了杯酒。格蕾丝已经开始准备晚餐了，明显地不情不愿，当阿尔弗雷德说了声抱歉去休息时，她把煤气炉火力拧到很小，撇下炉子跟他一起走了。

这就让沃伦和艾米独处一室。她站在那里，对着壁炉架上方的椭圆镜子认真地化妆。他手端一杯酒，坐在沙发上看着她，这时他觉得，她真的比克莉丝汀漂亮很多。她个子高挑，双腿修长，优雅得无懈可击，屁股纤小紧实，让人真想捏一把，还有那坚挺可爱的丰满乳房，一头黑色秀发垂到肩胛骨。今晚，她穿的是一条黑色紧身短裙，配一件桃色衬衫。她是个骄傲又可爱的姑娘，他不愿去想那个会在夜深之后花钱占有她的陌生人。

艾米已经化完眼妆，开始化嘴唇了。她将口红慢慢涂上柔软饱满的唇瓣，直到它们像杏仁蛋白软糖一样闪闪发亮，然后抿起嘴唇，上下唇瓣相互轻触摩擦，接着又张嘴检查那口完美年轻的牙齿上有没有沾上红色印迹。化完妆后，她把所有的化妆用具放回一个小塑料盒里，啪的一声关上，又一动不动地继续在镜子跟前站了至少半分钟。就在那时，沃伦意识到，在这段私密而沉默的时间里，她一直都知道他在看她。最后，她耸着肩膀飞快转身，一脸战胜恐惧的勇敢模样，好像他就快冲过来抓住她似的。

"你看起来很美，艾米。"他坐在沙发上说。

她的肩膀松弛下来，释然地吁了口气，但她没有笑。"天呐，"她说，"你吓死我了。"

等她穿上外套出门之后，克莉丝汀又回到房里，一副懒散任性的模样，就像一个找到好理由待在家里不上班的女孩一样。

"过去点儿，"她说，紧挨着他坐下，"你最近怎么样？"

"噢，还行。你呢？"

"还行，"她有些犹豫，像是找不到闲聊话题而觉着拘束，"看什么好电影了吗？"

"没有。"

她用双手握着他的一只手。"你想我吗？"

"当然想。"

"想了才怪，"她甩开他的手，仿佛那是什么脏东西，"有天晚上，我去了你家附近，想给你一个惊喜，我看到你跟一个女孩一起进去了。"

"你才没有，"他对她说，"好了，克莉丝汀，你知道自己根本没那么做。你为什么总要告诉我这些——"

她威胁地眯起眼睛，绷紧了嘴唇。"你说我是个骗子？"

"噢，天呐，"他说，"别这样。你为什么要这样呢？我们别提了，好吗？"

她看起来像是在考虑。"好吧，"她说，"喏，那时天黑了，我又在街对面，我可能看错了哪幢房子，我看到跟女孩在一起的也可能是别人。那行，我们不提了。但我想告诉你：永远别说我是个骗子，沃伦。我警告你。因为我向上帝发誓，"——她指着自己的卧室强调说——"我用宝宝的性命发誓，我不是骗子。"

"啊，瞧瞧那对恩爱情侣呀，"格蕾丝·阿诺德说，挽着丈夫出现在门口，"嗯，我才没有嫉妒你们呢。我和阿尔弗雷德也很恩爱，是不是，亲爱的？结婚这么多年了，一直很恩爱。"

然后是晚餐时间，吃的主要是烧焦了的豆子。格蕾丝将她和阿尔弗雷德初遇的那个难忘夜晚娓娓道来。那天有个派对，阿尔弗雷德是一个人来的，腼腆怕生，还穿着一身军装。在房间一头看到他的那一刻起，格蕾丝就想：啊，他，啊，是的，就是他。他们伴着留声机的乐声跳了一会儿舞，不过阿尔弗雷德跳得不怎么样，然后他们出去，一起坐在一道矮石墙上聊天。只是聊天。

"我们聊了些什么，阿尔弗雷德？"她问，假装想不起来似的。

"噢，我不知道，亲爱的，"他说，用叉子搅动着豆子，脸上因为开心和尴尬浮起微红，"想来也没聊什么吧。"

格蕾丝转过头来，暧昧地低声对她的其他听众说，"我们聊了——嗯，什么都聊了，又什么都没聊，"她说，"你们知道怎么会那样吗？就像我们都清楚——你们懂吗？——就像我们都清楚我们是天生的一对。"这最后一句话就连格蕾丝也觉得似乎有些多情了，她突然笑起来。"噢，搞笑的是，"她笑着说，"搞笑的是，我们走了没多久，我的那些朋友也离开了派对，因为她们想去看电影吧？于是她们就去了，看完一整场电影，接着又去了酒馆，一直待到打烊，等她们回来差不多是第二天早上了，就在同一条路上，她们发现我和阿尔弗雷德还坐在墙上聊天呢。啊，天呐，她们到现在都取笑我，每次见我的朋友，她们都会那样。她们说：'你们俩到底在聊什么呢，格蕾丝？'我就哈哈大笑地说：'噢，没什么。我们瞎聊，就这样。'"

　　一时间桌上无比安静。

　　"那是不是很棒？"克莉丝汀轻声问，"两个人可以就——那样找到彼此，难道不是很棒吗？"

　　沃伦说的确如此。

　　那天夜里晚些时候，当沃伦和克莉丝汀裸着身子坐在床边喝酒时，她说："嗯，我还是跟你说个事儿吧：我一点都不介意过格蕾丝的人生。我是说在她遇到阿尔弗雷德之后的人生，而不是之前的。"她顿了一下又说："我想从她现在的样子来看，你永远猜不到——我想你永远猜不到，她自己也曾是个皮卡迪利女孩。"

　　"是吗？"

　　"哈，'是吗'。她当然是了。战争期间做了好多年呢。她进这一行是因为没有更好的路子，就跟我们一样。后来她怀了简，又不知道怎么抽身，"克莉丝汀朝他微微一笑，眨了眨眼睛，"谁都不知道简是谁的种。"

"哦。"如果简今天九岁的话，这说明怀上她和她出生时，是数以万计美国黑人士兵驻扎在英国的时候，据说他们随心所欲地玩弄英国姑娘，挑衅白人部队打架生事，直到诺曼底登陆带来了巨大动荡，一切急转直下，这些事才停止。那时候，阿尔弗雷德·阿诺德还在缅甸当战俘，还要等上一年多才被释放。

"喔，她从没想否认这事儿，"克莉丝汀说，"她从没在这件事上说谎，这点可以相信她。阿尔弗雷德从一开始就知道自己摊上了什么。她可能在他们相遇的第一个晚上就告诉他了，因为她知道自己瞒不住——或许他早就知道了，因为可能整场派对上的人都是皮卡迪利女孩。我不清楚。但我知道他早知道了。他带她离开街头，娶了她，收养了她的孩子。你找不到多少男人能做到那样。我是说，格蕾丝是我最好的朋友，也为我做了很多，但有时候她表现得完全不知道自己有多幸运。有时候——噢，不是今晚，她今晚是在你面前炫耀呢——但有时候，她根本瞧不起阿尔弗雷德。你能想象吗？像阿尔弗雷德那样的男人？那可真叫我生气。"

她伸手将他们的杯子倒满，等她坐好小口抿着酒，他知道自己必须进行下一步了。

"嗯，所以我猜你也想找个丈夫了，是吗，宝贝，"他说，"那当然可以理解，我也想让你知道，我希望我可以——你懂的——向你求婚，但现实是我不能。真做不到。"

"好的，"她轻轻地说，低头看指间夹着的一根没点燃的香烟，"没事，别提了。"

他对最后一句话的效果感到满意，尽管他说的"希望"那部分是个大谎话。他莫名其妙地冒险闯进这个陌生姑娘的生活，现在结束了，他可以准备一步步地退出了。"我知道你会找到合适的人，克莉丝汀，"他对她说，温柔善良的声音让自己也觉得温暖，"一定很快就会实现，因为你是个好姑娘。同时呢，我也希望你明白，我会永远——"

"哎，我说了别提了，好吗？上帝啊，你觉得我会在乎吗？你以为我他妈的在乎你？听好了。"她光着身子站起来，在昏暗的光线下显得强势，一根伸直的食指在他往后缩的面孔前摇晃着。"听好了，小瘦子，任何时候，任何人，我想找都能找到，你最好搞清楚这点。你之所以在这里不过是因为我可怜你，你最好也搞清楚这点。"

"可怜我？"

"嗯，没错，就因为你太太和你小女儿那些可怜兮兮的瞎鸡巴事儿。我可怜你，我想着，哎，为什么不呢？这是我的问题，就是不知道吸取教训，迟早总是会想，为什么不呢？然后他妈的就倒了大霉。听好了：你到底知不知道这段时间我本来能赚多少钱？啊？不，你甚至从来没往那方面想过，是吧。噢，不，你总是多愁善感、甜言蜜语，全是放屁，不是么。哎，你知道我觉得你是什么吗？我觉得你就是个男妓。"

"什么是'男妓'？"

"我不知道在你们那里叫什么，"她说，"但在这个国家，就是指一个男人过日子的钱是靠——哎，算了，去他妈的。操。我累了。让开点，行吧？要是我们只是睡觉的话，那就睡呗。"

然而，他没有让开，而是怀着一个受辱的男人的尊严，沉默而颤抖地起身开始穿衣服。她重重地坐回床上，看上去没注意或是不在乎他在做什么，可没过多久，在他扣衬衫扣子时，他知道她在看他，也准备向他道歉了。

"沃伦？"她害怕地小声说，"别走。对不起那么叫你，我再也不说了。求你回来，别离开我，好吗？"

这足以让他的手指停止扣衬衫扣子，然后很快地，也足以让他又解开扣子。如果现在离开，什么事都没解决，可能比留下来更糟。况且，被当成是一个气量大、能宽容的男人显然大有益处。

"……噢，"他回到床上之后，她说，"噢，这样好多了。这样好多了。噢，靠近点儿，让我——就是这样，就是这样。噢，噢。我想这世上谁都不想深夜独自一个人的，是吧？"

这次讲和勉强令人满意，一直延续到第二天早上，他尽管不安，但还是和颜悦色地离开了。

可是，在坐地铁回家的一路上，他后悔没跟她说最后的告别。坐在地铁里，他在脑海中回想了几种最后告别的开头——"哎，克莉丝汀，我觉得这样根本不行……"或是"宝贝，如果你认为我是男妓之类的，我想我们是时候……"——直到从地铁乘客迅速躲闪的尴尬眼神中，他才意识到自己的嘴巴在动，还配合地微微做着手势。

"沃伦？"那天下午，茱蒂丝从苏塞克斯打来电话，声音苍老而动听，"我想我可能会在礼拜二回城里，待上一两个礼拜。会不会太打扰到你？"

他告诉她别这么说，说自己盼着她回来。可他刚放下电话，它又响了，克莉丝汀说："嗨，亲爱的。"

"哦，嗨。你好吗？"

"嗯，还好，只是我昨晚对你的态度不怎么好。我有时候会那样。我知道这很讨厌，但我确实会那样。不过，我能补偿你吗？你礼拜二晚上能过来吗？"

"呃，我不知道，克莉丝汀，我一直在想，也许我们应该算——"

她的声音变了："你来不来？"

他沉默地让她等了一两秒钟，然后同意过去——当时他之所以同意，不过是因为他知道，当面说出最后的告别好过在电话里说。

他不会过夜，只会待到把自己的意思向她说明白；如果房子里人太多，他就带她去附近的酒馆，在那里他们可以私下聊聊。他决定不再预演说话的内容：等时机到了，他自然会用恰当的语气说出恰当的话。

不过，他的话除了是最后的告别之外，最重要也是最困难的一点是，话一定要说得漂亮。要不然，要是惹她怨怼了，之后在电话里可能会有不少麻烦——茱蒂丝在家，不能再冒这种风险——甚至还有可能出现更糟的事。他可以想象克莉丝汀和他受邀去茱蒂丝的客厅喝下午茶（"一定要把你的年轻朋友带来啊，沃伦。"），就像卡罗尔和他以前经常做的那样。他可以想象克莉丝汀就等着谈话停顿的时候，用力地放下茶杯和茶碟以作强调，然后说："哎，太太，我有件事儿要告诉你。你知道你这个讨人喜欢的侄女婿是什么吗？啊？嗯，我来告诉你，他是个男娼。"

他原本计划晚饭过后很久才去，但他们晚上一定开饭迟了，因为大家都还坐在桌上，格蕾丝·阿诺德递了一个盘子给他。

"不了，谢谢。"他说，但还是端了杯酒坐在克莉丝汀身旁，因为不这样的话会显得没礼貌。

"克莉丝汀？"他说，"等你吃完了，想不想跟我一起去酒馆坐会儿？"

"干什么？"她说，嘴巴里鼓鼓的。

"因为我想跟你聊聊。"

"我们可以在这里聊。"

"不，不行。"

"有什么大事吗？那我们之后聊。"

沃伦感觉自己的计划像沙子一般流走了。

那天晚上，艾米似乎心情不错。不管阿尔弗雷德和沃伦说什么，她都开怀大笑。她唱了一段《难以忘怀》的副歌，投入的感情不亚于克莉丝汀。她还退到房间中央，脱掉鞋子，伴着电影《红磨坊》的主题曲，为她的观众们呈上一小段轻柔迷人的扭臀舞。

"你今晚怎么不出去了，艾米？"克莉丝汀问。

"哦，我不知道，我不想出去。有时候，我只想静静地待在家里。"

"阿尔弗雷德?"格蕾丝说,"看看还有没有青柠汁,亲爱的,要是有的话,我们可以喝金青柠[1]了。"

他们在收音机上调到了乐曲,格蕾丝软软地贴在阿尔弗雷德的怀里,两人跳了一曲老式华尔兹。"我喜欢华尔兹,"她解释道,"我一向喜欢华尔兹。"然而,他们突然停了下来,因为他们跳着跳着撞倒了熨衣板,大家都觉得这是他们见过最滑稽的事了。

克莉丝汀想证明自己会跳吉特巴舞,也许是想跟艾米的舞蹈一较高下,但沃伦是个笨拙的舞伴:他单脚跳着,曳步跳着,出了一身汗,也不知道如何按照规定动作伸直手臂让她旋转出去,再让她旋转回来,所以他们的表演也别别扭扭,以笑声收尾。

"……噢,真好,我们都是这么要好的朋友,"格蕾丝·阿诺德说,热情地又开了一瓶杜松子酒,"今晚我们就在这里尽情享受,只要我们在一起,就不用管这世上的任何事,是不是?"

是的。过了一会儿,阿尔弗雷德和沃伦一起坐在沙发上,讨论着英美军队的异同点,像两个歇了战的老兵。之后,阿尔弗雷德再次起身去倒酒,艾米微笑着陷进他刚走开的位子,用指尖轻轻触碰沃伦的大腿,想开始新的话题。

"艾米,"克莉丝汀在房间一头说道,"别碰沃伦,不然我弄死你。"

随后,一切都变糟了。艾米一下跳起来,激动地否认有任何不当行为,克莉丝汀的反驳响亮又刻薄,格蕾丝和阿尔弗雷德站在一

---

1 混合了杜松子酒、柠檬汁和冰块的鸡尾酒。

旁，带着看客围观街头事故的浅浅微笑，而沃伦则想消失不见。

"你总是这样，"克莉丝汀吼道，"自从我把你弄进这个家，每次我带男人回来，你都会搔首弄姿、摸来摸去。你是个骚货，贱坏子，你就是个小婊子。"

"你是个妓女。"艾米叫道，说完就哭了。然后她踉踉跄跄地朝门口走去，但没能走到——为了亲耳听听克莉丝汀会对格蕾丝·阿诺德说些什么，她不得不转过身来，用拳头抵着自己的嘴，眼里闪着恐惧。

"好吧，格蕾丝，听着，"克莉丝汀的声音尖利，镇定得令人害怕，"你是我最好的朋友，永远都是，但你必须做个选择。要么选她，要么选我。我认真的。因为，我用宝宝的性命发誓，"——她的一只胳膊戏剧性地扫向她卧室的方向——"我用宝宝的性命发誓，要是她还住在这个家，那我一天都不想多待。"

"啊，"艾米说着朝她紧逼过去，"啊，这么做真卑鄙。啊，你这个臭——"

两个女孩突然打了起来，她们扭打着，试图挥拳揍人，扯着衣服，揪着头发。格蕾丝这个调停人尖叫着颤抖着想把她们分开，反倒自己挨了揍，被推来推去摔倒了，这时阿尔弗雷德·阿诺德介入进来。

"该死，"他说，"别打了，别打了。"他设法将掐着艾米脖子的克莉丝汀拉开，用力地推到一边；为了阻止艾米采取进一步的动作，又将她整个儿地摔在沙发上，她在沙发上掩面哭泣。

"婊子，"阿尔弗雷德打了个踉跄，站稳之后说道，"他妈的婊子。"

"煮点咖啡吧。"格蕾丝提议，爬到一张椅子上坐着。阿尔弗雷德跌跌撞撞地走向炉子，把一锅水放到煤气炉上。他胡乱翻找着，找到一瓶速溶咖啡浓浆，喘着粗气往五只干净的杯子里各舀了一勺那玩意儿。然后，他开始迈着大步子在房里走来走去，眼睛瞪得大大的，闪闪发亮，就像一个从没料到自己的人生会沦落至此的男人。

"他妈的婊子，"他又说，"婊子。"他用尽全部力气，右拳猛地砸在墙上。

"哎，我知道阿尔弗雷德生气了，"克莉丝汀之后说，那时她和沃伦正躺在床上，"可我没想到他会把自己的手伤成那样。真是可怕。"

"我能进来吗?"格蕾丝怯怯地敲了敲门问道，她进来时衣衫不整，看起来挺开心的。她依然穿着裙子，但显然脱掉了吊袜带，因为她的黑色尼龙长筒袜掉在了脚踝和鞋子处，皱皱巴巴的。她裸露的双腿白皙，汗毛隐约可见。

"阿尔弗雷德的手怎么样了?"克莉丝汀问。

"嗯，他已经浸在热水里了，"格蕾丝说，"但他总是拿出来，放在嘴边呵气。他会没事的。不过，不管怎么样，听着，克莉丝汀。关于艾米你说的不错，是她不好。自你把她带来这儿，我就知道了。我不想说什么，因为她是你的朋友，但那千真万确。我只是想让你知道，我最喜欢你，克莉丝汀。你一直都是我最喜欢的。"

沃伦把被子拉到下巴，躺在那里听着，渴望着自己家里的安宁。

"……记得那次她把全部干洗票弄丢了，还撒了谎吗？"

"噢，还记得你和我准备去看电影的那天吗？"格蕾丝说，"没时间做三明治了，所以我们就用吐司夹着鸡蛋，因为这样更快？她一直在边上晃来晃去地说：'你们为什么煎鸡蛋？'她很生气，也很忌妒，因为我们没有叫她一起去看电影，她表现得像个小孩子一样。"

"嗯，她就是个小孩子。她一点也不——一点也不成熟。"

"是的。你说得一点儿没错，克莉丝汀。我告诉你我决定怎么做：我明天一早就跟她说。我就说：'不好意思，艾米，我家不再欢迎你了……'"

天还没亮，沃伦就离开了，想在自己家睡一会儿，不过他也不指望能睡一两个小时以上，因为茱蒂丝下来洗澡时，他必须起床穿戴好，笑意盈盈地候着。

"我得说，你看起来真不错，沃伦，"茱蒂丝对他说，"你看起来就像一个对自己的人生有十足把握的人，那么稳重有担当。一丁点儿憔悴消沉的样子都没有，以前你这样，我有时会担心。"

"喔？"他说，"嗯，谢谢，茱蒂丝。你看起来也很不错，不过当然你一向这样。"

他知道电话会响，只希望在中午之前别响。那时茱蒂丝会出门吃午餐——或是哪天她决定省点钱，就会出门少量采买一些。她会拎一个网袋去附近街区，沿路会有彬彬有礼、恭恭敬敬的店主往她的袋子里塞东西——英国的男男女女接受了世世代代的教育，当他们看到一位尊贵的女士时，心里会有数的。

中午，他站在前窗边上，看着她庄严苍老的身躯走下台阶，慢慢走到街上。之后似乎不到一分钟，电话突然响了起来，他精神紧张，使得电话铃声听起来比实际响亮。

"你走得真是匆忙。"克莉丝汀说。

"是的。嗯，我睡不着。今天早上艾米的事怎么办的？"

"噢，现在没事了。都过去了。我们三个人长谈了一番，最后我说服格蕾丝让她留下来了。"

"嗯，不错。不过，我还是挺意外她愿意留下来。"

"你在开玩笑？艾米？你以为她有其他地方可去？天呐，要是你以为艾米有其他地方可去，你可真是疯了。我是说你懂我的，沃伦：我有时是会很生气，但我永远做不到就这么把人赶到街上去。"她顿了顿，他能隐约听到她有节奏地嚼口香糖的声音。直到这时，他才知道原来她也会嚼口香糖。

过了一会儿，他想到，趁她处于这种平静理智、嚼着口香糖的状态，现在或许是跟她提出分手的最佳时机，不管是不是在电话里说，但还没等他组织好开头，她又开口说话了。

"听着，亲爱的，我想我要有一阵子不能见你了。今晚要出去，明天也是，一直要到周末，"她发出一声刺耳的轻笑声，"我总得赚些钱的，是吧？"

"嗯，当然，"他说，"你当然需要，我知道。"这些好声好气的话一说出口，他就意识到那正是一个男鸨会说的话。

"不过，我也许可以哪天下午去你家。"克莉丝汀提议。

"别，别来，"他立刻说，"我——我下午几乎一直都在图书馆。"

他们说定下周某天傍晚五点钟在她家见面，但她语气中有些东西让他当时就起了疑心，她到时候会不在——故意失约就是她不必开口就摆脱他的方式，或者至少是这么做的开始：没有谁的男鸨能一直当下去。因此，到了那天的那个时间，发现她不在，他并不意外。

"克莉丝汀不在，沃伦，"格蕾丝·阿诺德解释说，礼貌地从门口退身让他进屋，"她让我告诉你，她会打电话的。她得回苏格兰几天。"

"哦？是——家里有什么麻烦事吗？"

"你说的'麻烦事'是什么意思？"

"哦，我是想说，是不是——"沃伦发现自己说的是卡罗尔和他曾一致认为足以应付茉蒂丝的那个同样差劲的借口，现在感觉起来像是上辈子的事了。"是不是她家里有人生病了，或类似那样的事？"

"对的，是这样，"格蕾丝显然很感激他的帮忙，"她家里有人生病了。"

他说听到这个消息很遗憾。

"要不要喝点什么，沃伦？"

"不了，谢谢。再见，格蕾丝。"转身离开时，他发现能作为最后告别的一些漂亮话已经在他脑海中成形了，但还没等他到门口，阿尔弗雷德下班回来了，看上去很尴尬，他的前臂打着厚厚的石膏，从肘部一直延伸到骨折的指尖，用一条帆布带子吊着。

"天呐，"沃伦说，"看起来真难受。"

"啊，能习惯的，"阿尔弗雷德说，"就跟其他事一样。"

"知道他断了多少骨头吗，沃伦？"格蕾丝问，几乎像是在炫耀，

"三块。三块骨头呢。"

"哇。可是你怎么工作呢，阿尔弗雷德，你的手都这样了？"

"噢，没事，"阿尔弗雷德挤出一丝自嘲的轻笑，"他们派给我的都是不费事的活儿。"

沃伦站在门口，握着把手准备离开，又转过身来说："告诉克莉丝汀我来过了，格蕾丝，好吗？你也可以告诉她，你说的有关苏格兰的事，我一句都不信。噢，要是她想给我打电话，告诉她别麻烦了。再见。"

坐地铁回家时，他一直安慰自己可以放心了，克莉丝汀可能再也不会联系他了。他原本想要一个更满意的结局，可或许根本不可能有什么满意的结局。对自己说的最后一句话，他越想越高兴："要是她想给我打电话，告诉她别麻烦了。"在那种情况下，这句话正是以恰当的方式传递了恰当的信息。

那天夜里，电话响到第二声时已经很晚了，茱蒂丝几乎肯定已经睡了，沃伦一跃而起接起电话，以免将她吵醒。

"哎，"克莉丝汀说，语气中不带任何感情，甚至也毫无礼貌，就像犯罪片中告密者的声音一样，"我打电话来是因为有件事你应该知道。阿尔弗雷德对你很生气。说真的，非常生气。"

"是吗？为什么？"

他几乎能看见她眯起眼睛，绷紧嘴唇。"因为你说他太太是个骗子。"

"噢，得了吧。我不相信——"

"你不相信我？好吧，等着瞧吧。我告诉你是为了你好。像阿尔弗雷德那样的男人，要是他觉得自己的太太受到了侮辱，那就麻烦了。"

第二天是礼拜天——那个家的男主人在家——沃伦用了将近一上午的时间才决定最好还是去跟他谈谈。这么做感觉挺蠢的，他也怕见到克莉丝汀。不过，等这件事做完，他就能把一切都抛在脑后。

但他用不着走近那幢房子。转过街角，走到最后一个街区时，他遇到了走在街上的阿尔弗雷德和那六个孩子，他们为了礼拜天的出游都穿着漂亮衣服，可能是去动物园。简看到沃伦似乎很高兴：她抓着阿尔弗雷德那只没受伤的左手，非洲样式的头发上绑了一个亮粉色的蝴蝶结。"嗨，沃伦。"她说，年纪更小的孩子们停下围了上来。

"嗨，简。你看起来真漂亮，"然后，他面对着当家男人说，"阿尔弗雷德，我知道我应该向你道歉。"

"道歉？为什么？"

"哦，克莉丝汀说你因为我对格蕾丝说的话而生气了。"

阿尔弗雷德看起来疑惑不解，像是在考虑过于复杂精细、怎么都理不清头绪的问题。"没有，"他说，"没有，没这回事儿。"

"那好吧。好的。可我想告诉你，我没想——你知道的。"

阿尔弗雷德做了一个小小的鬼脸，把悬着石膏的吊带调整到更舒服的位置。"给你个建议，沃伦，"他说，"女人的话千万别太当真。"他像个老战友似的眨了眨眼睛。

克莉丝汀再给他打电话时，语气中尽是少女般的兴高采烈，仿佛他们之间没有任何问题——但沃伦永远都想不明白是什么带来了这样的变化，也无需再去权衡它是真是假。

"亲爱的，听着，"她说，"我想，现在家里的事差不多过去了——我是说，他已经完全稳定了什么的——所以，如果你想明晚过来，或是后天晚上，或是随你什么时候方便，我们可以好好地——"

"喂，等等，"他对她说，"你听我说，宝贝——哦，对了，我想我们是时候别再说'亲爱的''宝贝'这种话了，你不觉得吗？听我说。"

为了加强语气，他站了起来，不再退让，电话线弯弯绕绕地缠紧他的衬衫，他将空出的手捏成拳头，有节奏地在空中挥舞着，就像一个在做总结陈词的慷慨激昂的演说家。

"听我说。当我想跟阿尔弗雷德道歉的时候，他根本他妈的不知道我是什么意思，他妈的根本不知道我在说什么，你明白吗？好，这是一件事，还有另一件事。我受够了。别再打电话给我了，克莉丝汀，你明白吗？别再打电话给我了。"

"好的，亲爱的。"她温顺地飞快说道，说话声几乎被挂电话的声音盖过了。

他依然紧紧抓着贴着脸颊的电话，喘着粗气，这时他听到茱蒂丝的听筒被小心轻轻放回听筒架上的声响。

噢，好吧，谁在乎呢？他走到一只装满书的沉重纸板箱跟前，狠狠踢了一脚，力道大得让箱子滑出三四英尺远，激出一片飘飘荡荡的尘埃。然后他环顾四周，想找其他东西踢打砸摔，却又走回去一屁股坐在沙发上，弹得他上下颠了颠，用一只拳头猛击另一只手的手掌。哦，好吧，行了，去他妈的。那又怎样？谁在乎啊？

过了一会儿，他的心跳渐渐平复下来，他发现自己满脑子想的只有克莉丝汀说那句"好的，亲爱的"时颤抖着消隐的声音。从来就没什么好怕的。这么久以来，如果他之前能语气严厉地对她说话，她会立刻从他生活中消失——"好的，亲爱的"——甚或带着礼貌而胆怯的微笑。毕竟，她只是一个愚蠢可恶的伦敦站街女郎而已。

几天之后，他太太寄来的一封信改变了一切。自从回到纽约，她大约每个礼拜寄来一封匆忙成文、不痛不痒的信，是用打字机在她工作的那家公司的硬面信纸上打出来的，但这一封却是手写的，写在柔软的蓝色信纸上，处处可见字斟句酌的痕迹。信上写着，她爱他，她非常想念他，希望他回家——但马上又添了一句，说完全由他自己选择。

"……当我回想我们从前在一起的时光，我知道问题更多在于我，而不是你。我以前把你的温柔误以为是懦弱——那一定是我最严重的错误，因为一想到这点，我就最心痛，可是啊，还有很多其他的……"

她像往常一样写了很长一段关于房地产的事。纽约公寓短缺很严重，她解释道，但她已经找到一个相对体面的住处：一套三居室，在一个还不错的街区的二楼，租金异常……

他快速浏览了有关租金、租约以及房间和窗户大小的内容，然后反复读着她那封信的结尾。

"如果你想提前回家，富布莱特项目的人不会反对的，是吧？噢，我真心希望你可以——你愿意回来，我是说。凯茜一直问爸爸什么时候回来，我就一直说'快了'。"

"我想坦白一件糟心事，"那天下午，茱蒂丝在客厅喝茶时说，"有天晚上，我在电话里偷听了你说话——然后，我当然又犯了个愚蠢的错误，在你挂电话之前先放下电话，所以你一定知道我在听。真是太对不起了，沃伦。"

"噢，"他说，"嗯，没事。"

"嗯，我也觉得，真的。我们住得这么近，我想总会有这样侵犯个人隐私的小事儿。但我真的希望你知道，我——哎，算了。你懂的。"过了一会儿，她狡黠打趣地看了他一眼。"我以前不觉得你会有这么大的脾气，沃伦。这么冷酷，这么大声，这么强势。不过，我还是得说，我不太喜欢那个女孩的声音，听起来有些轻佻。"

"嗯。哎，说来话长。"他低头看自己的茶杯，意识到自己脸红了，直到觉得没事了才再次抬起头，并换了个话题。"茱蒂丝，我想我很快就会回去了。卡罗尔已经在纽约找到住处了，所以等我——"

"噢，那你们是解决好了，"茱蒂丝说，"噢，那真是太棒了。"

"解决什么？"

"让你们俩都这么痛苦的事呗。噢，我真是太高兴了。你不会真以为我相信什么家里有人生病这种鬼话的，是吧？哪个年轻妻子会为了那种原因独自一人漂洋过海呢？卡罗尔自以为我会相信，我甚至还有点生气呢。我一直想说，噢，跟我讲讲，亲爱的，跟我讲讲。

因为你要知道，当你老了，沃伦——"她的眼里涌出泪花，她徒劳地用手擦着，"当你老了，你就特别希望你爱的人能幸福。"

起航前一晚，沃伦收拾好行李，地下室公寓像经过一整天的擦洗那般干干净净，他开始着手最后一项任务：清理书桌。大部分书可以扔掉了，必要的文件可以摞在一起装进行李箱中仅剩的空间——天呐，他就要离开这里了；啊，天呐，他就要回家了——当他捧起最后一点东西时，那个纸板小音乐盒露了出来。

他不慌不忙地让曲子慢慢倒放，仿佛是想让自己永远记得这首沉闷忧郁的歌。他任由乐声勾起自己的想象，想到克莉丝汀躺在他的怀里嗫嚅着"噢，我爱你"，因为他也想记住这个时刻。然后，他松开手，由着音乐盒掉进垃圾桶。

※

探 亲 假

※

※

对第五十七师而言，一切好像都不顺利。这个师漂洋过海而来，恰巧赶上突出部战役[1]，伤亡惨重；之后补充了大量士兵，实力迅速大增，先后在法国东部和德国进一步与敌人激战，战绩不算糟糕，但也没有特别突出，一直持续到五月战争结束。

那年七月，对占领军部队来说，那段时间开始有望成为他们人生中最美好的时光——当时德国单身女孩数不胜数——可倒霉的第五十七师全体官兵却被装上货运火车拉回了法国。

他们中的很多人怀疑这是否是对他们作为平庸士兵的惩罚。枯燥无趣地坐在货车车厢里时，一些人甚至开口说出了这样的疑惑，直到有人叫他们闭嘴。在他们的目的地受到欢迎或是寻得安慰的希望也是微乎其微：当时法国人厌恶美国人可是出了名的。

拉着整个营的火车终于停在了兰斯[2]——甚至没人想弄明白这地名该怎么发音——附近一片洒满阳光的野草地，男人们跳下车，费劲地把装备装进卡车里，这些卡车会把他们送到新的住处——一个由草黄色营房帐篷组成的营地，是几天前匆匆支起来的。他们接到通知，把一堆堆用作床垫的麦秆塞进粗帆布床垫套子里，把没上膛的步枪倒立在帆布行军床木床腿的交叉处。亨利·R. 威多斯上尉是C连的长官，是个粗鲁嗜酒的人，他第二天早上把全连人集合在营地又高又黄的草丛中，向大家解释了一切。

1　Battle of the Bulge，又称阿登战役，二战结束前西线最后也是最大规模的战役，是美军在二战中的血腥一役。
2　Rheims，位于法国东北部，距巴黎约一百二十九公里。

"按我的理解，"他开始说，来来回回地迈着紧张的小碎步，这是他的特有动作，"这里就是他们说的调配营。这一带建了很多这样的营地。他们会按照积分制度把人从德国弄出来，送来这些营地，再安排他们回家。而我们要做的，我们要做那什么玩意儿，安排。我们会在这里常驻。我不知道我们要担哪些职责，但我想多数是供应补给和文书工作。一旦有更多消息，我会通知你们的。就这样。"

去年冬天，威多斯上尉带领士兵在及膝的雪地里发动了一次进攻，他因此被授予银星勋章。那次进攻为他赢得了绝佳的战术优势，也让他失去了近半个排的人。直到现在，连队的很多人都怕他。

抵达营地几个礼拜后，他们的麦秆床垫已经睡平，他们的步枪也因为沾了露水而染上点点锈斑，这时一座营房帐篷里发生了一件趣事。有一个下士名叫麦伦·菲尔普斯，他三十三岁，看起来比实际年龄老很多，入伍前是个烟煤挖矿工。他轻轻地弹了弹从军营服务社买来的粗雪茄的烟灰，说道："哎，我希望你们这些毛头小子别再说德国了。老是说德国这个德国那个，我听了就烦。"然后，他躺着伸展了一下身体，使那张不牢靠的行军床在坑洼的地上晃了晃。他把一只胳膊垫在脑袋下面，显示出一副与世无争的姿态，另一只捏着雪茄的手则慵懒地比画着。"我是说，你在德国他妈的能干什么？啊？哦，你会去睡女人，睡来睡去的，然后得梅毒、得淋病，无非就是这样，你会畅快淋漓地喝德国烈酒和啤酒，喝得烂醉如泥，不成样子。是吧？是吧？嗯，要我说，这里好多了。我们这儿空气新鲜，有地方住，有东西吃，还有纪律。这才是男人的生活。"

一开始，大家都觉得他在开玩笑。他们目瞪口呆地望着菲尔普斯，又面面相觑，然后又看向菲尔普斯，似乎至少过了五秒钟才爆发出第一阵雷鸣般的大笑。

"我的老天呐，菲尔普斯，'男人的生活'。"有人叫道，又有人喊："菲尔普斯，你是个蠢蛋。你一向是个蠢蛋。"

受到攻击后，菲尔普斯挣扎着起身，眼睛和嘴巴露出叫人可怜的怒意，两边脸颊上都尴尬地红一块白一块的。

"⋯⋯你那该死的煤矿呢，菲尔普斯？那也是'男人的生活'吗？"

他看起来一脸无助，想要说话，但没人听，很快就变得可怜巴巴的了。他脸上的神情显然说明，他知道"男人的生活"这句话现在会传遍其他帐篷，会引得满堂哄笑，只要他还待在这个连队，就会一直困扰着他。

一等兵保罗·科尔比那天下午约好要去见威多斯上尉，他离开帐篷时依然跟着别人笑个不停。等笑声在他身后渐渐减弱消失，他也没感到抱歉。可怜的老麦伦·菲尔普斯之所以被提为下士，是因为在突出部战役之后，他是他们班上仅剩的两个人之一。他要是继续犯傻，肯定很快就会丢了这军衔的。

但事情远不止如此。不管保罗·科尔比愿不愿意承认，他在菲尔普斯的闹剧中至少同意一点：他自己也渐渐喜欢上了草地帐篷中这种简单有序、无所事事的生活。在这里无需证明什么。

科尔比是去年一月在比利时加入这支连队的众多补充士兵之一，最后几个月的战争让他经历了骄傲、恐惧、疲累和绝望。当时他十九岁。

在连队办公室的帐篷里，科尔比走到威多斯上尉的桌前，立定敬礼后说道："长官，我想获准申请探亲假。"

"申请什么？"

"申请探亲——"

"稍息。"

"谢谢，长官。是这样的，在美国，如果你家里有事，有人去世或是有人病重之类的，有时你能申请探亲假。在这里，因为战争已经结束，他们允许士兵休假探望在欧洲的近亲——我是说，不一定要有人生病什么的。"

"哦，是吗？"威多斯说，"嗯，我想我看到过。你在这里有亲戚？"

"是的，长官。我的妈妈和妹妹在英国。"

"你是英国人？"

"不，长官。我来自密歇根，我爸爸住在那里。"

"哦，那我就不明白了。怎么你的——"

"他们离婚了，长官。"

"哦。"威多斯皱了皱眉，说明他还是不怎么明白，但他开始在拍纸簿上写字。"行了，嗯，科尔比，"他最后说，"现在呢，你把你的——你知道的——在这里写上你妈妈的名字和地址，我会找人安排剩下的破事儿。如果成功了，就会通知你的，不过我最好告诉你，这地方的文书工作乱七八糟的，我想你最好别抱期待。"

于是，科尔比决定不抱期待，这稍微减轻了他良心上的不安。自十一岁起，他就再没有见过他的妈妈和妹妹，现在对她们几乎一无所知。他申请休假主要是因为一种责任感，而且似乎也别无选择。然而，现在有两种可能性，幸运的是两者都非他可控：

如果成功了，那么就会过上十天过分礼貌、假意微笑和别扭沉默的日子，大家都努力假装他不是个陌生人。也许会有慢慢游览伦敦的安排，打发掉整个下午的时间。她们可能会带他去做"纯正英式"的事，像小口吃着用皱了吧唧的报纸包着的炸鱼薯条，或是随便其他什么纯正英国人会做的事情。大家还会一而再、再而三地感叹一切多么美好，与此同时数算着离结束到底还有多少日子。

如果不成功，他或许永远不会再见到她们了，但他早在多年前就已经接受了这一点，只不过这在当时显得更为重要——事实上，这在当时算得上是一种难以忍受的失去。

"嗯，年轻漂亮的英国女孩来到美国，以为遍地都是黄金，你妈妈就是其中一个。"保罗·科尔比的父亲曾多次向他解释，通常是手里端着一杯酒在客厅里来回走。"所以我们就结了婚，之后就有了你和你妹妹，然后很快地，我猜她开始纳闷，咦，这个国家的美好承诺呢？说好的幸福呢？黄金在哪里呢？你明白我说的吗，保罗？"

"当然。"

"于是她开始不安分起来——他妈的，她不安分了，但我就不跟你提那部分了——很快，她就想离婚。嗯，好吧，我想，那也是有可能发生的，但天呐，她居然说，'我会带上孩子们'。我就告诉她，我说，'等一下，'我说，'等一会儿，你这位英国女王小姐，咱们讲讲道理。'

"嗯，幸运的是，我当时有个要好的朋友，厄尔·吉布斯，他是个超厉害的律师。他对我说：'弗雷德，在监护权纠纷上，她完全站不住脚。'我说：'厄尔，帮我把孩子抢回来就行。'我说：'我要孩子，厄尔，我只要他们。'他也尽力了。厄尔竭尽全力帮我，但你要知道，她当时搬到了底特律，还把你们俩都带上了，所以事情不好办。我有一次去那里，带你们俩去看棒球赛，但你妹妹说她不喜欢棒球，而且那天身体也不是很舒服——天呐，那么一丁点小事让我多难过啊！所以，那天只有你跟我去了布里格斯体育馆看老虎队比赛——你记得吗？你还记得吗，保罗？"

"当然。"

"之后我就把你带回这里跟我住。哦，你妈妈暴跳如雷。只能这么形容了。她完全失去了理智。她已经订好回英国的船票，你要知道，你们俩都有。然后，她就开着那辆普利茅斯小破车风风火火地赶过来，她甚至还不会开呢。她一到就开始大喊大叫，说我'绑架'了你。你记得吗？"

"是的。"

"哎，那下午真是要命。当时厄尔·吉布斯和他太太刚好在我家，局面这才没变糟——或者说，没那么差，我猜。因为等我们一起设法让你妈妈冷静下来了一些，厄尔就去跟她聊了很长时间，最后他说：'薇薇安，想想好的方面，你就知足吧。'

"所以你瞧，她没办法。她开着那辆破车离开了，你妹妹就坐在她身边，我想过了几个礼拜，他们就回伦敦了，就那样，就那么着了。

"嗯，但我想表达的重点，保罗，是事情最终还是朝好的方向发展了。我很幸运地遇到你的继母，我们是天生一对。谁都看得出我们很般配，是吧？至于你妈，我知道她跟我在一起一点都不快乐。任何一个男人，保罗——任何一个男人——都应该知道女人跟他在一起什么时候不快乐。去他妈的，人生太短暂了：我早就原谅她作为我妻子时带给我的痛苦了。只有一件事我不能原谅她，永远不能：她把我的小女儿带走了。"

保罗·科尔比的妹妹玛茜娅差不多正好小他一岁。她五岁时教他如何用洗澡水吹出一连串泡泡，她八岁时踢翻了他的电动火车，就为了说服他纸娃娃更有趣，事实也的确如此；又过了一年左右，他们恐惧而颤抖地站在一起，互相比胆量，要从一棵枫树高高的枝干上跳下去，他们这么做了，但他会永远记得是她先跳的。

那天下午在客厅里，他们的父母歇斯底里地吵架，那位律师大声请双方冷静下来，这时他从家里看到了玛茜娅，她坐在那辆普利茅斯的副驾上等着，车子停在车道上，上面溅满了泥巴。因为他相当确信没人会留意到他不在了，就出门去看她。

她看到他走过来，便摇下车窗说："他们到底在里面干吗呢？"

"嗯，他们在——我不知道。有太多——我真的不太明白他们在做什么。但我想会没事的。"

"嗯，哎，我也是这么想的。只不过，你最好回屋去，保罗，好么？我是说，我觉得爸爸不想看到你来这里。"

"好吧。"在走回家的路上，他停下来转过身，两个人害羞地飞快挥了挥手。

一开始，经常能收到英国寄来的信——那些匆匆写完的、欢快的、有时傻傻的信来自玛茜娅，那些精心写完的、日益矫揉造作的信来自他的母亲。

一九四〇年"伦敦大轰炸"[1] 期间，所有美国广播新闻评论员都暗示伦敦已成一片废墟、大火连天，玛茜娅写来长信说那些报道可能耸人听闻了。东区的情况确实糟糕，她说，这一点是"残酷的"，因为大多数穷人都住那里，不过市区"很多区域"都完好无损。她和他们母亲住的八英里外的郊区"绝对安全"。写那封信时，她十三岁，他一直觉得小小年纪就写出那样的信，真的是相当聪明和老成了。

随后几年，除了写圣诞卡片和生日贺卡，她渐渐没了写信的习惯。但不管他有没有回复上一封信，他母亲依然定期寄信来，读这些信变成一件得靠意志力勉强完成的事——甚至拆开薄薄的蓝色信封、打开信纸都很勉强。她写信时的紧张过于明显，让人读起来也只能紧张兮兮；读到她故意写得欢快的最后一段，总会让他松一口气，他能感觉在写到结尾时，她自己也松了一口气。回到英国一两年后，她又嫁了人，和新的丈夫又生了一个儿子，是"你同母异父的弟弟"，她说玛茜娅"特别喜欢"他。一九四三年，她在信里写道，玛茜娅"现在在伦敦跟着美国大使"[2]，这样说一个十六岁的女孩似乎挺奇怪的，也没有任何详细说明。

1　The Blitz，二战期间德国对英国实施的战略轰炸，从一九四〇年九月七日一直持续到一九四一年五月十日，伦敦受创严重。

2　这句话含暧昧之意，原文应理解为"现在在伦敦的美国大使馆工作"，故而下文说奇怪。

在德国时，他曾给妹妹写了封信，巧妙地提了几次他作为步兵参战的情况，但并没有收到回信。可能是因为当时的军邮不可靠，但也有可能她只是忘记回信了——这给他的感情留下了一道至今尚未愈合的小小伤口。

现在，离开连队办公室后，他写了封短信给母亲，解释自己在请假一事上无能为力。寄出写完的信后，他觉得不如就舒展着身子躺在自己的行军床上，长霉的帐篷里几乎没人，让人昏昏欲睡。他离那条被踩出来的泥土过道不远，可怜的老麦伦·菲尔普斯正躺在过道对面，用睡觉来忘记自己的耻辱——或者更有可能的是，他依然觉得丢脸，所以假装在睡觉。

接下来这个月的大新闻是，C连现在可以签发去巴黎的三天通行证，每趟准签几个人，各个帐篷里开始回荡起尖叫声和轻浮的聊天声。是的，法国人厌恶美国人——这大家都知道——但大家也都知道"巴黎"意味着什么。听说在巴黎，你只要在街上走到一个姑娘面前——穿着讲究、相貌姣好的任何一个姑娘——对她说："你是做生意的吗，宝贝儿？"如果她不是，她会笑着说不是；如果她是——又或者就算她不是，但刚好有那方面的意思——然后，噢，上帝啊。

保罗·科尔比打算跟乔治·穆勒一起拿通行证。穆勒是个安静体贴的小伙子，是他在步兵班上最要好的朋友。在他们去巴黎前几天的夜里，有一次在低声细语的交谈中——这是他们友谊中特有的——他吞吞吐吐地向乔治·穆勒吐露了自己从没告诉过别人，甚至也不愿去想的事：他到现在还没睡过女人。

穆勒没有笑。他之前也是个处男，他说，直到战争结束前一周的一天夜里，他跟一个德国姑娘一起进了地堡。他甚至都不确定那算不算：那姑娘一直笑个不停，他不知道她到底在笑什么，他太紧张了，还没彻底进去就射了，然后她就把他推开了。

科尔比安慰他那确实算了——比起他那些笨手笨脚的自慰，这当然更加算数。他本来还想告诉穆勒一些那个事的，但还是决定最好别告诉别人了。

在他们离开德国前不久，C连被安排负责管理两百名俄国"难民"，是德国人拉去的平民俘虏，在一个小镇塑料工厂做无偿劳工。按照威多斯上尉的命令，这些刚被释放的俄国人很快被安置在大概是小镇上最好的住宅区——远离工厂的小山上的整洁漂亮的房子——而原来住在那里的德国人，至少是那些数周抑或数天前没能躲开先遣部队的德国人，则被安排到以前苦役工群居的棚屋里。

在那个部分地区被夷为平地的祥和小镇上，步兵们没太多事可做，只能在暖春的天气里闲逛，偶尔表表姿态，像威多斯说的那样，以便"控制局面"。一天傍晚日落时分，保罗·科尔比正独自一人在住宅区那座山顶上站岗，这时一个俄国姑娘向他走来，朝他微笑，仿佛她之前一直透过窗户瞧着他。她大约十七岁，身材苗条，长得漂亮，穿的是俄国女人都会穿的那种洗坏掉的廉价旧棉布裙子，她的乳房看起来就像成熟的尖头桃儿一般坚挺而柔嫩。他不知该如何是好，一心想着一定要将她弄到手。山下及两边山坡都不见人影。

他以他觉得是礼貌的方式微微鞠了一躬，然后跟她握了握手——作为无法用语言沟通而结识的人，那似乎是个合适的开场——她完全没有表示出觉得这么做是愚蠢的或是令人困惑的。接着，他弯下腰，把步枪和头盔放在草地上，然后站直身子，把她搂进怀里——她摸起来真棒——亲吻她的嘴，她回吻他时，舌头探到深处搅动着，令他心神荡漾。很快，他一手握着一只裸露的美妙乳房（他僵硬地抚摸着它，好像那就是一只尖头桃儿），血液在他体内奔涌不息。然而，从前那股不可摆脱的羞涩和讨人厌的别扭劲儿又出现了，每当他触碰哪个女孩时，都会出现这样的感觉。

跟从前一样，他很快就找到了借口：他不能带她回屋里，因为那里挤满了别的俄国人——或者说他是这么想象的——他也不能跟她在这里做，因为肯定会有人来的；再说，警卫卡车也快到时间来接他回去了。

既然如此，那似乎没什么可做的了，他只好将那姑娘从紧紧拥着的怀里松开，站在她身旁，一只手臂仍搂着她，这样他们就能一起眺望连绵山坡下的日落。他们保持那样的姿势待了很久很久，他想到，他们那个绝妙场景或许能成为某部电影渐渐隐去的结尾，像是由苏美联合制作、大受好评的《战胜纳粹》。等警卫卡车真的来接他时，他甚至无法自欺地说感到生气和沮丧：他反而觉得松了口气。

二班有个沉默寡言、不识字的步兵，名叫杰西·O. 米克斯，是排里四五个每月在领军饷时不签名而是画个 X 的人之一。在那部苏美联合制作的伟大电影谢幕之后的两天，杰西·O. 米克斯彻底拥有了那个可爱姑娘。

"今晚可是找不见米克斯这家伙了，"有人在排里的营房说道，"明儿个也找不见，后天也一样。米克斯这家伙给自己找了个好去处啊。"

在法国，在一个天气晴朗、充满希望的清晨，科尔比和乔治·穆勒来到军士长桌前，领取他们的三天通行证。桌子左侧的边上，在钉进木头的金属底座上，立着一个装满避孕套的滚动式自动售货机，一个个都用箔纸包装着连在一起：你觉得自己需要多少，就可以扯多少。科尔比让穆勒先去，想看看他拿了多少——六个——接着他有意识地也拿了六个，塞进自己的口袋。然后，他们就一起出发去坐军用统配车。

他们穿上崭新的艾森豪威尔夹克，戴上零星几根勋带和精致的蓝银相间的战斗步兵勋章，还仔仔细细地将战地靴上了鞋油、擦得锃亮。不过，他们走路姿势别别扭扭的，因为两人裤腿里都塞了两条从军营服务社偷来的香烟，据说在巴黎黑市上每条能卖二十美元。

进入市区真叫人大开眼界。埃菲尔铁塔和凯旋门就在那里，跟《生活》杂志上的一模一样，一连好几英里往哪儿看都是美景：可看的东西太多了，让你忍不住左看看右看看，看个不停。

卡车把他们拉到美国红十字会俱乐部，那里成了让人有宾至如归之感的行动基地，提供宿舍、淋浴和三餐，还有乒乓球房和可以在极其柔软的椅子上打瞌睡的房间。不过，门外到处都有那么多神秘和挑战，只有笨蛋才会想在这里待很久，但科尔比和穆勒还是一致决定在那里吃午饭，因为到午餐时间了。

接下来，他们决定把香烟处理掉，倒是不难。没走几个街区，他们遇到一个一脸严肃的小男孩，约摸十四岁，领着他们上楼进了一间上了三道锁的房间，里面的美国香烟堆到了天花板。他的沉默挺吓人的，不耐烦地想尽快完成这桩买卖，从一大卷诱人的法国钞票中抽了几张给他们，那派头像是在说，他再过三四年就会成为欧洲底层社会中的重要人物。

乔治·穆勒带了照相机，想拍些快照寄给他的父母，所以他们参加了一个游览主要地标景点的巴士游览团，一直到傍晚才结束。

"我们应该弄份地图，"等他们终于摆脱那个唠唠叨叨的无聊导游后，穆勒说，"我们弄份地图吧。"到处都有穿着破烂的老头儿向士兵们售卖地图，像是卖玩具气球给孩子们一样。科尔比和穆勒将他们那张折了好几折的地图打开，靠着一幢办公楼的侧墙展平，用食指在地图上的不同地方戳戳指指，两个人同时开口说话，这是他们这天第一次意见不合。

科尔比高中时读过《太阳照常升起》[1]，由此知道左岸最有可能发生各种美好的事情。穆勒也读过那本书，但他听帐篷里的那些人聊了几个礼拜了，所以更倾向于皮加勒广场那一带。

"哎，可那里都是妓女，乔治，"科尔比说，"你不会立刻就想找个妓女的，是吧？在我们甚至都还没尝试更好的之前？"最后，他们达成了妥协：时间充裕着呢，他们先去左岸试试，然后再去另一个地方。

"哇。"穆勒在地铁站说道，他一向擅长搞清事情的原理。"看懂

1　海明威所著长篇小说，以巴黎为背景。

这怎么操作了吗？你按下你所在地方的按钮，然后再按你想去的地方，然后整条路线就他妈的全亮了。你得是个傻瓜才会在这座城市迷路。"

"是呢。"

很快，科尔比不得不承认，穆勒有关左岸的说法是对的。即使过了几个小时，在那些延绵不绝的街道和林荫大道上也没发生什么好事。你可以看到好几百人坐在一家家人头攒动的狭长路边咖啡馆里谈笑风生，其中不乏漂亮姑娘，但她们迅速避开的冷酷眼神即刻表明她们属于厌恶美国人的大多数法国人中的一员。就算你真的偶然见到一个漂亮姑娘一个人走着，不管多羞怯都想跟她对上一眼，要是问她做不做生意，她看起来像是会从包里掏出一支警笛使劲吹的模样。

然而，上帝啊，皮加勒广场那一带太棒了。随着暮色初降，那里热热闹闹的，欲望跳动不息；在四下的阴影里，在你见到的每个人警惕的脸上，还有一种明明白白的罪恶气息。街上下水道铁井盖冒出蒸汽，在煤气灯和电招牌的跃动光线下，立刻被染成了红色、蓝色和绿色。到处都是妙龄女孩和成熟女人，在数百名徘徊游荡的士兵中间，她们走动着、等待着。

科尔比和穆勒慢慢悠悠地看着这一切，他们坐在一家咖啡馆的桌边，正慢慢喝着高杯酒，侍应生担保那是"美国威士忌"。晚餐已经解决了——他们去了一趟红十字会，洗漱了一下，吃了些东西，穆勒把照相机留在了那里（他不想今晚看上去像个游客）——所以有那么一会儿，他们除了看着，就没事可做了。

"看到街对面那个跟一男的出来的姑娘了吗？"穆勒眯着眼睛问，"看到他们了吗？穿蓝衣服的那个女的？那男的现在正离开她？"

"嗯。"

"我对天发誓，我五分钟前才看到他们进了那扇门。他娘的。她给那个男的五分钟——不到五分钟——可能还要收他二十美元。"

"天呐。"科尔比喝了一口酒，以便清除脑海中涌出的一大堆丑陋画面。五分钟能做什么呢？单是脱下衣服、穿上衣服不就要那么点时间吗？这么早泄该多可悲啊？或许她是给他用嘴的，但就算那样，按照帐篷里聊天时的细节，也应该远远超过五分钟。抑或——这种可能性让他心口一凉——抑或那个男人在房里惊惶无措了。或许，看着她准备好了，他突然意识到自己无法做到应该做的——完全用不着尝试甚至假装尝试就意识到了——于是用高中学的法语脱口而出道歉的话，把钱塞进她手里，然后她紧紧跟着他下楼，一路上聊着天（粗鲁的？鄙视的？残忍的？），直到他们在街上分别。

至于他自己，科尔比决定最好别找站街女郎，就算要找，依据年纪大小、健康状况和看上去是否温柔，他可能要花很久挑挑拣拣。要做的就是去酒吧里找个姑娘——在这家或是别家酒吧——跟她聊会儿天，不管说得多么磕磕巴巴，然后高兴地按惯例请她喝酒。因为哪怕酒吧里的姑娘确实只是过来休息的站街女郎（或是要价更高的高级妓女？你哪里区分得开呢？）——即便如此，在最后上床前，你至少能有点熟悉的感觉。

科尔比花了一两分钟才引起侍应生的注意，又要了一轮酒。转过身时，他发现乔治·穆勒正跟一个独自坐着的女人聊天，就坐在隔了几英寸的隔壁桌。那个女人——你不能说她是个女孩了——身材苗条，模样不错，从科尔比无意听到的几句话来看，她似乎多半在说英语。穆勒已经挪开椅子去聊天了，所以只瞧得见半边脸，但科尔比见他脸上通红，露出紧张而羞涩的笑容。然后，他看见那个女人的手慢慢地来回抚摸着穆勒的大腿。

"保罗？"当穆勒和那个女人起身离开时，他说，"哎，我今晚可能见不着你了，但明早我会在那什么地方见你，好吗？红十字会。也不一定是早上，但你知道的，我们到时候看。"

"好，没问题。"

在整个皮加勒广场一带的任何酒吧里都找不到一个独自坐着的女孩或女人。保罗·科尔比之所以这么确信，是因为他全都去试过了——有几家还试了两三次——他在寻找过程中喝了太多酒，以至于偏离了最开始的地方好几英里，到了巴黎另一块完全不同的地方，那里传来一阵欢快的钢琴声，吸引他从街上走进一家奇怪的美式小酒吧。他加入了里面的五六个其他士兵，看样子多半谁都不认识谁。他们勾肩搭背地站着，搂着彼此的艾森豪威尔夹克，伴着钢琴砸出的乐声和颤音，扯着嗓子唱完了《让我来》的整十段歌词。唱到第六七段歌词时，科尔比觉得就这样结束在巴黎的第一个晚上或许还挺难忘的，但唱完歌后，他就不这么觉得了——显然，其他唱歌的人也都这么想。

乔治·穆勒说，你得是个傻瓜才会在这座城市迷路，但保罗·科尔比在某个地铁站站了半个小时按按钮，弄出越来越多以不同颜色亮起来的复杂路线图，直到一个年纪很大的老头儿过来告诉他怎么去红十字会俱乐部。到了那里——大家都知道只有笨蛋才会在那里待很久——他爬上宿舍里的床，仿佛那是世上仅剩的一张床。

第二天，情况更糟了。他宿醉得太厉害，直到中午才穿衣服起床。之后，他悄悄下楼，明知自己找不到乔治·穆勒，还是去每个公用房间找了一遍。他在街上走了几个小时，双脚酸痛，任由自己耍着性子获得些许满足。话说回来，巴黎到底有什么了不起和迷人的？到底有没有人敢说它不过就是个跟底特律、芝加哥或纽约一样的城市，有太多面色苍白、神情严肃、西装笔挺的人在人行道上步履匆匆，有太多的噪音和汽车尾气，还有太多该死的不讲文明、粗鲁无礼的现象？有没有谁曾承认对这个该死的地方感到沮丧、困惑和厌烦，而且像个单身汉一样无比孤独？

那天晚些时候，他发现了白葡萄酒这个宝，它缓解并驱散了他的宿醉，将他尖锐的愤怒软化成一种几乎是悦人的忧郁。那酒很不错，糖分少，酒劲小，他在一家又一家安静宜人的咖啡馆里慢慢喝了很多。他在不同的桌边用各种各样的方式摆造型，很快开始好奇在旁观者眼中的自己会是什么模样；从他记事以来，那一直都是他最隐秘、最苦恼也最讨人厌的思维习惯之一。白葡萄酒一点一点喝着，他想象自己可能看上去像个敏感的年轻人，纠结地思考着青春、爱情和死亡——是一个"有趣"的年轻人——伴着那股强烈喷涌的自尊心，他飘然走回去，又倒在了床上。

最后一天，他颓唐不振，感觉希望渺茫，特别灰心丧气，整个巴黎都被这种萎靡冲刷着、淹没了，而他的时间所剩无几。

午夜时分，他回到皮加勒广场，再次喝醉了——或者更像是假装自己喝醉了——他发现自己几乎没钱了。他现在甚至没钱找说话最粗嘎的妓女了，而在隐秘的内心深处，他知道自己可能故意为之。已经没什么事可做，他只好回到市区那个停着军用卡车的阴暗地方。

没人要求你坐第一辆卡车回去，你甚至也可以错过最后一辆卡车，谁都不会太在意。但那些并未言明的行为规则对保罗·科尔比不再适用：他很有可能是迄今为止全欧洲唯一一个在巴黎待了三天都没跟女人上床的士兵。他现在确信无疑，他再也不能将自己的问题归于害羞或别扭，而是恐惧；甚至比恐惧更糟：是怯懦。

"你怎么会没看到我的留言呢?"乔治·穆勒第二天在帐篷里问他。穆勒在红十字会的留言板上给科尔比留了三条信息，他说一次是头天晚上分开后的第二天早上，还有两次是之后留的。

"我想我压根儿没注意到有留言板。"

"哎，天呐，就在客厅桌子旁边，"穆勒看上去受伤地说，"我不明白你怎么会没看到呢。"

科尔比解释说，自己在红十字会俱乐部并没有待很久——一边说着，一边鄙视自己，说完就转身走开了。

之后不到一个礼拜，他被叫到连队办公室，被告知他的探亲假文书材料已经安排妥当。没过几天，他就仓促地去了伦敦，入住一家到处有人窸窸窣窣、絮絮叨叨的红十字会俱乐部，跟巴黎那家几乎一模一样。

他洗澡花了很长时间，又仔仔细细换上另一套完全干净的军装——一再拖延着时间。随后,他手指颤抖地在一台麻烦的英国投币电话上拨号,给母亲打了一通电话。

"噢,我的天啊,"她说,"真的是你吗?噢,真是太神奇了……"

商量好的安排是,他那天下午去探望她,去"喝下午茶"。他坐着一辆哐哐当当的通勤列车去了她住的郊区。

"啊,哎呀,太好了!"她站在那幢整洁的半独立式住宅门口,"你穿这身漂亮的美国军装真是太好看了。啊,我的天呐;啊,亲爱的。"当她把脑袋侧靠着勋带和战斗步兵勋章时,她似乎在抽泣,但他不确定。他说自己见到她当然也很高兴,然后他们一起走进一个小客厅。

"哎,我的天呐,"她说,显然已经揩干了眼泪,"我哪里想得到能在这么邋遢的小房子里招待一位了不得的美国大兵呢?"

但他们很快就放松下来——至少是尽可能放松下来——面对面地坐在软垫椅子上,一个小气壁炉中的黏土灯丝噗嗤噗嗤作响,火焰中跳跃着蓝色和橙色。她告诉他,她的丈夫马上就到家了,还有他们六岁的儿子,"非常想"跟他见面。

"嗯,好的。"他说。

"我确实联系过玛茜娅,不过我打电话到大使馆总机时晚了那么一点,之后又打电话到她的公寓,可没人接,所以我想她们都出去了。你瞧,她是跟另一个女孩合租的,到现在约摸一年了,"——说到这里,他母亲用一只鼻孔重重地呼吸,脸也侧过去了一点,这个习惯突然让记忆中的她鲜活起来——"她现在正是年轻有为的时候。

不过，等到傍晚晚些时候，我们可以再试试，说不定我们就——"

"不用，没事的，"他说，"我明天打电话给她。"

"行，随你吧。"

那天下午，天很快黑了，给妹妹打电话成了他在余下时间里最想做的事，甚至在母亲的丈夫回到家后也是一样。他是一个看起来没精打采的中年男人，戴的帽子在他梳得平平整整的头发上留下一圈明显的印迹，他几乎都没试着寒暄几句。他们的小儿子呢，躲在一边偷偷瞧着，吐着舌头，似乎远没有很想见他的样子。

保罗喝茶，要再来一块黄油三明治吗？好的。要喝杯酒吗？哦，好的。他真的确定不再留一会儿，跟他们一起吃顿瞎凑合的便饭——吐司片夹烤豆子之类的——再住上一晚？因为说真的，房间足够。他随意就行。

他迫不及待地离开那幢房子，不过在回市区的火车上，他一直安慰自己并没有表现得不礼貌。

第二天醒来后，想到要给美国大使馆打电话，他紧张得差点吃不下早餐。

"谁?"总机接线员说，"请问是哪个部门?"

"呃，我不知道，我只知道她在那里工作。你能不能——"

"稍等……是的，有：我们确实有位科尔比小姐，叫玛茜娅，在支付部。我帮你转过去。"电话嗡嗡嚓嚓响了几声，等了很久之后，电话里传来一个清亮如笛的高兴声音——一个声音甜美的英国女孩。

"……嗯，那太好了，"她说，"你能五点左右过来吗？是主楼旁边第一幢楼，如果你是从伯克利广场过来的，那就在罗斯福雕像左边，一眼就能见到。要是你先到，我半分钟就能下来，或者——你懂的——要是你晚了，我会在那里等你。"

挂完电话过了一会儿，他才意识到她一次都没有叫他的名字，她可能也害羞。

红十字会的地下室有一家热烘烘的店，里面有两个大汗淋漓、叽叽喳喳、穿着汗衫的伦敦佬，付上半克朗的钱，他们就会帮你熨烫整套军装。很多士兵排队等待着这项服务，科尔比也选择在那儿打发了下午的部分时间。他知道自己的衣服其实不需要熨烫，但他想今晚看起来英俊帅气。

之后，他从伯克利广场过去，极尽完美地迈着他希望是潇洒率性的步子。那是罗斯福雕像，那是她的办公楼；那边的走廊上，一个人落在一群其他女人和女孩后面的，是一个犹犹豫豫、眼睛大大的、带着一丝微笑的女孩，那正是玛茜娅。

"保罗？"她问道，"是保罗吗？"

他奔上前去，给了她一个大大的拥抱，框紧她的胳膊，将脸埋进她的头发，把她抱起来旋转，逗得她哈哈大笑——他完成得不错，也许是得益于他自学的潇洒率性的步子。等她的鞋子再次碰到地面时，她确实在大笑，显然很喜欢这样。

"……啊！"她说，"你真好。"

"你也一样。"他说，伸出手臂让她挽着走路。

在他们去的第一个地方——她形容那是"一个离这儿不远、很不错的小酒馆"——他一直暗暗庆幸自己做得很棒。他言谈流利，有那么一两次又逗得她开怀大笑；听她说话时，他聚精会神，感同身受。只有一件小事出了差错：他理所当然地以为英国女孩喜欢啤酒，但她换成了"红杜松子酒"[1]，这让他觉得自己犯了傻，没有事先问她。除此之外，他觉得自己的表现没有任何问题。

如果吧台后面有镜子的话，他一定会在去洗手间时开心地瞥上一眼。他在旧地板上跺了两脚，以便调整裤腿"垂落"在战地靴上，然后又迈着潇洒率性的步子从她身边走开，穿过烟雾缭绕的人群，他希望她正看着他。

"……支付部是什么意思？"等回到他们那桌之后，他问道。

"噢，没什么。在商业公司里，我想你会叫它薪资部。我是个专职工资事宜的员工。啊，我知道，"她又说，笑容变得狡黠而郁闷，"妈妈告诉你，我'跟着美国大使'。天呐。我有几次听见她在电话里跟别人这么说，那时我还住在那里；差不多就是在那会儿，我决定搬出来。"

他一直光顾着自己，直到这会儿给她点烟时，才意识到她是个多么漂亮的女孩。不仅脸蛋漂亮，全身上下都不错。

"……恐怕咱俩的时间很不凑巧，保罗，"她说，"因为明天是我休假前最后一天上班，我根本不知道你会来，你瞧，所以我安排了跟一个朋友去布莱克浦[2]待上一个礼拜。不过，我们明天晚上可以再聚聚，如果你愿意的话——你愿意来我的公寓吃晚饭什么的吗？"

---

1 pink gin，用调酒苦味液调制的鸡尾酒。

2 Blackpool，位于英格兰西北部的海滨度假胜地。

"嗯，当然好。"

"噢，好嘞。一定要来。不会太丰盛，但今晚我们可以饱餐一顿犒劳自己。上帝啊，我饿了，你呢?"他猜想许多英国女孩在战争期间学会了说"上帝啊"。

她带他去了她称之为"一家上好的黑市餐馆"，那是一个在楼上的暖和狭窄的房间，看起来确实隐秘。他们俩用叉子叉着她说是马肉的厚肉排，坐在他们周围的都是美国军官和他们的女伴。在那里，他们都异常害羞，就像孩子进了一幢陌生的房子，但之后不久，在他们去的第二家酒馆，他们开始回忆起往事。

"挺搞笑的，"她说，"一开始我非常想念爸爸，像是害了病一样，但到后来，我对他已经记不大清楚了。而最近，我不知道，他的信好像很——嗯，有些假大空，有些无聊。"

"嗯。是的，他是个很——嗯。"

"战争期间，有一次他寄给我一份公共卫生署关于性病的宣传册。这事儿做得实在不是很妥，是吧?"

"嗯，是的，不妥。"

但她记得电动火车和纸娃娃的事，记得在枫树上吓人的一跳——最糟糕的是，她说，跳下去时得避开另一根可怕的大树枝——是的，她记得那天下午一个人在车里等着，那时他们的父母正在屋里吵架。她甚至记得保罗出门，走到汽车边上跟她说再见。

那天深夜结束时，他们又去了另一个地方坐坐，她在那里开始聊起自己的计划。她或许明年会回美国念大学——他们的父亲希望她这么做——但也有可能，她会回美国结婚。

"真的？没开玩笑？跟谁？"

她对他微微一笑，那是他在她脸上见到的第一个掩饰的表情。"我还没决定，"她说，"因为你要知道，很多人都提过——嗯，几乎是很多人。"她从包里掏出一个廉价的美式大钱包，一侧胶住的有很多塑料相框的那种，是用来放照片的。里面有一张张或是微笑或是皱眉的人脸，多数都戴着海外士兵的帽子，这是一大堆美国士兵。

"……这是切特，"她说，"人很好，现在回克利夫兰了；这是约翰，他很快就要回得克萨斯州东部的一个小镇了；这是汤姆，他很好，他是……"

大概有五六张照片吧，但似乎还有更多。一个第八十二空降师的有过授勋，看着倒让人印象深刻，但另一个是后勤服务人员——是"蓝星突击队"的——科尔比试着对那些人表达出隐约的不屑。

"哎，可那有什么关系？"她问，"我不在乎他在打仗时'做了'或是'没做'什么；那到底有什么关系呢？"

"好吧，我想你是对的，"在她收起钱包时，他认真地盯着她说，"但听着，这些人当中你爱上哪一个了吗？"

"哦，呃，当然，我想是的，"她说，"不过，那挺简单的，不是吗？"

"什么？"

"爱上一个人，要是他人不错，你也喜欢他。"

这句话让他接下来的一整天思考良多。

第二天晚上，他赴约去"吃晚饭什么的"，到了之后仔细端详着她那套没多少家具的白色公寓，也认识了她的室友，名叫艾琳。她看起来三十五六岁，每个眼神和微笑都明明白白地透露出自己喜欢跟年轻许多的人一起合租。她说科尔比是个"帅气的小伙子"，这让他立刻感到不自在，之后她又在准备酒水的玛茜娅身旁转来转去、挑三拣四。酒是一款便宜的美国混合威士忌加苏打，没有加冰。

结果，晚饭甚至比他想象中的更加随意——是用斯帕姆午餐肉、土豆片和奶粉做的炖菜。在餐桌上，艾琳因为科尔比说的什么话而开怀大笑，他本意并没有那么搞笑。平静下来之后，她双眼闪亮，转过脸对玛茜娅说："噢，你哥哥真可爱，是吧——而且你知道吗？我觉得你说得对，我想他确实是个处男。"

承受巨大尴尬的方式有很多种：科尔比本可以低下满脸通红的脑袋，或是眯着眼睛往嘴里塞根烟并点上，然后继续眯着眼睛抬头看那个女的，说："你为什么这么想？"然而，他的做法却是哈哈大笑。他一直笑啊笑的，在显示她们的猜测有多荒唐的时机过去很久之后，他还在笑。他在椅子上笑得不可自抑，停不下来。

"……艾琳！"玛茜娅说着脸也红了，"我不知道你在说什么——我从没那样讲过。"

"噢，呃，对不起，对不起，是我的错。"艾琳说道，可当他终于略感恶心地平复下来，在一片狼藉的桌子对面，她的眼里仍闪烁着一星光芒。

玛茜娅的火车九点从伦敦北边一个老远的火车站发车，所以她得抓紧时间。"哎，保罗，"她匆匆忙忙收拾行李时说，"你真的没必要一路送我过去，我一个人去就行。"

但他坚持要送——他想远离艾琳——于是他们慌里慌张地一起

坐地铁，一路沉默无言。但他们下错了站，"上帝啊，太蠢了，"她说，"现在我们只能走路了。"在走路时，他们又开始聊起来。

"我真不知道艾琳怎么会说出那种蠢话来。"她说。

"没事。别想了。"

"因为我只说了你看起来很年轻。这话很难听吗？"

"我想没吧。"

"我是说，谁会介意自己看起来年轻呢，看在上帝的分上——难道那不是谁都渴望的吗？"

"我想是吧。"

"噢，你想没吧，你想是吧。好吧，这是真的——确实每个人都渴望年轻。我现在十八岁了，有时我希望自己再回到十六。"

"为什么？"

"噢，我猜这样我就能更聪明一点做事，试着不再对军人那么穷追不舍——不管是英国的还是美国的。我不知道。"

这么说来，她十六岁就跟人上过床了，要么是跟哪个胆大无耻的英国皇家空军飞行员，要么是跟哪个花言巧语的美国人，又或者是两种人都睡过不少。

他走得累了，行李箱也拎得累了，得靠意志力来提醒自己是个步兵。后来，她说："噢，看呐，我们到了！"他们跑了最后五十码进火车站，穿过嗒嗒回响的大理石地板。但她的火车已经开走了，下一班车要再等一个小时。他们在一张旧长椅上不舒服地坐了一会儿，之后又走回街上呼吸新鲜空气。

她从他手中接过行李箱，把它放在路灯柱子的底座上，优雅地坐在上面，两条漂亮的腿交叠而放。她的膝盖也很好看。她看起来十分从容。今晚离开时，她知道他是个处男——不管她会不会再见到他，她会永远记得这一点。

"保罗？"她说。

"怎么了？"

"听着，那些照片里的小伙子不过是在跟你开玩笑——我不知道自己为什么那么做，只是在犯傻。"

"嗯。我知道你是在开玩笑。"但即便如此，听到她这么说，他松了一口气。

"那些男的不过是我以前去彩虹角红十字会参加舞会时认识的。他们谁都没有真的向我求婚，除了切特，但那也只是类似玩笑的话，因为他说我长得漂亮。要是我跟他认真，他会去死的。"

"好吧。"

"刚才跟你说我在十六岁时对军人穷追不舍也是犯傻——天呐，我十六岁时见到男的都害怕。你知道为什么我们这个年纪的人总是自称很懂——比实际更懂性爱之事呢？"

"不，不，我不知道。"他开始越来越喜欢她了，但也担心任由她这么说下去，她很快就会坚称自己也还是处子之身，以便让他好受一些，可这几乎无疑是个体谅人的谎话，所以只会让他感到更难堪。

"我是说，我们这一生很漫长，"她说，"不是吗？比如你：你很快就会回家，去念大学，之后几年会有女孩在你生命中来了又去，最后你会爱上一个人，这世界不就是这样的吗？"

她对他一片善意，他不知是该感激还是更觉可悲。

　　"再比如我，嗯，我现在爱着一个人。"她说，这次脸上看不出玩笑的意思。"自打我们见面，我就想跟你说他了，可是没有机会。我就是跟他一起去布莱克浦待上一个礼拜。他叫拉尔夫·科瓦克斯，二十三岁，是一名 B-17 轰炸机的中部机枪手，但他只执行过十三次飞行任务，因为他精神崩溃了，自那以后就一直进出医院。他算是小个子，模样看着有趣，一心想做的只是穿着内衣坐下来读好书，他会成为哲学家，我有那么点儿觉得自己离了他活不下去。也许明年我压根儿不会去美国，可能会去海德堡，因为拉尔夫想去那里；唯一的问题是，他让不让我陪着他。"

　　"哦，"科尔比说，"我明白了。"

　　"你什么意思，你'明白了'？你真的不太会聊天，你知道吗？你'明白了'。我就跟你说了这么一丁点儿事，你能'明白'什么？上帝啊，就凭你那双又大又圆、依然童贞的眼睛，你到底能看明白什么？"

　　他低着头从她身边走开，因为似乎只能这么做，但还没等他走远，她就跑过来追上他，她那双小高跟鞋在人行道上咔哒作响。"噢，保罗，别走，"她喊道，"回来，请回来吧。我真的很抱歉。"

　　于是，他们一起回到行李箱靠着的那根路灯柱子那里，但这次她没有坐下来。"我真的很抱歉，"她又说了一遍，"哎，别送我上车了，我想在这里告别。只不过，听着。听好了。我知道你会没事的。我们都会没事的。相信这一点非常重要。嗯，上帝保佑。"

　　"好，你也是，"他说，"你也是，玛茜娅。"

然后，她举起胳膊搂住他的脖子，有那么一会儿，她纤瘦的身子整个儿地压在他的身上，她用哽咽的声音说："噢，我的哥哥啊。"

　　之后，他一个人走了很久，走路的样子毫无潇洒率性可言。他的战地靴后跟节奏沉稳而有规律地落在地上，他的脸上透着一个踏实年轻人怀有心事的神情。他明天会给他母亲打电话，说自己已经领命回了法国，"职责使然"，她对这个词既不会理解，也不会质疑，然后这一切就都结束了。在剩下的七天里，在这样一个辽阔精致、说着英语的地方，他完全有指望能睡上一个姑娘。

　　　　　　　　　　　※
　　　　　　　　※　　代 为 问 好
　　　　　　　　　　※

"哎，我知道这好像挺搞笑的，"那个年轻人从绘图板边上起身说，"但我想我们还没有正式介绍。我叫丹·罗森塞尔。"他个子高，体格壮，脸上一副害羞的模样。

"比尔·格罗夫。"握手时我对他说，之后我们就可以假装安坐下来。我们刚来雷明顿·兰德公司，被分到同一个玻璃格子间，在采光明亮、人声喧响、状如迷宫的十一楼。那是一九四九年纽约的春天。

丹·罗森塞尔的工作是为公司"对外出版物"进行设计和绘制插图，那是一本华而不实、不值一读的月刊，名为《系统》，我的工作则是为它撰写和编辑稿件。他似乎可以一边聊天和聆听，一边进行哪怕是工作中最细致的部分，而我却很快开始忽略自己的工作，每次几个小时甚至几天。于是，在他那张干净整洁的绘图板和我那张始终堆得乱七八糟、惹人心烦的办公桌之间窄小的空间里，说话声几乎持续不停。

那年，我二十三岁，丹比我大了一岁左右，他的声音带着一种粗哑而低沉的温柔，似乎预示着他将永远是个好伙伴。他跟父母和弟弟住在布鲁克林，"就离科尼岛不远，如果这能给你个印象的话"。他刚从库珀联合学院的艺术学院毕业——这所学校不收学费，却因筛选学生极其严格而出名。我听说那里的录取比例才十比一，就问他是不是真的，他说他不知道。

"那你是在哪里念书的，比尔?"他问，那一直是个令人尴尬的问题。

退伍之后，我本可以享受《退伍军人权利法案》[1]规定的各种好处，却没有善加利用——我从没完全想明白是何原因。一部分是因为恐惧吧：我念高中时成绩很差，部队测试我的智商是一百零九，我不想再冒险失败了。一部分是因为自负吧：我打算尽快成为一名职业作家，这就让四年大学显得多此一举，浪费时间。还有第三个原因，解释起来太费力气，但比起恐惧和自负那些话，它能以极其简化的形式告诉别人——当被问起为什么没念大学时，这也是我通常给出的回答："嗯，"我会说，"我得照顾我妈妈。"

"噢，那真是糟糕。"丹·罗森塞尔一脸关心地说，"我是说，你错过机会念大学太糟糕了。"他似乎对这事仔细考虑了一会儿，握着一根纤细的画笔来回描画，沉浸在香蕉水的清冽味道中，他那侧的格子间一直弥漫着这种味道。然后他说，"不过，既然《退伍军人权利法案》给需要扶养的妻子和子女提供补助，为什么不对需要赡养的母亲也这样呢？"

我从没仔细思考过这一点，更糟的是，我从来没有想到过这一点。但无论我的回答多么差劲含糊都没有太大关系，因为他已经在我人生自传的黑暗领域中挖出了另一块沼泽地。

"你结婚了吗？"他说。

"嗯哼。"

"哦，那谁照顾你妈妈呢？还是你吗？"

---

1 美国于一九四四年通过的一项为二战老兵提供福利的法案，可为其大学学费、低息抵押贷款、小企业贷款、职业培训、失业补贴和看病医疗等提供资助。

"不是，她——呃，她现在差不多振作起来了。"我说，但那是个谎话。

我知道他不会追问，他也确实没有，办公室友谊不会这样深入。然而，当我紧张兮兮地翻阅《系统》的稿件时，我也知道，从今往后在丹·罗森塞尔身边，我最好管住自己的嘴。

从我记事起，我母亲就一直靠赡养费过日子。一九四二年，我父亲去世，什么也没给她留下。一开始，她干过几份有失体面的辛苦工作——在一个镜片研磨车间，在一个生产百货商店人体模特、租金低廉的通间工厂——这样的工作令人同情，但并不适合一个处世迷糊、迅速衰老、常常歇斯底里的女人，她一向自诩为雕塑家，至少像我自认为是作家一样认真。在我参军的那段时间，她作为"A类被赡养人"得到了一些好处，但不是很多。有一阵子，她跟我姐姐一家人住在长岛郊区，但在那个不快乐的家里出现了性格不合的情况，她很快便回了纽约，回到我身边。姐姐给我写了封信说这事，仿佛这件事过于微妙，不能在电话上聊。她解释说，她丈夫对与姻亲生活在同一屋檐下的"观点"是"理论上可行，但实践起来非常困难"，还说她相信我能理解。

事情就这么开始了。母亲和我靠我挣的那点微薄实习工资过日子。我先是在一份行业期刊工作，后来去了合众社当改稿编辑。我们一起住在她在哈德逊街找到的一套公寓里。除了挥之不去的烦心感觉，即对于一个年轻小伙子来说，这算不得是富于冒险和吸引力的生活方式，一开始我觉得挺自在的。我们出人意料地合得来，不过话说回来，我们向来如此。

整个童年时代，我一直钦佩她对金钱问题满不在乎的态度——甚至更甚于钦佩她对艺术的孜孜以求或是她频繁表露的爱意，这让她在我眼里显得与众不同，人也不错。如果我们偶尔被赶出租住的房子，很少有穿得出去的衣服，在等父亲每月寄来的支票时偶尔会饿上两三天，那些艰苦不过是增添了她躺在床上给姐姐和我大声朗读《远大前程》时的那种甜蜜的哀伤。她是一个自由自在的人，我们都是自由自在的人，只有充斥着债主或是"像你爸爸那种人"的世界才无法欣赏我们的浪漫生活。

现在，她经常让我放心，说这样的安排只是暂时的，她一定用不了多久就能想法子"振作起来"，但一个又一个月过去了，她没有做出任何努力，也没有任何合理的计划，于是我开始失去耐心。这毫无意义。我不想再听她喋喋不休地讲话，或是跟她一起开怀大笑；我觉得她喝太多酒了；我发现她幼稚、不负责任——我父亲说过的两个形容词——我甚至都不想看她：小小的个子，弓着身子，穿着有品位却从来不怎么干净的衣服，黄灰相间的头发稀疏糟乱，软塌塌的嘴巴噘在那里，要么是在生气，要么是在欢笑。

她的牙齿坏了很多年，不仅难看，也开始疼起来。我带她去了北方药房，那是一幢古老的三角矮砖楼，是格林威治村的地标建筑，据说是纽约最古老的免费牙科门诊。一个和善的年轻牙医替她做了检查，告诉我们她的牙得全部拔掉。

"啊，不！"她哭喊道。

这家门诊做不了拔牙手术，他解释说，但如果她到他在皇后区的私人诊所，他可以在那里完成，再给她做一副假牙，只收正常费用的一半，因为她是这边门诊的病人。

就这么说定了。我们坐火车去了牙买加[1]。我全程陪同她，听着她拔每一颗牙时发出的呻吟和颤抖声，看着牙医把一颗又一颗丑陋老化的牙齿丢在他的小瓷盘上。这让我脚趾绷紧，头皮发麻。这景象看起来可怕，却莫名叫人痛快。好了，每当一颗牙齿血渍斑斑地落在盘子上时，我就想着，好了……好了……好了。她这样还能浪漫起来吗？或许事到如今，她终于能接受现实了。

那天下午回家的路上，她脸庞的下半部分凹陷得厉害，她不愿意让任何人看到，坐车时就望着窗外，用一团纸巾按住嘴巴。她看起来十分颓败。那天夜里，疼痛更厉害了，她在床上滚来滚去、呻吟不止，求我给她倒杯酒喝。

"呃，我不觉得那是个好主意，"我对她说，"我的意思是，酒精会温暖血液，你在流血，你瞧，这只会让情况更糟。"

"打电话给他，"她命令道，"打给那谁，那个牙医。打给皇后区查号员。我不管现在几点。我要死了。你明白吗？我要死了。"

我听话照做。"很抱歉打电话到您家里，医生，"我说，"但问题是，我想问问我妈妈能不能喝点东西？"

"哦，当然了，"他说，"流质的东西最好了。果汁、冰茶、任何常见的苏打水和软饮料都可以。"

"不，我是说——你知道的——威士忌。含酒精的。"

---

1 位于纽约市皇后区。

"哦。"他委婉地解释说完全不建议喝酒。

最后，我还是给她倒了两杯，我自己也喝了三四杯，一个人颓唐地站在窗边，摆出绝望的夸张姿势。我以为自己永远不能活着离开那里了。

等她装上新牙，度过了最初佩戴的不适之后，她似乎年轻了二十岁。她经常微笑，也开口大笑，花很多时间照镜子。但她担心大家会看出是假牙，这让她变得疑神疑鬼的。

"你有没有听到我说话时发出咔嗒声？"她会问我。

"没有。"

"哎，我能听到。你看得到我鼻子下面装假牙的地方有条可怕的小缝隙吗？很明显吗？"

"没有，当然没有。谁都不会注意到的。"

当她还是雕塑家时，她加入了三个需要支付会费的艺术组织：全国雕塑协会，全国女艺术家协会，和一个叫"钢笔与画笔"的格林威治村当地女性俱乐部——我想那是格林威治村非常古老的遗风，推崇罩衣、焚香、带花押字的埃及香烟和埃德娜·圣文森特·米莱[1]。在我的敦促之下，她不情不愿地同意不再向上城区的两个组织交会费，但坚持留下"钢笔与画笔"，因为它对她具有重要的"社交"意义。

我对此没有意见。这个组织的会费不贵，偶尔还会举办绘画和雕塑作品联展——那些可怕的下午会供应茶水和海绵蛋糕，有嘎吱

1　Edna St. Vincent Millay（1892—1950），美国诗人、剧作家，一九二三年获普利策诗歌奖。

作响的木地板，有一群戴着滑稽帽子聚在一起的女士——在这样的展览上，我母亲的一件沾满指印的小型旧作可以赢得优秀奖。

"你瞧，直到最近，他们才让雕塑家加入'钢笔与画笔'。"她解释道，次数频繁得远远超出必要。"以前一直只有作家和画家，当然了，他们现在改不了名字了，好把雕塑家也包括进去，但我们自称是'拿凿子的人'。"她一向觉得这很搞笑，会不停地哈哈大笑，之前还会试图用手指挡住自己那口坏牙，后来则高兴地展露出闪亮的新牙。

那段时间，我几乎没认识与我同龄的人，只是流连于格林威治村的各个酒吧，想弄明白自己的人生。后来有一次，有人带我去了一个小派对，我认识了一个名叫艾琳的女孩，发现她跟我一样孤独，尽管她隐藏得更好。她个子高挑，身材苗条，一头茂密的深红色头发，一张脸精致骨感，有时候看起来警觉而严肃，好像这世界正强迫她接受什么似的。她也同样来自她所谓"穷摆架子的"家庭背景（我以前从没听过这个词，立刻就把它加入我的词汇库了），她的父母也早就离婚了，她也没去念大学，而且还跟我一样的是，她也靠一份白领工作营生，是一家商业公司的秘书。这里的一个重大区别是，她坚称喜欢自己的工作，因为那是"一份好工作"，但我猜以后有足够时间说服她不那么想。

从一开始，一直到接下来整整一年的时间里，除了上班时间，我们几乎一直在一起。那或许不是爱情，但我们当时并不相信，因为我们反复告诉对方，也告诉自己，那就是爱情。我们经常吵架，但电影一次又一次证明爱情就是那样的。我们不想远离对方，但我觉得我们后来都渐渐疑心那可能是因为我们俩都没别的地方可去。

艾琳想见见我的母亲，我知道这会是个错误，但想不到合适的法子拒绝。果不其然，我母亲不喜欢她。"哦，她是个讨人喜欢的姑娘，亲爱的，"她后来说，"但我不明白你怎么会觉得她这么有魅力呢。"

后来有一次，艾琳对我说起跟她住同一栋楼的一个无聊的中年男人，她说："这么多年来，他一直徘徊在艺术的边缘，对艺术唠叨来唠叨去的，他渐渐期待享有身为艺术家的特权，却从来没有任何创作。我是说，他是个艺术脓包，就跟你妈妈一样。"

"艺术脓包？"

"嗯，你知道的，一辈子都在折腾艺术，想用莫须有也根本不存在的东西让人刮目相看——你不觉得那很讨厌吗？你不觉得那是在浪费大家的时间吗？"

出于由来已久的忠诚，我试图为母亲开脱艺术脓包的指责，但我的辩解没有说服力，站不住脚，也小题大做了，要不是我们想法子换了个话题，可能又会争吵起来。

有几天，我天亮后才回到家里，时间刚够换件干净的衬衫去上班，母亲会用一种哀怨的眼神来迎接我——有那么一两次，好像我就是个女孩子，她说："哦，我真希望你明白自己在做什么。"那年年末的一天晚上，她失控地大发脾气，说艾琳是"你那个不要脸的爱尔兰小贱货"。但那其实并不算太糟，因为这话令我厌恶地默默起身，离开家，甩上门，留她一人摸不透我到底还会不会回去。

那年冬天，我得了肺炎，似乎一向符合我们倒霉的运气。我在医院休养时，母亲和艾琳一直巧妙地避开对方，直到有一次，她们发现两人同乘一部电梯，在下午探视时间一起来到病房。她们分坐在高高的铁制病床两边的椅子上，把我夹在中间，断断续续地聊着天，我睡在枕头上的脑袋左看看右看看，瞧着她们两张完全不一样的脸，一张年老的，一张年轻的，努力对她们做出合适的回应。

然后，艾琳拉开我一侧的病号服，朝里面看了看，开始用手按摩我肋骨上的肉。"他的肤色真好，对吧？"她问道，声音中带着明显假装的颤音。

"嗯，是的，我一直这么觉得。"母亲轻声说。

"但你知道最棒的是什么吗？"艾琳说，"最棒的是，他浑身上下的肤色都是一样的。"

如果母亲没有选择沉默，微微垂下眼皮、抬起下巴，像一个寡妇不得不面对一个粗鲁的女帮厨那样，那事情就会相当滑稽了。艾琳只好把手放回大腿上，低头看着它。

几天后，我出院了，出院前被一个一脸认真的好脾气医生教育充足营养和正常作息的重要性。"你偏瘦了。"他解释说，好像我不知道似的，好像长得皮包骨不是我这辈子非常尴尬的事一样。"你肺上还有一些毛病，总体的身体情况显示你容易得肺结核。"

我拎着装有盥洗用品的棕色脏纸袋坐地铁回家，不知道该怎么理解那句话，但我知道那是之后才会发生的事。现在，而且天知道接下来有多长时间，还有别的麻烦事。

最可怕也是最可预见的大麻烦出现在一两个月后，一个暖和的夜里，在艾琳的公寓，她说她想跟我分手。我们已经"风花雪月"了——她的话——一年了，似乎没有任何未来。她说她"依然对其他男人感兴趣"，我说"什么其他男人?"她看向别处，说了些令人困惑的回应，这让我明白自己赢不了这次争吵。

我知道自己说得对——她不认识什么其他男人;但她自己也很有道理，她想要重获孤独的自由，自在地候在电话旁边，直到有人邀请她去某个地方，那里会有其他男人，然后她会从几个候选人当中挑一个。他可能年纪比我大，长得更好看，穿得也更好，银行里有点钱，对自己的人生有点想法，身边一定也不会黏着一个妈妈。

所以就这么结束了。有一小段时间，以悲观的角度看待自己的境遇，我觉得自己可能会死掉。我还不到约翰·济慈[1]的年纪，他也是个营养不良的肺结核患者，而我还没有以才华确立名声，所以我的死亡会因其无声无息而令人心酸——一个英年早逝的年轻人，一个无人吊唁的无名战士，或许只有一个女孩吧。

可是，我还是得每天八小时为合众社苦心孤诣地改稿子，坐地铁，留心在街上到底该往哪儿走。没过多久我就发现，你得活着才能做那些事。

一天晚上，我回到家里，发现母亲几乎抑制不住想要告诉我某件事的喜悦之情。我看着她那张喜笑颜开的脸庞，那一刻涌起了不切实际的希望，以为好消息可能是她找到了一份体面的工作，但并非如此。

1　John Keats（1795—1821），英国浪漫主义诗人。

她说，"钢笔与画笔"俱乐部要举办一次晚会，结束之后还有派对。俱乐部每个会员类别都要表演一首搞笑歌曲或幽默小品之类的，她被选中代表雕塑团队表演节目。

　　那时，收音机上正播着一首给香蕉做广告的傻气歌曲。一个带着南美口音的女孩会以拉丁风格的拍子演唱：

　　我是金吉达香蕉，我——要说一说
　　香蕉的成熟得用——特定的方式……

　　下面是我母亲的戏仿，是为逗笑"钢笔与画笔"俱乐部的女士们而创作。她双眼闪亮，在我们那个破家的地板上轻盈地小步子跳来跳去表演给我看：

　　噢，我们是雕塑家，我们——要说一说
　　你们对待雕塑家得用——特定的方式……

　　那时她五十七岁。我经常觉得她是疯了——自我记事起，就一直有人说她疯了——但我想一定是那个晚上，或是之后没多久，我决定搬出去。

　　我从银行贷了三百美元给母亲，解释说全部由我来还，又对她说了好一番话，让她自食其力。

　　然后，我赶忙去了艾琳家——像是害怕"其他男人"可能会先到——问她愿不愿意立刻嫁给我，她说愿意。

"我们俩挺搞笑的，"她后来说，"我们毫无相似之处，我们其实没什么共同兴趣之类的，但一定有——来电的亲密感，是不是。"

"是的。"

在格林威治村安静码头边上的一间破公寓里，似乎单凭着那份来电的亲密感，我们熬过了一九四八年的夏天。

有时，我母亲会打电话过来，低声下气、急急忙忙地问我借二十块、十块或是五块，直到艾琳和我开始害怕电话铃响起。之后没过多久，她开始可以整体上自给自足，以自由职业者的身份在家里为百货商店人体模特雕塑头像——至少不再是工厂的活儿了——但她想让我知道，也许很快会有一件更好的事等着她。她听说全国女艺术家协会准备招收一个行政公关人员。那不是一份很棒的工作吗？庆幸的是不要求这人会打字，但问题是她们可能想让她先做一段时间的志愿者，之后再给她开工资。如果她在那里全职工作几个月却没有工资，那她怎么制作人体模特的头像呢？事情似乎从来不会一切顺利，这不是挺讽刺的吗？

确实。

那年暮秋，我被合众社解雇了——我想是因为总体上不称职，尽管那番友好简短的解雇谈话中并没有提及这个词。接下来过了几周手头拮据的日子，直到我在一家工会报纸找了份活儿。第二年春天，我被雷明顿·兰德公司聘用，在那间无聊的小玻璃隔间里，我和丹·罗森塞尔一起偷懒闲聊的日子就这样开始了。

一旦意识到别对他说太多自己的事之后，我们就相处得很好。

对我而言，赢得并保持他的好感变得很重要。

他聊天的大部分内容是关于他的家庭。他告诉我，他的父亲是男装行业的裁衣工，"在自学成才方面相当努力"，但又说，"啊，该死，说这话总免不了贬低那个人。你脑海里会有一幅画面，一个可笑的小个子白天一直弓身坐在机器前面，然后整个晚上大谈克尔恺郭尔[1]。我完全不是那个意思。知道吗？当你跟一个人关系亲密，当你爱一个人的时候，你努力想解释什么，只会让自己他妈的出尽洋相。说起我妈妈时，我也这样"。

他对自己的弟弟菲尔感到非常骄傲，他当时就读于一所为天才学生设立的市区高中。"他是我预订来的，"他有一次说，"七岁时，我对爸爸妈妈说，我要一个弟弟，还不允许他们拒绝。他们没有办法，就为我这么做了，还挺好的，但问题是，我当时没有意识到，还要再过好几年才能跟他玩耍，跟他说话，教他东西，或是跟他一起做任何事，那真是难熬。不过，自他六岁左右开始，我就没太多可抱怨的了。我们家有一架钢琴，菲尔学了几个月就会弹古典乐了。我没开玩笑。等到要上高中了，市里最好的高中任他挑选。他跟女生交往起来还是很害羞，我觉得他也担心这点，但女生对他显然一点都不害羞。每天晚上破电话都会响。女生们就打过来跟菲尔聊一会儿。哎，他妈的，这小孩可抢手了呢。"

丹几次说他想着准备搬出来自己住，还试探性地问我格林威治村不同地方的房租如何，但这些计划并不意味着他跟家人有任何矛

1　Kierkegaard（1813—1855），丹麦哲学家、诗人，被称为现代存在主义哲学创始人。

盾。应该说，考虑到自己的年龄和接受的教育，他似乎觉得搬出来住是世人期望他会做的事。他想做正确的事。

之后的一天早上，他打电话到办公室，嗓音因为惊吓和缺少睡眠而嘶哑了，他说："比尔？听着，我会有几天不上班。我不知道要几天。我爸爸昨晚去世了。"

等他回来上班时，他脸色煞白，样子看上去像是瘦了一圈。遇到工作问题时，他频频小声嘀咕"他妈的"。过了一个礼拜左右，他想跟我聊聊他父亲的一生。

"你知道裁衣工是做什么的吗？"他问，"嗯，他整天操作一台小机器。那机器有一个自动刀片，跟锯子差不多；操作员拿上约摸二十五层布料——法兰绒或精纺毛料或随便其他什么该死的料子——按照某种样式，比如一只袖子、一个翻领或是外套口袋，操作刀片切割整摞布料。到处都是毛絮，钻进你的鼻子里，进到你的喉咙里。你这一辈子都生活在该死的毛絮里。你能想象一个聪明绝顶的人——一个聪明绝顶的人干那种活儿干了三十五年吗？就因为他从没接受过培训做其他事？啊，该死，真该死。这叫人太他妈的伤心了。他才五十二岁啊。"

那年夏天，丹开始抽起雪茄，衬衫口袋里总会装上几根，整天叼着雪茄埋头工作。我觉得他并不真的喜欢抽雪茄——有时会引得他阵阵咳嗽——但它们似乎是他让自己在二十五岁就提前过上迷茫中年生活所做准备中必不可少的一部分。

"你知道我跟你提起过的办公室里的那个人吗？"一天晚上我对艾琳说，"那个画家？丹·罗森塞尔？我觉得他是在练习怎么当个老头儿了。"

"哦？什么意思？"

"呃，他变得非常——啊，我没办法解释。我甚至不确定是不是这样。"

她也很少向我解释她办公室里的人的事情。我们的对话常常以承认自己甚至不确定是不是这样而结束，随后是彼此沉默，直到因为其他什么事吵起来。

我们不是理想的夫妻。我们现在都觉得，我们结婚时太年轻，结婚的理由也不够充分。有时候，我们可以愉快地交谈很久，像是为了证明我们是好伴侣；但即便在那时，她的一些说话习惯也会让我蹙起眉头。她不说"是"，而说"诶"，常常是在香烟烟雾中眯起眼睛说的；她也说"照旧"，我想是会计部门的俏皮话；她经常说"全套"，而不是说"全部"。一个聪明务实的纽约秘书就是这么说话的，而她想成为的仅仅只是这样一个人。

嗯，几乎一直如此。前一年冬天，让我大吃一惊的是，她去新学院[1]报名上了表演课。她学完之后会气喘吁吁地回到家，急切地想要聊聊天，不带任何秘书的腔调。那是我们在一起最美好的时光。在那些晚上，谁都猜不到这个甜美的戏剧艺术学生每周要在一家名为博塔尼纺织厂的面料工厂办公室辛辛苦苦工作四十个小时。

新学院那一学年结束时，她那个班上的所有学生都奉上了表演，地点在第二大道上一家积灰的旧剧院，观众主要是亲戚和朋友。有

---

1 The New School，位于纽约市的一所大学，著名的帕森斯设计学院即隶属该校。

选自耳熟能详的美国戏剧中两三个角色的场景，也有像艾琳那样选择独自表演的。艾琳选了一个轻松的场景，但也并非无足轻重——是来自埃尔默·莱斯[1]《梦幻女孩》中的一段细腻克制的长独白——大家都对她说，她的表演好看又好听。

那天晚上，她的演出非常精彩，以至于新学院为她提供了第二年的奖学金。麻烦就这么开始了。她仔细考虑了几天——当她在削土豆或熨衣服时，公寓里一片寂静——之后宣布她决定拒绝这份奖学金。上了一整天班后，晚上再去上学太累了。噢，今年还行，还挺"好玩"的，但继续下去就是在犯傻：就算是免费的，也会在其他方面花很多钱。而且，没人能从这些蹩脚的成人教育课程学到太多表演相关的东西。如果她真的想学，从任何专业角度而言，她得进行全日制的学习，而那当然是不可能的。

"为什么？"

"'为什么？'，你什么意思？"

"哎，天呐，艾琳，你不需要那份工作。你明天就可以辞掉那份不起眼的破工作，我能负责——"

"噢，你能负责什么？"她转身看我，两个小拳头搁在臀部，这姿势总是意味着我们将大吵一架。

我爱那个想要告诉我与"戏剧"相关的一切的女孩，爱那个表演完《梦幻女孩》那一幕后，镇定而害羞地站在雷鸣般的掌声中的女孩。我不太喜欢那个在博塔尼纺织厂踏踏实实的打字员，或是那

1　Elmer Rice（1892—1967），美国剧作家、导演，代表作《街景》曾获普利策奖。

个不情不愿削土豆的人，或是那个在熨衣板前皱着眉头证明我们有多穷的迟钝而疲惫的女人。我也从来不想跟一个会说"噢，你能负责什么？"的人结婚。

好吧，那次确实吵得厉害，一直到吵醒了邻居还没结束，问题也没能解决，就像我们最糟糕的吵架一样永远解决不了。那时，我们的生活似乎尽是折磨、遍布伤痕，要不是我们知道艾琳怀孕了，我想那年夏天我们可能会彻底分手。

听说有了孩子，丹·罗森塞尔高兴地从绘图板前起身跟我握手。但那个简短的庆贺仪式过后，当我们又坐了下来，他若有所思地瞥着我。"你怎么能当爸爸呢，"他问，"你看起来还像个孩子？"

在那之后不久的一个周末，在秋天的凉意刚出现的一天，我出门去河边一块空地上捡碎木头。我们的公寓又旧又破，但有一个"能用"的壁炉。我只挑选那些能被折成壁炉大小的木板，等捡够了能烧几天的，就把它们从环绕空地的高高的铁丝网上方扔出去。从远处看，那道铁丝网似乎很难爬，但上面有很多松散的地方，可以毫不费力地踩在上面。我爬上去又翻了过来，刚落到街上，就看到丹·罗森塞尔朝我走来。

"唷，"他说，"你翻铁丝网挺厉害的嘛。很敏捷嘛。"

这话挺让人高兴的。我记得同样让人高兴的是，他发现我穿了一件部队野战旧夹克和一条蓝色牛仔裤。他穿了一身西装，打了领带，还穿了一件看样子是新的轻便大衣。

我们抱着木头走回我家——丹也抱了一部分，小心翼翼地不擦到大衣上——他解释说，他今天是来城里看望一个在库珀联合学院认识的朋友，然后发现空出了几个小时，于是就在格林威治村里到处走走。他希望我别介意他顺道过来看看。

"哈，不会，"我对他说，"这很棒，丹。上来吧，我想让你见见我的太太。"

虽然艾琳和我住在格林威治村，但我们其实根本算不上村里人。波希米亚风格的人让我们紧张。对我们而言，"嬉皮"这个词包含着隐约的骇人意味，抽大麻也是一样——或是叫"茶"，我想当时通常是这么叫的。我们去的为数不多的派对上，参加的人主要是像我们一样保守的其他年轻办公室职员。

即便如此，那天下午当我带着丹·罗森塞尔走进公寓楼上的楼梯时，我发现自己为了他尽量表现出慵懒的模样，嘴里小声咕哝着，还斜着眼睛看人。而艾琳呢，她就算特意表现，效果也不会比现在更好：我们发现她斜靠在那张大沙发床上，穿了一件黑色翻领毛衣和一条黑色家居裤。我一直很喜欢那套衣服，因为跟她那头红色的长发十分相配，而且似乎让她所有的关节变得灵活了。她有时会穿着去上表演课，当我们晚上去圣雷莫或其他当地著名酒吧静静坐上几个钟头时，她几乎总穿那套衣服。在那些酒吧里，年轻的小伙子跟脸色苍白、头发长长的女孩一起，他们表现出慵懒的模样，嘴里小声咕哝着，还斜着眼睛看人；他们三五成群，不时爆发出阵阵大笑，所为之事是我们确信自己永远不会理解的。我们身处这些人当中，试图战胜自己的焦躁不安。

如果你足够年轻，假装是别人会让你兴奋不已。要是我在翻越铁丝网时是敏捷的，在上楼梯时是带点儿嬉皮的，那现在该表现出豪迈了。我蹲下来，从壁炉里拉出一个柴火架子，用超出必要的力气使劲将木板在架子顶端的铁球上噼里啪啦地又摔又砸。等木板分成可处理的长条后，我又将它们一根一根在屈紧的膝盖上折成两段或三段。一些木头上有一排排生锈的钉子，丹说"小心钉子"，但我没有说话，以此告诉他我会自己当心的。我这辈子不都是这么做的吗？我不是在部队里当过步兵的吗？难道他以为我一直就是个穿着白衬衫在办公室里工作的家伙吗？去他的，闯荡世界的时候什么学不会呀？要不然，他以为我是怎么征服这个让他几乎完全无法移开目光的美丽女孩的？

很快，我生起了一堆旺火。丹脱下西装外套，松开领带，我们仨舒舒服服地围坐着喝啤酒，我的装腔作势进入了一个安静"有趣"的新阶段。我对着火苗露出遗憾的微笑跟他说，哎，不，我已经决定暂时搁置从去年春天开始写到现在的小说了，感觉不对劲。"如果一件事感觉不对劲，"我解释说，"你最好先放一放。"在讨论写作这门手艺时，我总是尽量使用简短而模棱两可的话。

"对的。"他说。

"我想从另一个层面来说，画画也一样。"

"嗯，差不多。"

"而且，我想把以前写的几个短篇故事润色一下，去投投稿。你必须润色一下，你知道的。你得把它们反复拆解再组合起来。它们不会自己成形。"

"嗯哼。"

之后，我又说了很多，说到当你受困于一份全职工作时，要想真的写点东西有多难。我们一直想努力存点钱，这样就能去欧洲生活，我解释道，可现在有了宝宝，可能性不大了。

"你们想去欧洲生活？"他问。

"嗯，这是我们一直会聊起的事。主要是巴黎。"

"为什么？"

就像他的其他一些问题那样，这个问题也叫人心烦。没什么实际的原因，一部分是因为海明威的传奇故事，还有乔伊斯的；另一部分则是因为我希望能把母亲隔在三千英里的海域之外。"哦，呃，"我说，"主要是因为那边的生活成本低很多，我们或许不用太多钱就能过日子，我也会有更多时间写作。"

"你会说法语吗？"

"不会。但我想我们可以学。啊，该死，这只是——你知道的——整件事可能只是白日做梦。"我能从自己的说话声中听出自己正在结巴，于是尽快闭上了嘴巴。

"丹？"艾琳问道，她的面庞在火光的映衬下简直是纯真而轻浮的绝世之作。她不用别人告知就明白自己又俘获了一个人。"库珀联合学院的录取比例只有十比一，这是真的吗？"

"嗯，有各种说法，"他害羞地说，并没有太直视她的眼睛，"但差不多是那样吧。"

"真不错。我是说，那真是厉害。你去那里念书，一定很为自己骄傲。"

若说她没有毁了我的周末，也是完全毁了我的表演。虽说如此，他们的聊天似乎让我初步想到了一个好主意。

后来又聊了很多，喝了更多的啤酒。之后，她说："你要留下来跟我们一起吃晚饭吗，丹？"

"噢，那真是个好主意，"他说，"但也许最好等下次吧，我早该回家了。介意我用一下你们的电话吗？"

他给他母亲打了电话，欢快地聊了几分钟。后来，他说了很多道谢和道歉的话，并保证很快再来。等他离开后，艾琳说他打电话听起来像是丈夫打给妻子的。

"嗯，是的，是这么回事儿，你瞧，"我对她说，"自从他爸爸去世，他就一直像是把他妈妈当成了他的妻子。他还有一个比他小七八岁的弟弟，现在也像是把弟弟当成他们的儿子了。"

"噢，"她说，"哎，那倒是叫人难过了，不是么。他有女朋友吗？"

"我想没有吧。就算有，他也从没提起过。"

"可我真的挺喜欢他的。"她说着开始在厨房里准备晚饭，把锅碗瓢盆弄得乒乒响。"这么久以来认识的人当中，我最喜欢他。他很——温和。"

这是一个相当精挑细选的词，我好奇她为什么会选它，很快认定是因为那个词不太能用在我身上。

但去他的。我几乎迫不及待地钻进由折叠屏风在墙角隔开的那个空间，我的工作桌就在那里。我那部半是打印、半是手写的半途而废的小说就躺在桌上，还有那几个我准备拆解后重组、润色后投稿的短篇故事。不过，我的新主意跟写作毫无关系。

我一直有画简笔漫画的本领，那天晚上，我在好几页打印纸上画下了在雷明顿·兰德公司十一楼工作的人的漫画。他们是丹和我每天不得不耐心友好对待的人。我看着几幅比较好的画咯咯傻笑，几乎确信丹一定会喜欢它们。

我又花了几个晚上淘汰了不好的，润色了好的。然后，一天早上，我尽可能随意地将一沓成稿丢到丹的绘图板上。

"这是什么？"他说，"哈，我知道了：这是阿奇·达文波特，可怜的老格斯·霍夫曼。这又是谁？是杰克·谢利丹，对吧？噢，我猜这是打字部门的乔根森太太……"

全部看完之后，他说："哎，画得真巧妙，比尔。"但我听他太多次将"巧妙"当作贬义词来用，就没把他的话当成赞美。

"哈，这没什么，"我让他放心，"我不过是觉得它们可以——你知道的——逗你一笑。"

实际上，我原本希望它们能发挥更大的作用。我已经制订了一个计划，这些画只是最开始的一步，可他现在这种不冷不热的反应似乎让我无法跟他讲剩下的计划。不过，我的缄默并没有持续太久。那天下班之前——我想甚至是在午饭之前——我就把整个该死的计划向他和盘托出了。

我解释说，基于《退伍军人权利法案》，现在成百上千的美国人去了巴黎念美术学校。其中很多当然是认真的画家，但还有很多其他人根本不是画家：他们几乎达不到任何学术要求，而是公然利用法案资助自己在巴黎生活。美术学校也不在乎，因为它们很高兴收到美国政府的持续出资。我是在《时代》杂志上读到的，那篇文章还特别提了一所美术学校的名字，说它"或许是在处理这件事上最随便的一所学校"。

我对丹·罗森塞尔说，我现在已经决定申请那所学校，以便继续我的写作，但我需要一封推荐信。所以事情是这样的：他愿意给我写推荐信吗？

他看起来一脸困惑，有些不太开心。"我不理解，"他说，"我来写信？难道他们听说过我吗？"

"没有。但他们他妈的肯定听说过库珀联合学院啊。"

事情进展得没有很顺利——我眼瞎了才会看不到——但他同意了。他用其中一支画画的铅笔飞快地写完信，递给我打印出来。

他告诉校方，我是他的一个朋友，在素描方面很有前途，希望能为我的申请助力。在第二段也是最后一段中，他提了自己毕业于库珀联合学院的资历。

"嗯，挺好的，丹，"我说，"非常感谢，真的。只有一个问题：当你说我是一个'朋友'，你不觉得那会削弱整个——"

"啊，该死。"他头也没抬地说。可能是我看错了，但我觉得他的脖子比平常更红了。"该死，比尔，好了。我是说你是朋友，但没说我们是亲兄弟啊。"

如果他当时讨厌我——我想他可能的确这样——他没有让自己显露出来。令人尴尬的第一天过去之后，我们之间似乎又一切无碍了。

由于他见过我的太太，我们的日常交往中便新增了一项内容。每天晚上，或者说，至少是我们一起离开办公楼走到街角，在那里不得不分开乘坐不同公共交通工具的那些晚上，他会害羞地朝我轻轻挥手说："嗯，代为问好啊。"

有太多个晚上，他都会说这么一句，以至于过了一阵子，他似乎觉得有必要变化一下：他会假装皱眉说"问个好怎么样？"或是"咱们问个好呗？"但那些替代说法都不太令人满意，所以他又重新使用原来那句话。我总是会谢谢他，也朝他挥挥手说"你也一样"或是"你也是，丹"。用那样一小段对话来结束一天似乎是合宜的。

我一直没收到巴黎那所"随便的"美术学校的消息，他们甚至也没确认已经收到我的申请，所以我只好认定《时代》杂志上的文章一定让他们收到了雪片横飞般的信件，都是来自全美其他没有才华的申请者们，像与社会格格不入的人、失败的人和不幸福的丈夫，等等，"巴黎"对他们而言意味着最后的光明希望。

之后几个月，丹几次跟我一起回家吃晚饭，艾琳很快发现他能逗她开怀大笑。那挺不错的，可我自己几乎从来不能逗笑她——似乎从我们最开始在一起到现在从来没有过——所以我感到忌妒。后来一天深夜，他已经离开了，家里只剩下我们两个人，安静得令人不自在。她指出，我们从来没有真的办过派对，说想在自己变得"太大"之前立刻办一场。于是，我们就这么做了——我想我们俩都害怕会把一切搞砸。

丹带来了他在库珀联合学院认识的一个朋友，那是一个极其彬彬有礼的年轻人，名叫杰瑞，他还带了一个沉默寡言的可爱姑娘。派对还不错——至少热热闹闹的，很快就活跃了起来——所以艾琳和我后来告诉彼此，派对办得还可以。一两个礼拜之后，丹在办公室里说："知道吗？杰瑞和他女朋友要结婚了。你想知道另一件事吗？是你们的派对促成了这事儿。我没开玩笑。杰瑞对我说，他们都觉得你们俩非常——我不知道，谁知道呢？——非常浪漫，我猜，他们就想着，管它呢，我们结婚吧，然后就真的要结婚了。杰瑞接受了一份工作，我想换种情况他是根本不会考虑的，是去一所商业艺术学校工作，他妈的远在英属哥伦比亚北边。我不知道他去那里到底会做什么——我猜是教爱斯基摩人怎么用丁字尺吧——但现在不能反悔了。已经定了。他妈的已成定局了。"

"嗯，那挺好的，"我说，"代我向他们道喜。"

"嗯，我会的，我会的。"然后，他把椅子从绘图板前转过来——他并不经常那么做——严肃而沉思地坐着，仔细查看雪茄沾湿的一头。"哎，该死的，我也想结婚，"他说，"我是说，我倒不是真的没这个想法什么的，只是有一些难处。第一，我还没遇到合适的姑娘。第二，我有太多其他的责任。第三——等等，这样想想，谁他妈还需要第三呢？"

一九五〇年年初，就在宝宝出生前几个礼拜，全国女艺术家协会终于同意聘用我的母亲，起薪是每周八十美元。"噢，天呐，真叫人松了口气。"艾琳说，我完全同意。除了有一次请母亲过来吃晚饭"庆祝一下"时不得不笑意盈盈地面对由此带来的无聊，我们现在似乎可以永远不再考虑她了。

后来，我们的女儿出生了。之后，丹·罗森塞尔出人意料地带着鲜花到医院看望艾琳，让她不好意思地脸红了。我带他出去，走到走廊上，隔着窗户看宝宝，他一本正经地说她很漂亮。然后，我们又回去，在艾琳的床边坐了半个小时左右。

"噢，丹，"当他起身离开时，她说，"你能来真是太好了。"

"别客气，"他对她说，"千万别客气。我很乐意来产科病房看看。"

那片名叫莱维顿的著名长岛住宅区最近开盘了，十一楼上一些年轻的已婚男士开始喋喋不休地谈论——每个人都向其他人解释着，像是为了说服自己——买在那里很划算的种种原因。

后来，丹对我说他也决定在莱维顿买房子，要不是我及时管住嘴，我可能就会说"可你还没结婚呢"。他跟他的母亲、弟弟上周末已经去过了。

他中意莱维顿是因为他们看的那幢房子的地下室相当宽敞明亮。"那里可以设计成一个工作室，"他说，"我在地下室里走来走去，唯一能想到的就是'哇'。我要在这里尽情画画。我甚至可以制作版画，搭一块平版印刷的石板，想做什么都行。你知道生活在郊区有种种弊病的那些话吗？说当你搬出城区，你的生活就会分崩离析？我一丁点儿都不信。如果你的生活会分崩离析，在哪儿都一样。"

又有一次，他说："你了解哈佛吗？"

"哈佛？不了解。"

"嗯，我想菲尔很有可能会去那里念书，或许还能拿到奖学金。这听起来很不错，不过我对哈佛的了解仅限于名气大，你知道吧？——外行人的看法。那差不多就像帝国大厦，对吧？你远远地望着它，也许是在日落时分，那它就是一座宏伟美丽的建筑。然后你走到里面，绕着低处的几个楼层走一走，结果发现那是纽约最蹩脚的办公楼之一：除了一些二流的保险经纪公司和人造珠宝批发店，里面什么都没有。对世界最高建筑来说，这真是毫无道理可言。于是，你坐电梯一直到楼顶，耳膜疼痛，走到外面的护墙边望出去、往下看，就算是这样，也叫人失望，因为那番风景你已经在照片里看过很多次了。或者，如果你是个十三岁左右的小孩，拿无线电城音乐厅[1]来说也一样。有一次，我从部队回家，带菲尔去了那里，然后我们都知道那是个错误。噢，看着七十八个漂亮姑娘出来，开始整齐地高踢腿，那是相当养眼，哪怕她们离你半英里远，哪怕你恰好知道她们都嫁给了飞行员、住在瑞戈公园。可我想说的是，你自己在无线电城音乐厅里能找到的，只有那该死的椅子扶手下面沾着的皱了吧唧的陈年口香糖。对吧？所以我不知道，我想菲尔和我最好去哈佛待上几天，打探打探情况。"

他们真的去了，罗森塞尔太太也跟着去了。回到办公室后，丹对哈佛的一切都称赞有加，包括"哈佛"这个名字的发音。"你无法想象，比尔，"他对我说，"你必须去那里，你必须走一走、看一看、听一听，你要感受一切。太神奇了：就在一个商业城市的中心地带，有这么一个传播思想的完整小世界。它就像把二十七所库珀联合学院摆到一起。"

于是就这么决定了，菲尔接下来的秋天就会去哈佛读大一。丹提过很多次，家人一定会想念那个小孩的。

一天傍晚，当我们一起离开办公楼时，他放慢脚步，把我们那

1　Radio City Music Hall, 位于纽约曼哈顿第六大道洛克菲勒中心，世界级著名艺术殿堂之一。

段路压成了散步，以便讲讲似乎已经烦了他一整天的心事。

"你知道到处有人在说的那些'需要帮助'的话吗？"他问，"'他需要帮助'，'她需要帮助'，'我需要帮助'？感觉几乎所有我认识的人都在进行心理治疗，好像那是举国上下的新潮流，就像三十年代的大富翁游戏一样。我念书的时候有一个朋友，聪明开朗，是个好画家，已经结婚，有份很不错的工作。我昨晚碰到他，他对我说他想接受心理治疗，但没有钱。说他申请了哥伦比亚大学的免费会诊，做了一大堆测试，还写了篇关于自己的蹩脚文章，结果他们拒绝了他。他说：'我猜他们觉得我不够有趣。'我说：'你啥意思？'他说：'嗯，我感觉他们正忙着找被母亲溺爱的犹太小伙子。'你能理解那种事吗？"

"不能。"我们在黄昏中散着步，经过一间间灯火通明的店面——一家旅行社，一家鞋店，一家快餐店——我记得自己每一家都看得很仔细，仿佛那有助于我集中思维。

"因为我在想，'有趣'到底是怎么一回事？"丹质疑道，"难道我们都应该躺在沙发上，跟人掏心掏肺，以此证明自己有多'有趣'？我才不想达到那种虚情假意的境界呢。哼。"这时，我们走到了街角，就在离开之前，他朝我挥了挥他的雪茄。"哎，代为问好啊。"

整整一个春天，我都感觉很糟，身体越来越差。我一直咳嗽，没什么力气。我知道自己瘦了，因为我的裤子好像就快掉下来了。睡着之后，我盗汗得厉害。白天，我只想找个地方躺下来，但整个雷明顿·兰德公司没有这样的地方。之后一天午餐时间，我去公司附近做了一个免费的 X 光检查，得知我患了严重的肺结核。他们替我在斯塔滕岛上一家退伍军人医院找了张床位，于是我就退出了商业世界，尽管没有避世而居。

我后来读到肺结核在"心理作用"导致的疾病中位居前列：据说，人们在极其艰难困苦的境地证明自己已拼尽全力时就会患上。这话也许很有道理，但当时我只知道被劝着——甚至是被一个戴消毒口罩的严厉的前部队护士命令着——躺下来留在那里的感觉很棒。

这一待就是八个月。一九五一年二月，我出院了，以后随访门诊即可，并被告知可以在"全世界任何"由退伍军人事务部认可的诊所继续治疗。那个短语听起来真不错，最棒的是这个：我被告知我的病符合"服役相关残疾"的规定，我可以每月领取两百美元，直到我的肺康复。这一规定中还有一条追溯性条款，能补偿两千美元现金。

艾琳和我从未有过如此辉煌的成功。一天深夜，我正准备制订计划，大声说出了自己的疑虑，是回到雷明顿·兰德呢，还是找份更好的工作呢。这时，艾琳说："噢，听着：我们就这么干吧。"

"干什么？"

"你知道的。去巴黎。因为我是说，趁我们足够年轻和勇敢，如果现在不做，那到底什么时候才会做呢？"

我几乎不敢相信她的话。当时，她看起来很像她在表演完《梦幻女孩》中的那一幕后，向鼓掌的观众致意的样子——她脸上还有一丝资深秘书的"强势"模样，说明她或许会是一个坚韧牢靠的旅行者。

因为在那之后，一切都发生得太快了，我清楚记得的下一件事就是在"美国号"轮船上我们的船舱里——也就是二等舱舱房里——举办的人挤人的欢送派对。艾琳试图在一张上铺给宝宝换尿布，但并不容易，因为有太多人涌进这个小房间。我母亲也在，她坐在一张下铺的边上，喋喋不休地说着话，跟大家讲全国女艺术家协会的事。几个博塔尼纺织厂的员工也在，还有几个交情平平的人，丹·罗森塞尔也来了。他带了一瓶香槟，还有一个看起来昂贵的老虎模样的布袋木偶，宝宝还要再过两年才会玩这样的玩具。

关于这个人挤人的派对，我多次在电话里听艾琳形容是"我们船上的小 soignée[1]"——我想那个词是用错了，但我懂的法语不足以纠正她。酒有很多，但大部分似乎进了我母亲的喉咙。她穿了一套精致的春季套装，戴了一顶缀满羽毛的小帽子，可能是专门为这个场合购买的。

"……嗯，但你们要知道，我们是唯一一家全国性组织，现在有几千个会员，当然了，在我们考虑入会申请之前，每个人必须提交身为艺术家的专业水平证明，所以我们真的是个很……"她自说自话越是起劲，膝盖就分得越开，她的两只前臂各搭在一只膝盖上，直到坐在她对面的所有客人都能看到她内裤底下那团黑色的阴影。这是她的老毛病：她似乎从来没有意识到，如果人们能看到她的内裤，可能就不会在意她戴着怎样的帽子。

丹·罗森塞尔是第一个离开的，甚至在第一声汽笛响起前就离

1　法语中意为"整洁的""时髦的"，此处或应为 soirée，意为"晚会""社交聚会"。

开了。他说很高兴见到我的母亲，跟她握了握手。然后，他郑重其事地转身面向艾琳，张开了双臂。

她已经换好了尿布，好像也不再关心任何其他的访客了。"噢，丹。"她哭了出来，看起来忧伤又动人，很快就软软地靠在他身上。我看到他那粗壮的手指在她娇小的背上拍了三四次。

"照顾好我的朋友，这个前途无量的作家。"他说。

"嗯，好的，但你也要保重，丹，知道吗？答应我会写信噢？"

"当然，"他对她说，"当然了，那还用说么。"

然后，他放开她，我跳起来陪他上楼去主甲板和步桥。我们很快都爬得上气不接下气的，于是在大幅度弯曲、散发着油漆味的楼梯上慢慢爬，不过他还是说了很多话。

"所以你会寄回来一大堆的故事，是吗？"他问我。

"是的，"我说，只是隐约意识到自己正转述他在莱维顿的计划，"我要在那里尽情写作。"

"嗯，不错，"他说，"这么看来，你到底是不需要那所垃圾小美术学校了。你永远都用不着偷偷摸摸假装是画家、整天翘课了，不用跟一帮非常'随便'的法国人合谋抢美国的钱了。那不错。那挺好的。靠着病透的肺所挣到的钱，你可以自食其力地做成整件事，我为你感到骄傲。我是说真的。"

这时，我们来到开阔的甲板，在步桥旁边的人群中面对面站着。

"就这样吧，"他在我们握手时说，"保持联系。只不过，听好了：拜托你。"他退后一步，穿上自己的轻便大衣，大衣在微风中飘动着，他耸起肩膀，将脖子周围的衣服弄平整，然后走近看着我，郑重地告诫我。"拜托你,"他又说了一遍,"别搞砸了。"

我不明白他是什么意思,即便他挤了挤眼睛表示他主要是在开玩笑之后还是不明白,直到我想起自己拥有了他一定曾渴望拥有的一切——自他父亲去世后,他听天由命,永远不再怀有期待。而我拥有的是运气、时间、机会,一个年轻的妻子,还有一个自己的孩子。

这时,一声沉闷嘹亮的汽笛响起,把十来只海鸥吓得飞到空中。那是分别和起航的声音,它能让血气涌上你的喉咙壁,不管你有没有什么想哭一哭的。站在栏杆边,我看到他那厚实的背脊慢慢往下沉向码头。他还没有走远,我依然可以最后喊几句幽默话,好让他转身微笑,再挥一挥手。我想喊:"喂,丹?代为问好啊!"但这一次,我成功地管住了嘴,为此我始终感到高兴。我只是看着他离开,没入被栅栏隔开的人群中,走进码头上深深的阴影里,直到消失不见。

接着,我赶紧走下那些刷了新漆、经得起风浪的楼梯,去把母亲弄下船——不会再有更多汽笛声了——以便开始耕耘自己的人生。

告别萨莉

※

※

※

※

杰克·菲尔兹用五年时间写完了他的第一部长篇小说，那让他相当骄傲，却也让他耗尽心力，几乎生病。那时他三十四岁，依然住在格林威治村一间采光很差、极其便宜的地下室里。离婚之后，那里似乎是个将就着完成写作的好地方。他原本以为等书出版了，他能找个更好的住处，甚或过上更好的日子，但他错了：尽管小说赢得了整体好评，却卖得很差，以至于出版后整整一年间，仅在短期内赚了一小笔钱。到那时，杰克已经开始酗酒，不怎么写东西了——甚至那些不署名的、收入微薄的庸俗之作也不怎么写了，那曾是他多年来的收入来源，但他还是想方设法干够了赡养费的钱——他开始把自己看成一个悲剧人物，这么做倒不失某种文学上的满足感。

　　他的两个小女儿经常从乡下来跟他一起过周末，她们总是穿着的干净鲜艳的衣服，很快就会在他那个潮湿肮脏的破房子里变得皱巴巴、脏兮兮的。一天，小女儿哭哭啼啼地说自己再也不想在那里洗澡了，因为淋浴间里有蟑螂。最后，等他把看得见的所有蟑螂都拍死、丢进马桶冲走，又哄了她很久之后，她说她想着要是自己闭上眼睛，应该就没事了——一想到她闭着眼睛站在发霉的塑料浴帘后面慌里慌张的，在打肥皂和冲洗时尽量不在水流涌动的危险下水道口变换脚步，他就自责不已。他知道自己应该搬离那儿，他只有疯了才会不知道这一点——也许他就是疯了，还住在那里，继续让女儿们受罪——可要让自己的生活恢复正常，他不知该如何开始这项微妙而棘手的任务。

后来，一九六二年的初春，在他过完三十六岁生日后不久，发生了一件完全意想不到的好事：他受邀将一部他非常喜欢的当代小说改编成电影剧本。制片人会出路费让他去洛杉矶见导演，还建议他一直留在"那里"，直到写完剧本。这事大概用不了五个月，且单是项目第一阶段让他赚到的钱就比他前两三年加在一起的都多，更别提接下来叫人目眩神迷的收益前景。

当他把这件事告诉女儿们时，大女儿让他给她寄一张理查德·张伯伦[1]的签名照片，小女儿则没什么要求。

在别人的公寓里，大家为他办了一场欢乐热闹的派对，十分契合他一直希望传达给别人的那种轻松活泼的形象。一面墙上挂了一条手写的大横幅：

再见，百老汇
你好，中国剧院[2]

两天后的夜里，他人生中第一次坐上喷气式飞机。他绑好安全带独自坐着，在又长又软、嗡嗡作响的机舱里，跟陌生人一起喝得酩酊大醉。在飞越美国的航程中，他大部分时间都睡着，直到他们盘旋在洛杉矶的外围、低空飞过夜色中绵延数英里的灯光时，他才醒了过来。他把前额抵在一扇冷冰冰的小窗户上，感受着过去几年

---

1 Richard Chamberlain（1934—　），美国男演员。
2 位于洛杉矶好莱坞大道上的著名剧院，自一九二七年开幕至今，以其中式建筑风格而得名。

积累的疲惫和焦虑渐渐消散，这时他想到，等待他的无论是好是坏，无疑将成为一场意义非凡的冒险：就像 F. S. 菲茨杰拉德[1] 去好莱坞一样。

在加利福尼亚的前两三个礼拜，杰克作为客人住在导演卡尔·奥本海默位于马里布[2]的豪宅里。奥本海默三十二岁，是个举止浮夸、脾气暴躁、讲话霸道的男人。他从耶鲁大学毕业后直接进了纽约的电视行业，那些年还有给夜间观众播放的高水准的"直播"剧。当评论家在文章中开始使用"天才"一词来评价他给那些节目所做的工作时，他被招揽到了好莱坞，在这里他拒绝的电影项目远比接受的多得多，他的电影很快为他赢得了名气，有人决定称他为"新生代"的一员。

跟杰克·菲尔兹一样，奥本海默也有两个孩子，离了婚，但他从不寂寞。一个名叫艾莉丝的美丽动人的年轻女演员跟他同居，她每天引以为豪的事就是找到新法子逗他开心，常常如痴如醉地久久凝视着他，尽管他似乎没注意到，她还习惯性地称他为"我的宝贝"——语气温柔，重音落在"我的"上面。她也努力当一个殷勤的女主人。

"杰克?"一天下午日落时分，在用沉重昂贵的酒杯倒了一杯酒递给他们的这位客人时，她问道，"你有没有听说过菲茨杰拉德住在

---

1 F. S. Fitzgerald（1896—1940），美国作家、编剧，代表作《了不起的盖茨比》《夜色温柔》等。
2 Malibu，位于洛杉矶西部的一个城市，以阳光和沙滩闻名，有密集的高级住宅区。

这片沙滩时做了什么？他在他的房子外面竖了块牌子，上面写着'Honi Soit Qui Malibu'[1]。"

"是吗？没有，我从来没听说过。"

"那不是很棒吗？天呐，要是当时能在这里可就太好玩了，那时所有真正的——"

"艾莉！"卡尔·奥本海默在房间一头喊道，他正弯着腰在长吧台后面大声地开关橱柜门，那个吧台是用金黄色的木头和皮革做成的，里面塞满了酒。"艾莉，你能去厨房看看肉汤他妈的到底好了没有吗？"

"嗯，好的，我的宝贝，"她说，"可我以为你只有早上才喜欢喝雄牛鸡尾酒[2]。"

"有时候是的，"他对她说，站直了身子，露出的微笑显得既恼火又克制，"有时候不是。我现在刚好想调上一批。问题就是我想知道没有一丁点儿他妈的肉汤，我要他妈的怎么调雄牛鸡尾酒啊，你明白了吗？"

艾莉丝听话地连忙走开，这时两个男人都转头盯着她那紧实颤动的屁股，被紧身便裤包着晃来晃去。

那时，杰克越来越渴望找个地方自己住，或许再给自己找个姑娘，所以等电影剧本大纲一列好——等他们就奥本海默所谓的"主旨"一达成共识——他就搬了出去。

1　或为对法语名言"Honi soit qui mal y pense（心怀邪念者可耻）"的戏仿，此句字面意思为"马里布可耻"。

2　一种用杜松子酒或伏特加酒同牛肉清汤混合的饮料。

沿着海滨公路再开数英里，在马里布一片从路上看起来只有一长排挤挤挨挨、饱受日晒雨淋的小屋的地方，他租了一幢很小的二层海滨别墅的一楼。那里有一面还不错的朝向大海的观景窗，有一个铺着沙子的水泥小阳台，但也就这些优点了。直到搬进去之后，他才意识到——在按规定预付了三个月房租之后——那地方跟他在纽约的地下室几乎一样阴郁潮湿。然后，按照一贯的心思，他开始担心起自己：也许他无法在这世上找到光明和立锥之地，也许他的本性总会寻找黑暗、幽闭和衰朽，也许他具有——这个短语当时在全国杂志上广为流行——自毁型人格。

　　为了让自己摆脱那些想法，他想了几个好理由，应该立刻开车进城去见他的经纪人。等他沐浴在午后的阳光中，开着租来的汽车轰隆轰隆经过大片鲜亮的热带植被，他开始觉得好些了。

　　经纪人名叫埃德加·托德，他的办公室在比弗利山边缘一幢新建高楼靠近楼顶的位置。杰克去跟他聊过三四次——第一次是他去问如何能拿到理查德·张伯伦的签名照，结果发现埃德加·托德只需随意打个简短电话就能解决这事儿——每次去，他都越来越觉得埃德加的秘书萨莉·鲍德温是个特别迷人的女孩。

　　乍一看，她或许不太能归类为"女孩"，因为她细心梳理的头发是灰白的，夹杂着缕缕银丝，但她脸蛋的形状和皮肤说明她不超过三十五岁，她走动时那种纤瘦轻盈、双腿修长的样子也说明了这一点。她曾告诉他，她"喜欢"他的书，确信有一天会改编成一部很棒的电影。另一次，当他离开办公室时，她说："怎么不让我们多见见你呢？再来看我们唔。"

但今天她不在，既没在埃德加办公室外铺着地毯的走廊上那张整洁的秘书桌前，也没在其他地方看到她。那是礼拜五下午，她可能提前回家了，他感到一阵失望，直到他看到埃德加办公室的门半开着。他轻轻敲了两下，然后推开门进去——是她，比以往任何时候都更可爱，正坐在埃德加那张巨大的办公桌前。书架上摆了上千本小说，五颜六色的书脊汇成一片幕布，衬着她那张甜美的面庞。她正在看书。

　　"嗨，萨莉。"他说。

　　"噢，嗨。很高兴见到你。"

　　"埃德加今天不在？"

　　"嗯，他说去吃午饭了，但我觉得要到下周才会再见到他。不过，被你打断也挺好的，我在读年度最差小说。"

　　"你替埃德加看的？"

　　"嗯，大多数是的。他没有时间，反正他也讨厌看。所以对于进来的书，我会替他打出一两页的概要，他会读那些。"

　　"噢。哎，听着，萨莉，要不要跟我出去喝一杯？"

　　"好啊，"她说着合上书，"还以为你永远不会开口了呢。"

　　之后不到两小时，在一家知名酒店的酒吧里，坐在一张暗处的桌边，他们害羞地紧紧握住彼此的手，因为确定无疑地是她今晚会跟他回家——而那意味着她会待一整个周末。杰克·菲尔兹望着她，开始感到平静强大、神采奕奕，仿佛他从来没想过自己有自毁型人格。他没有任何问题。世界完好无损，大家都知道它一切如常。

　　"只不过，你瞧，杰克，"她说，"我们能先去另一个地方吗？就在比弗利？因为我得拿些东西，反正我也想让你看看我住在哪儿。"

　　她给他指路，开上一段缓坡，那是刚进入比弗利山住宅区的地段，之后则是更陡的坡。他发现那里的道路都带有优雅的弧度，仿佛设计师受不了直线似的。那里还有高高细细的美丽棕榈树，彼此间的间隔经过了精确计算。沿路的大豪宅有些漂亮，有些普通，还有些丑陋，但它们都暗示着普通人难以想象的巨大财富。

　　"下个路口左拐，"萨莉说，"我们快到家了。好的……就是这里。"

　　"你住在这里？"

　　"是呀。我可以解释一切。"

　　那是一座旧南方风格的巨大白色宅邸，从门廊到高耸的柱廊之间矗立着至少六根柱子，有许多反射着明媚阳光的窗户。宅邸本身向一侧延伸得很远，样子像是一只翅膀，泳池那边还有几座相连的附属建筑，用的是同种颜色和风格。

　　"我们一向走这里，经过泳池进屋，"萨莉说，"谁都不会走前门。"

　　她领着他从泳池露台走进一个宽敞的房间，他猜那可能叫做"私厅"，但她要是想法子把埃德加·托德的上千本小说从办公室搬回家，这里多半就能变成一个图书馆。高高的墙上镶着好看的黑色木板，房间里有厚厚的皮沙发和扶手椅，还有一个晃动着小火苗的壁炉，尽管当时天气还算暖和。壁炉边上围了一圈裹着皮面的熟铁长椅，其中一张椅子上坐着一个面容苍白、一脸忧郁的男孩，约摸十三岁，脸没有对着火苗，双手交握，夹在大腿中间，看起来坐在这里是因为没其他事可做。

"嗨，基克，"萨莉对他说，"基克尔，我想让你见见杰克·菲尔兹。这是基克尔·贾维斯。"

"你好，基克尔。"

"嗨。"

"你今天看了道奇队的比赛了吗?"萨莉问他。

"没有。"

"噢? 为什么?"

"我不知道，不想看。"

"你的漂亮妈妈呢?"

"我不知道。在换衣服吧，我猜。"

"基克尔的漂亮妈妈是我的一个老朋友，"萨莉解释，"这座大豪宅是她的，我不过是住在这里。"

"噢?"

不一会儿，小男孩的妈妈进入了房间，杰克觉得她确实漂亮——跟萨莉一样高挑优雅，甚至更美丽，长长的黑发，蓝蓝的眼睛，一被叫到名字，就自然而然地流露出调情的眼神：吉尔。

可是，他今晚并不太想认识一个比萨莉更妩媚的女人——哪怕是在好莱坞，眼下有萨莉就够了——于是他仔细盯着吉尔·贾维斯，想在她那张桃心脸上找到些空洞错愕的神情，但他还没来得及细瞧，她就转过脸去。

"萨莉，你看，"她说着把一本厚厚的平装书塞进萨莉的手中，"是不是很棒呀? 我是说这是不是太棒了? 我好几个礼拜前托人弄的，我都快放弃了，但今天终于寄到了。"杰克礼貌地瞥了一眼，书名是《填字游戏解密大全》。"你看多厚啊，"吉尔继续说，"我永远不会再被填字游戏难住了。"

"真不错，"萨莉说着把书递还给她，然后又说，"等我一小会儿，杰克，好吗？"她连忙走进客厅，那里宽广得像一面湖，他看着她那美丽的双腿在一道柔和的午后阳光中跑上消音楼梯。

吉尔·贾维斯让他坐下，然后不知道去哪儿"拿酒"了，留他单独和基克尔待着，两人陷入愈加尴尬的沉默。

"你在附近上学吗？"杰克问。

"是的。"

他们的对话到此结束。上周日《洛杉矶时报》的滑稽连环漫画版面摊开在壁炉边的长椅上，小男孩侧身弓背盯着看，但杰克相当确定他没在读，甚至也没在看那些画，他不过是在等他妈妈回来。

壁炉上方，有个地方原本显然应该挂一幅沉重老旧的肖像画或风景画，却挂着以黑色天鹅绒为背景的小幅画作，颜色艳丽突兀，画的是一张神情忧郁的马戏团小丑的脸，画家的签名用的是白色字迹，非常突出，或能被看作是这幅画的名称，叫作"好莱坞的斯塔尔"。你可以在全美国的三流酒吧、快餐店、每况愈下的医生和牙医诊所中憋闷的候诊室墙上看到那种画。它看起来傻里傻气的，在房间里显得格格不入，像是有人开玩笑似的摆在那里——话说回来，那本《填字游戏解密大全》也一样，这时正孤零零地摊开在一张咖啡桌上，那桌子一定得值两千美元。

"我真想不通伍迪怎么耽搁到现在。"吉尔端着一个托酒盘走进房间时说道。

"要我打电话去工作室吗?"基克尔问她。

"不,别麻烦了,他会来的。你知道伍迪的。"

之后,萨莉拎着一个墨西哥草编背包下了楼,让人高兴的是,背包看起来满满当当的——她确实计划跟他共度周末——她说:"我们喝上一杯吧,杰克,然后就走。"

然而,他们喝了两杯,因为喝第一杯时,伍迪笑呵呵地回来了,硬要他们留下再喝一杯。他的年纪跟杰克差不多,或更年轻些。他中等身高,体格瘦弱,穿着牛仔裤,蹬一双缀着流苏的莫卡辛鞋[1],穿了一件风格繁复的衬衫,是用金属摁扣而不是纽扣扣牢的。他走路时灵活敏捷,膝盖不时地抖动,脸上露出明明白白想讨人喜欢的迫切。

"嗯,马里布确实很不错,"他最后坐在一张扶手椅上休息时说道,"我以前在那里住过几年——一个小地方,但很不错。不过,我也真的喜欢上比弗利这儿了。我在这里感到自在,只能这么说,你知道一件有趣的事吗? 我这辈子对其他地方从没有过这样的感觉。再给你倒一杯?"

"不了,谢谢,"杰克说,"我们最好上路吧。"

"我们什么时候再见到你,萨莉?"吉尔问。

"噢,说不准,"她和杰克朝露台门口走去,他拎着那只墨西哥背包,这时她转头喊道,"我明天找个时间打电话给你,好吧?"

---

1 北美印第安人穿的无后跟软皮鞋,通常用鹿皮制作。

"我不允许你把她带走就不回来了，杰克，"伍迪喊道，"你要保证很快就会把她带回来的，好吗？"

"好的，"杰克对他说，"我保证。"

然后他们就自由了，只有他们两个人，急急忙忙地经过泳池，走下行车道，钻进他那辆候着的汽车里。回家的一路上——夜色初降，夜晚安静而芬芳，这一路好似根本没花多少时间——他想放声大笑，因为这才是他人生一直应该有的样子，这样很棒：有不错的收入，马上周末了，在太平洋的海边出现了一个爱他的女孩。

"哦，我觉得这算——漂亮的，"萨莉评价他的公寓，"确实是小，但你真的能改进很多。"

"是的，嗯，我可能不会在这里待很久去做那么多事。要给你倒杯酒吗？"

"不用，谢谢。你为什么不——"她盯着黑色的观景窗看，此时转过身对他微笑，看起来既大胆又害羞，然后微微移开目光。"你为什么不过来，这样我们就能拥抱彼此。"

在他认识的女人中，没有一个比她更优雅地实现了从熟人到亲密关系的过渡。她脱衣服的样子毫无尴尬别扭，也没有特意炫耀：衣服落地，她扔到一旁，像是等了整整一天终于摆脱了它们。然后，她钻到他的床上，转过脸来，以一种勾人的模样迎向他，就跟他在电影里看到的那种表情一样迷人。她修长的身体强健而柔软，她也温柔而深深骄傲地明白女人的肉体在男人的眼里意味着什么。即便他心有渴望，但要过了很久之后他才会想要拥有另一个女人或女孩。

"噢，听听海浪声吧。"她后来说道，那时他们安静地相偎在一起。"那声音是不是很好听？"

"是呢。"

但杰克·菲尔兹蜷着身子紧贴她的后背，一只手搂着她，另一只手抚弄着她一侧圆润的乳房，根本没留心听海浪声。他太开心了，也太疲倦了，只装得下一个幸好只有他自己知道的连贯念头：这是F. S. 菲茨杰拉德与茜拉·格拉厄姆[1] 的相遇啊。

萨莉·鲍德温本名叫萨莉·蒙克——"老天，我迫不及待想摆脱那个名字"——在加利福尼亚一个工业小镇上长大，她父亲一直在那里当电工，直到他英年早逝，之后她母亲在一家百货商店的试衣间里当了很多年的裁缝。高中的时候，萨莉被选中在有关青少年生活的二流系列电影中当配角——"跟以前的安迪·哈迪[2] 电影差不多，只是没那么好；但比起现在他们糊弄孩子们的那些沙滩排球、比基尼的玩意儿还是好太多了"——不过，等她长得太高，不能出演原本的角色，她的合同就终止了。她用参演电影挣来的剩下的钱和当侍应生赚到的钱念完了大学。"鸡尾酒会侍应生是最糟糕的，"她解释道，"钱赚得最多，但真是——真是很让人泄气的活儿。"

"你会穿那种拉到屁股的黑色网袜吗？"他问，想着她看上去一定是个尤物，"还有那些小小的——"

"是的，是的，都有，"她不耐烦地说，"之后不久，我就结婚

---

1 Sheilah Graham（1904—1988），报纸专栏女作家。菲茨杰拉德在二十世纪三十年代曾去好莱坞撰写电影剧本，他们在那里相识并同居。一九四〇年十二月二十一日，菲茨杰拉德在茜拉的公寓里辞世。

2 Andy Hardy 为美国系列电影《家庭事务》中的主角，由米基·鲁尼（Mickey Rooney，1920—2014）饰演。

了，维持了大约九年。他那时是个律师——我是说，现在也是。你知道他们怎么说的么，千万别跟律师结婚，因为你永远吵不过？说得太有道理了。我们没有孩子——起初是他一直说不想要，后来发现反正我也生不了。我有那什么玩意儿，子宫肌瘤。"

那是下午早些时候，他们在铺着沙子的小阳台上躺在帆布折叠椅上，萨莉转而说起吉尔·贾维斯和她那座豪宅的故事。

"……哦，我其实不知道那些钱都是哪儿来的，"她说，"我知道她从她父亲那里得了很多很多钱，在佐治亚州的哪个地方，我知道她父亲的家族在那里长久以来一直很有钱，但我的意思是，我其实不知道是靠什么挣的。我猜是棉花之类的吧。当然了，弗兰克·贾维斯也很有钱，所以吉尔离婚时得到了相当不错的善后，包括那座豪宅。所以你瞧，当我的婚姻破裂，她邀请我住过去，我有点——惊喜。我一向喜欢那座宅子——现在依然喜欢，或许会永远喜欢。而且，我真的也没其他地方可去。我知道，凭我的工资，我一个人最多在山谷区¹找一个干净的小地方，那等同于我定义中的精神自杀。我宁愿吃虫子，也不愿住到山谷区。

"噢，吉尔也确实想方设法让我住得开心。她雇了专业装潢师来装修我的套房，天呐，你真该看看，杰克。嗯，你会看到的。其实就一个大房间，但大概有三个房间并一块儿那么大，里面通透明亮，采光很好，你能看到周围的绿植。我很喜欢。我喜欢在办公室工作一天之后走进去，脱掉鞋子，就那么跳上一小会的舞，想着：哇，

---

1 即圣费尔南多谷（San Fernando Valley），位于洛杉矶西北部约三十公里处。

看看我，平平无奇、默默无闻的萨莉，来自加利福尼亚的无名之地。"

"嗯，"他说，"听起来确实不错。"

"过了一阵子，我开始明白她让我去那儿主要是为了——呃，为了找掩护的意思。她当时正跟一个大学生同居，或是研究生，我猜是这样的，她似乎认为家里有两个女人可能好一点。有一次，我终于想法子问了她这事儿，她意外我居然会去问她，她以为我从一开始就明白。这让我有一点——我不晓得——让我觉得搞笑。"

"嗯，我能明白。"

"总之，那个大学生只待了一两年，自那以后就有很多男人进进出出。我就只跟你说个大概吧。有过一个律师，是她前夫的朋友，也是我前夫的朋友，这有点让人不爽。还有一个德国男人，叫克劳斯，在城里开了一家大众代理车行，他人不错，对基克尔非常好。"

"对他'好'是什么意思？"

"噢，他会带他去看球赛，或是去看电影，也常常跟他聊天。对一个没有父亲的小男孩来说，那很重要。"

"他会经常见他父亲吗？"

"不会。很难解释清楚，但不会——根本不会。因为你要知道，弗兰克·贾维斯一直说他觉得自己不是基克尔的父亲，所以从来不想跟他有任何联系。"

"哦。"

"哎，你听说过那种情况的，不算罕见。不管怎么样，过了一段时间，克劳斯就搬走了，现在住着的男人是伍迪。你有没有刚好留意到壁炉上面挂的那幅丑了吧唧的破小丑画像？就是他——我是说，是他画的，伍迪·斯塔尔，好莱坞的斯塔尔。我说，你当然不能称他是艺术家，除非你跟吉尔一样犯傻。他就是个和和气气的好人，想在旅游行业挣点小钱。他在好莱坞大道上有家店面——他一直叫做'工作室'——外面的人行道上挂了一个俗气的小招牌。哦，他不仅画小丑，也画以黑色天鹅绒为底的洒满月光的湖、冬日风景和挂着瀑布的山峰，天晓得还有其他什么东西。总之呢，吉尔有一天闲逛到那里，觉得所有黑色天鹅绒的破玩意儿都很美。除了衣着，她在所有东西上的蹩脚品位总是令人惊奇。我猜，她觉得伍迪·斯塔尔也很帅，因为她当天晚上就把他带回家了。那差不多是三年前的事了。

"搞笑的是，他确实算得上讨人喜欢。他能逗你哈哈大笑。他甚至是——有趣的，就他本身而言：跟着商船跑遍全世界，知道很多故事。我不知道。伍迪会让你越来越喜欢。而且，看着他和基克尔在一起，真的挺感人的：我想基克尔喜欢他更胜于喜欢克劳斯。"

"他的名字哪儿来的？"

"什么名字？斯塔尔？"

"不是，那个小男孩。"

"'基克尔'？噢，是吉尔先那么叫的。她以前常说，他出生前差点把她踢死[1]。他的本名叫艾伦，但你最好别叫他艾尔[2]什么的，就

---

1 基克尔（Kicker）应是从踢（kick）演化而来，小说中时而也叫这男孩为基克（Kick）。
2 艾尔（Al）为艾伦（Alan）的昵称。

叫他基克尔。"

杰克起身进屋又去倒酒，那时他觉得，萨莉如果像一个普通秘书那样住在一间普通公寓里就太好了。不过，也许他们能在这边沙滩上一起度过大部分的时间。再说，现在担心那种事还太早了。现在看来，他这辈子似乎总是因为过早担心而把自己的事搞得一团糟。

"知道吗，萨莉？"他说，端着他们满满又沁凉的酒杯回到室外，他本想说"你的腿真美"，但又回到了之前的话题。"听起来感觉你住在一个相当乱套的家里。"

"噢，我知道，"她说，"我认识的另一个人说这是'堕落'。那个词似乎太严重了，但后来我就明白他的意思了。"

这是她第一次提及"我认识的另一个人"，或是"他"。杰克小口抿着冰块晃荡有声的威士忌，陷入一阵因莫名嫉妒引起的不快之中。这么些年，她在埃德加·托德的办公室里遇见过多少会一起谈笑风生、出去喝酒的男人？她可能对每一个人都说过"我们能先去另一个地方吗？就在比弗利？因为我得拿些东西，反正我也想让你看看我住在哪儿"。更糟的是，在每个男人的床上翻滚和呻吟了一整晚之后，就像今天凌晨她对杰克·菲尔兹说的那样，她可能会对每个男人都说他"很棒"。

他们都是作家吗？如果是的话，他们他妈的叫什么？噢，也许还有几个电影导演、电影技术人员，以及跟"包装"电视节目沾边的各种各样的人。

他让自己感觉很糟，为了停止这样，唯一的办法就是继续说话。"你知道么，你看上去真的远没有三十六岁，萨莉，"他说，"我是说除了——"

"我懂，除了头发。我真不喜欢。从二十四岁开始，我的头发就变白了，我以前会染，但看起来也不好。"

"不，听着，看着很好。我没想——"他坐在折叠椅的下半部分，一本正经地朝她弓起身子，开始徒劳地用一句又一句蹩脚的言辞道歉。他说，第一眼吸引他的就是她的头发，当她的表情告诉他，她知道那是谎话时，他立刻不再说下去，试着说了别的东西。他说自己一直觉得少白头能让一个漂亮女孩变得"有趣"和"神秘"，他说自己诧异为什么没有很多女孩染白发。这时，她开始大笑起来。

"天呐，你真的喜欢道歉，是不是。要是我让你继续下去，你可能会说个没完没了。"

"嗯，好吧，"他说，"但听着：我跟你说个别的。"他走向她的折叠椅，半边屁股坐在边缘上，开始用一只手摩挲着她那温暖而紧实的大腿。"我觉得你的腿应该是我见过的最美的腿。"

"噢，那还不错，"她说，她的眼皮微微低垂，"感觉真不错。不过，你知道么，杰克？要是我们不赶紧起来回屋里玩儿，我们就要浪费差不多整个下午了。"

礼拜一早上，他开车送她回埃德加·托德的办公室，他因为睡眠不足而双眼酸痛、心烦意乱，他开始担心他们再也不会拥有这么美好的时光了。在努力重温最初这个周末的压力下，以后的日日夜夜或将变得黯然无光。他们会在彼此身上发现恼人又讨厌的地方，他们会挑刺、找茬儿，他们会争吵，他们会厌倦。

他舔了舔嘴唇。"我能给你打电话吗?"

"什么意思，你能给我打电话吗?"她说，"你要是不打，我跟你没完。"

那个礼拜，她又跟他一起过了几个晚上，整个周末以及接下来那周的大部分时间也是。在那之后，他不得不又去了一趟吉尔·贾维斯家，而那不过是因为萨莉坚持想让他看看她在楼上的套房。

"给我五分钟，让我把房间弄得像样点，杰克，行吗?"她在私厅里对他说，"你在这里等着，跟伍迪聊聊，等我收拾妥当了，我就下来叫你。"于是，他就被单独留下，笑脸对着看起来同样紧张的伍迪·斯塔尔。

"哎，我对你唯一的不满，杰克，"当他们侧对着彼此在皮质扶手椅上坐下时，伍迪说，"是你把萨莉带走太长时间啦。我们想她。那感觉就像某个家里人不见了。你怎么不经常带她回来呢?"然后，还没等杰克回答，他又赶忙说下去，仿佛喋喋不休是消除害羞的最佳方法。"不过说真的，萨莉是我最喜欢的人之一。我非常看重她。她以前过得不怎么样，但谁都猜不到。她是我认识的最好的人之一。"

"是呢。"杰克说，挪动身体时皮面发出了嘎吱声。"是呢，她人真不错，确实如此。"

这时，基克尔从泳池露台急匆匆地进来，跟伍迪·斯塔尔热烈而欢快地谈论一辆坏掉的自行车。

"嗯，如果是链齿本身的问题，基克，"伍迪理清事情后说，"我们得把它送去店里。与其我们自己瞎搞，不如让那些人来弄，对吧?"

"但店关了,伍迪。"

"嗯,今天是关了,但我们可以明天送去。干吗这么着急?"

"哦,我不知道。我是——想骑车去消防站而已。学校里有些人在那里玩儿。"

"哎呀,我开车送你过去,基克,没问题的。"

男孩盯着地毯,似乎想了几秒,然后说:"不用,没事,伍迪。我可以明天去,或是之后再去。"

"准备好了吗?"萨莉在门口喊道,"现在,请您往这边走,先生,我将带您上楼参观一下请专人装修过的我的套房。"

她领他出去,进入主客厅——他目光所及之处只有打过蜡的宽阔地板,还有一堆堆米色的室内装饰物,似乎在高大窗户透进来的粉色余晖中漂浮了起来——走上雅致的楼梯。她领着他走过二楼的一条走廊,经过三四道关着的房门,然后打开了最后那扇门,她夸张地旋进房间,笑容满面地站在那里欢迎他。

这里果真像三个房间并在一起那么大,天花板高得不可思议。墙壁刷成一种细腻的淡蓝色,那位专业装潢师一定是觉得"适合"萨莉,不过大部分墙体以玻璃替代了:一边是镀金边的巨大镜子,另外两边是L形的落地窗,厚重的窗帘可以沿着窗框稳当迅速地滑动。房里有两张双人床,杰克觉得即便按专业装潢师的标准,也有点多余了。宽阔厚重的白地毯上立着各种柜子和茶几,上面摆着硕大的陶瓷灯,布面灯罩有三四英尺那么高。在房间远处的一个角落,有一张低矮的黑漆圆桌,正中摆着花朵装饰品,围着桌子的地板上每隔一段就有一个垫子，像是为吃日料准备的。在靠近门口的另一个角落，一个陶制雨伞架里摆了一捧巨大的孔雀羽毛。

"嗯，"杰克小声说，转过身来微微眨了眨眼睛，努力消化这一切，"嗯，这里真的很棒，亲爱的。我明白你为什么喜欢这儿了。"

"进去看看洗手间，"她命令道，"你这辈子都没见过这样的洗手间。"

参观完纤尘不染、华丽气派的洗手间后，他出来说："是的，确实。你说得对，我从没见过。"

他站在那里，垂眼盯着那张日式桌子看了一会儿，然后说："你用过这个吗？"

"'用'它？"

"噢，嗯，我就想着，你或许会偶尔叫上五六个很亲密的朋友，让他们到这儿来，穿着袜子，盘腿围着这玩意儿坐着，调暗灯光，拆开筷子，一起过一个时髦精致的东京之夜。"

一阵沉默。"你在打趣我，杰克，"她说，"我想你会发现那不是个好主意。"

"呀，宝贝儿，别这样。我不过是——"

"是装潢师放在那里的，"她说，"他做任何事都没有征求我的意见，因为吉尔想让整个套房变成给我的惊喜。而且，我完全不觉得有什么滑稽的。我觉得那桌子是件很漂亮的装饰品。"

等下楼时，他们还没有从不快中恢复过来。他们发现有一位新客人加入了鸡尾酒时光。这个年轻小伙子名叫拉尔夫，矮小壮实，略带东方面容，他紧紧拥抱萨莉，她也兴高采烈地回应他，尽管她不得不俯下身子。然后，拉尔夫伸出一只粗壮的手，对杰克说很高兴认识他。

吉尔解释说，拉尔夫是个工程师，她发这个词的音听起来仿佛那是卓尔不凡的头衔。拉尔夫刚才正说着他是怎么去了一家"了不起的"公司工作的——公司还小，但发展很快，因为他们签了很多"很棒的"新合同。可不是叫人激动吗？

"哎，叫人激动归功于我的老板。"拉尔夫说着坐回自己的椅子上，继续喝酒。"克利夫·迈尔斯。他是个精力充沛的人。八年前，朝鲜战争结束后，他从海军一退役，就创办了这家公司。靠着几份海军的常规小合同开始，渐渐发展起来，之后就势不可挡了。了不起的男人。噢，他对手下的人很严格，这点毫无疑问，但他对自己的要求比我认识的任何人都更严格。再等上两三年，就算不是在整个加利福尼亚，他也会成为整个洛杉矶最出色的工程师高管。"

"真厉害，"吉尔说，"他还年轻？"

"嗯，三十八岁，在这行是很年轻了。"

"我一向喜欢看到这样的事，"吉尔热情地说，眯起了眼睛，"我喜欢看到男人出去奋斗，得到自己所追求的。"

伍迪·斯塔尔低头看自己的酒，露出一丝自我贬低的微笑，说明他清楚地知道自己从没奋斗太多，也从没得到太多，只有开在好莱坞大道上的一家蹩脚的纪念品小店。

"他结婚了吗？"吉尔谨慎地问。

"噢，是的，他的妻子很好，他们没有孩子。他们在太平洋帕利萨德斯[1] 有一个很棒的家。"

"你为什么不找个时间带他们来呢，拉尔夫？你觉得他们会乐意吗？因为说真的，我很想认识他们。"

"嗯，好啊，吉尔，"拉尔夫说，尽管他的脸上闪过一丝尴尬，"我相信他们会很乐意的。"

之后，他们又继续聊到其他事——确切来说，是大家漫无目的地嬉笑逗趣，或是心照不宣地提及杰克不知道的欢乐旧时光，就这样持续了至少一个小时。他一直想找机会让萨莉起身离开，但她显然乐在其中，跟着他们开怀大笑，他只能咬咬牙，面带微笑，证明自己有耐心。

"嗨，吉尔？"基克尔在餐厅门口说，那是杰克第一次留意到这个小男孩对他妈妈直呼名字。"我们到底吃不吃饭？"

"你先吃，基克，"她对他说，"让妮皮给你弄上一盘。我们一会再吃。"

"……他们每天晚上晚餐时都会重复同一个愚蠢的习惯。"之后，只剩萨莉和杰克二人开车回沙滩时，她说道。"基克尔总会说'我们到底吃不吃饭'，而她总会给他一模一样的回答，好像他们都在假装那不是经常发生的事。有时，她到十点半或十一点才想吃东西，所有吃的都已经毁了，但那时大家都已经酩酊大醉，毫不在乎了。你真该瞧瞧那些精美的肉块如何在厨房里变成了垃圾。啊，天呐，要

---

1 Pacific Palisades, 加州富裕住宅区, 位于圣莫尼卡山脉和太平洋之间。

是她能多一点——我不知道。我只是希望——唉，算了。我希望的事多着呢。"

"我懂你的，"他说着伸出一只手摸了摸她紧实的大腿，"我也是。"

他们默不作声地开了似乎很久，然后她说："哎，你喜欢拉尔夫吗，杰克？"

"不晓得，几乎没跟他说上话。"

"嗯，我希望你之后能多了解他。拉尔夫和我是多年的朋友了。他是一个非常——非常亲切的人。"

杰克在黑暗中蹙起眉头。他之前没听她说过这样的话，也没听她提过娱乐行业中类似的模棱两可的话——"一个很贴心的男人"，"一个干劲十足的女人"。不过，她在好莱坞的外缘地带出生和成长，在一家好莱坞经纪公司工作了数年，整天听到好莱坞的人讲这讲那。他们的一些语言渗进了她的话语中，这有什么可奇怪的？

"拉尔夫是夏威夷人，"她说，"他是我跟你说过的那个大学生的朋友，就是那个我搬去住时，跟吉尔同居的年轻人。我觉得吉尔是同情他的，这个害羞至极的夏威夷小伙子，他似乎总是不开心。后来发现他需要住的地方，她就让他住在附属主楼的一楼套房——你知道就是那个全是落地窗的？在泳池对面的？就这样，哇，真够开心的。这改变了他的人生。他跟我说过一次——在他搬走很多年之后——他说：'噢，以前邀请女孩出去通常像拔牙一样困难，因为你要是个长相滑稽、穿衣没品味的小个子，我想你也只能这么指望了，可她们一瞧见我住的地方，她们一看到那个地方，就像发生了奇迹。'他说：'每次跟女孩喝上两三杯酒，她就愿意跟我在泳池里裸泳了。然后，'他说，'然后，剩下的事就水到渠成了。'"萨莉的声音变成了一阵充满淫荡的轻笑。

"嗯，噢，那不错，"杰克说，"故事挺有趣的。"

"后来，"萨莉继续说，"后来他对我说：'哦，我一直知道这挺虚伪的。我知道吉尔家的一切都挺虚伪的。但我以前常对自己说，拉尔夫，如果你要变成虚伪的人，还不如当一个真正拥有一切的虚伪的人呢。'那是不是挺可爱的？我是说，这想法本身别扭又搞笑，是不是挺可爱的？"

"嗯，确实。"

那天深夜，当萨莉睡着后，他醒着躺在那里，听着海浪一阵又一阵地拍打着沙滩，汹涌澎湃，轰隆渐响，嘶嘶渐息，他好奇茜拉·格拉厄姆会不会称某个人是"非常亲切的人"。嗯，也许吧，抑或她用的是她那个年代流行的其他什么好莱坞行话，而菲茨杰拉德可能对此毫不介意。他知道她永远不会变成泽尔达[1]，这是他知道他爱她的一种方式。每天为了她而振作起来，渴望喝酒却忍住没喝，把自己仅剩的一点精力用于草草书写《最后的大亨》[2] 的头几章。仅仅因为她在自己的身边，他必定对此怀有谦卑的感恩。

一连几个礼拜，他们像结了婚的小两口一样居家。除去她到办

---

1 Zelda Sayre Fitzgerald（1900—1948），美国小说家、诗人、舞蹈家，是 F. S. 菲茨杰拉德的妻子。
2 F. S. 菲茨杰拉德最后一部小说。

公室上班的时间，他们一直都待在他家。他们久久地在沙滩上散着步，累了就在海边找新地方喝上一杯。他们一聊就是好几个小时——"你永远都不会让我觉得无趣。"她说。这让他体会到这些年从未有过的神清气爽——他发现自己写剧本的进度也加快了很多。晚餐过后，他从稿子跟前抬起头来，看到她在灯光下蜷缩在塑料沙发上织东西——她在给基克尔的生日织一件厚毛衣——那幅景象契合他对平静有序的定义，总能让他备感愉悦。

但好景不长。夏天还没过一半，一天晚上，他惊诧地发现她正直勾勾地盯着他，眼神忧郁而明亮。

"怎么了？"

"我不能再待在这里了，杰克，仅此而已。我是认真的。就是我完全受不了这个地方了。这里空间狭小，阴暗发潮——上帝啊，不是发潮，是湿透了。"

"这间屋子一直都是干的，"他辩解道，"白天也一直有亮光。有时太亮了，我还得关上——"

"呃，可这房间估计只有五平方英尺啊，"她站起来强调，"剩下的空间就是一座腐旧的坟墓。你知道今天早上我在淋浴间的地上发现了什么吗？我发现了一只恶心的、透明的小白虫，有点像蜗牛，只是没了壳，我不小心在上面踩了差不多四次，才意识到自己他妈的在干吗。天呐！"她瑟瑟发抖，双臂交叉紧紧抱住自己，任自己织的那堆乱蓬蓬的灰色团块落到地上。这时，杰克想起了在纽约另外那间恶心淋浴间里的女儿。

"还有卧室！"萨莉说，"床垫估计用了上百年了，都酸臭了，还有一股霉味。不管我在哪里晾衣服，第二天早上穿的时候，它们总是湿哒哒的。所以我受够了，杰克，仅此而已。我再也不想穿着湿衣服去上班了，不想整天扭着身子挠来挠去的，就是这样。"

说完后，她忙着收拾好自己的东西，装进那只墨西哥背包和小行李箱。从她那副样子看来，她显然连那晚也不打算待了。杰克坐着咬嘴唇，试着想说些什么，然后他站起来，因为那似乎好过坐着。

"我要回家了，杰克，"她说，"非常欢迎你跟我一起，事实上，我真心希望你去，但决定权完全在你。"

他没过多久就做了决定。为了他那迅速削弱的自尊心，他跟她略微争执了几句，假装生了气。但没过半小时，他就烦躁地开着自己的车，保持适当距离跟着她的车尾灯。他甚至带上了自己写的一沓剧本，还带了一些白纸和铅笔，因为她向他保证，吉尔家里有很多宽敞干净、设施齐全的房间，他可以不受任何打扰地整天工作，要是他决定这么干的话。"而且我说真的，我们在一起剩下的时间去我那里不是更好吗？"她说，"来吧。你知道这样更好。再说我们还剩多少时间？七周还是多少？六周？"

于是，杰克·菲尔兹便成了比弗利山那座希腊复兴式宅邸的短期住客。在表达了多于真实所想的谢意之后，他同意使用楼上的一个房间工作——它的洗手间甚至几乎跟萨莉的一样奢华。晚上，他们一起在她的"套房"里过夜，谁都没再提起那张日式餐桌。

每天的鸡尾酒时光都需要跟吉尔·贾维斯谈天，不管有多么不愿意，都得被迫融入她的世界。起初，在喝上一两杯、交换了眼神之后，他们会想办法逃到某家餐厅，晚上过过二人世界。可后来，越来越常见的、也越来越让杰克恼火的是，无论吉尔的客人是谁，萨莉会一直跟他们喝酒、聊天，直到他们发现自己陷在家里很晚才吃饭的惯例中脱不开身——直到那个身穿制服、名叫妮皮的丰满黑人女佣出现在门口说："贾维斯太太？你们再不赶紧来吃，这肉就没什么可吃的了。"

他们喝得醉醺醺的，整个人晃晃悠悠，眼睛几乎对不准自己的盘子。一群人对着黑不溜秋的牛排和缩水拧巴的蔬菜挑挑拣拣，然后仿佛是在表达一致的厌恶，他们大部分的晚餐都没动，又回到私厅继续喝酒。最糟糕的是，到了这时候，杰克发现自己最想要的也只有多喝点酒。那些夜晚，他和萨莉都烂醉如泥，跟跟跄跄爬上楼梯后，他们除了睡觉，做不了任何事。他会一个人爬上她的床，昏睡过去，过好几个小时醒来，躺着听她缓慢低沉的呼吸声，不止一次地发现那声音来自另一张双人床上。

他发现自己不怎么喜欢喝酒后的萨莉。她的眼睛会亮得惊人，上嘴唇会松弛鼓胀，她会像一个不受欢迎的女学生一样，为了那些他觉得一点都不滑稽的事哈哈大笑，笑声尖利刺耳。

一天下午晚些时候，那个年轻的夏威夷人拉尔夫又来拜访了，可这次，尽管两个女人高兴地大声打招呼、欢迎他，待他放松地坐上一张皮椅后，他却带来了可怕的消息。

"知道我跟你们提起过的我公司老板么？"他说，"克利夫·迈尔斯？他太太今早去世了。是心脏病。晕在洗手间。三十五岁。"他垂下眼睛，犹疑地抿了一口苏格兰威士忌，仿佛那是葬礼圣餐似的。

坐在垫子上的吉尔和萨莉立即关切地前倾身子盯着他，双眼瞪得圆溜溜的，嘴巴即刻张成"啊!"的形状，异口同声地叫了一声。然后萨莉说："我的天呐!"吉尔将一只手腕抚着自己精致的前额，瘫软下来，说道："三十五岁。啊，可怜的男人。真是可怜的男人啊。"

杰克和伍迪·斯塔尔还没表现出悲伤，但彼此别扭地迅速交换眼神后，他们也含糊地说了些合宜的话。

"之前到底有没有心脏病史呢?"萨莉问。

"根本没有，"拉尔夫向她保证，"完全没有。"

在这些无休止的鸡尾酒时光中，他们终于有一次能聊聊实实在在的东西。拉尔夫告诉他们，克利夫·迈尔斯是个钢铁般坚强的男人。要是他在自己的职业生涯中还没证明这一点——上帝知道他已经做到了——那么他今早就证明了。一开始，他试着在洗手间地上给她做人工呼吸，但没什么用。然后，他用毯子将自己的太太裹起来，把她搬到车上，开车送去医院，一路上明白她可能已经死了。医生们告诉他这个消息后，想给他打一针镇静剂，但你不用随随便便给像克利夫·迈尔斯这样的人打镇静剂。他一个人开车回了家，到九点一刻——九点一刻啊!——他打电话到办公室，解释自己为什么今天不能来上班。

"噢!"萨莉哭喊道，"噢，天呐，我受不了这个，我真受不了。"她起身哭着跑出房间。

杰克马上跟着她去了客厅，但她不让他拥抱她，他立刻意识到自己不太介意这样的拒绝。

"哎，好了，萨莉。"他说，站在离她几英尺远的地方，双手插在口袋里，而她要么是在流泪，要么是快哭了。"好了。别太难过了。"

"嗯，但这种事情真叫我难受，仅此而已；我忍不住。我是个敏感的人，就是这样。"

"嗯，哦，好吧，好了。"

"一个女人，拥有了一切，"她颤抖地说，"她的一生就那样结束了——啪嗒——然后咚地一声倒在洗手间的地上。噢，上帝啊，噢，天呐。"

"呃，可是你看，"他说，"你不觉得自己有点小题大做了吗？我是说，你甚至不认识这个女的，你也不认识那个男的，所以这事儿真的很像你在报纸上读到的内容，对吧？重点是，你在报纸上每天都能读到这样的事，你边读边吃着鸡肉沙拉三明治，不一定会让你——"

"噢，老天，鸡肉沙拉三明治。"她厌恶地说，一边往后退，一边冷峻地上下打量着他。"你就是个冷漠的混蛋，不是吗。你知道吗？你知道我才了解你是怎样的人吗？你是个冷酷无情、狗娘养的家伙，除了你自己和你自以为是的垃圾创作，你不关心这世上的任何事，难怪你妻子受不了你。"

她楼梯上了一半，他就拿定主意，最好的回应是不作任何回应。他回到私厅喝完自己的酒，试着理清思绪，这时基克尔扛着一个高低不平、胡乱卷起的睡袋进来了。

"嗨，伍迪？"男孩说，"你准备好了吗？"

"当然，基克。"伍迪立刻站起身，一口闷掉他的威士忌，然后他们一起离开了。吉尔和拉尔夫挤在一起，热烈地讨论着克利夫·迈尔斯的悲剧，甚至没抬头看一眼，跟他们说晚安。

过了一会儿，杰克上了楼，扭捏地踮着脚经过萨莉关着的房门，转弯经过一条毗连的走廊，收好剧本和在"他的"房间积累起来的私人物品，然后走下楼，紧张地经过吉尔和拉尔夫，他们压根儿没看他。

他会等几天再打电话到萨莉的办公室。如果他们能和好，那还行，尽管可能永远不会像之前那么好了。如果不能，哎，去他妈的，洛杉矶不是还有很多其他姑娘么？每天在他窗外的沙滩上，不是有很多穿着迷人暴露的泳衣、比萨莉年轻的姑娘么？要不然，卡尔·奥本海默似乎认识不少姑娘，就不能让他给介绍一个么？再说，离他写完剧本回纽约只剩几个礼拜了，所以谁还他妈的在乎啊？

然而，当他的车在黑暗中向马里布嗡嗡驶去，他知道那样的推论是荒谬的。酒醉与否，愚蠢与否，头发灰白与否，萨莉·鲍德温是这世上独一无二的女人。

那天从深夜一直到破晓前一个小时，他一直坐在自己那间阴冷潮湿的卧室里喝酒，听着海浪拍岸的声响，呼吸着他那张用了上百年的床垫散发出的霉味，任自己玩味着那个念头：说不定他终归还是有自毁型人格的。最终拯救他的、让他躺下来以睡眠掩饰自己的，是他知道许多伪善之人也曾将那个凄凉可怕的标签贴在 F. S. 菲茨杰拉德身上。

两天后，萨莉打来电话，害羞又小心地说："你还在生我的气吗？"

他让她放心，他不在生气。他的右手紧紧抓住电话，仿佛那是一根救命稻草，而他的左手则在空中无意识地大幅度摆动，以便证明自己的真心实意。

"嗯，好，我很高兴，"她说，"我很抱歉，杰克。真的。我知道是我喝得太多了什么的。你离开之后，我就觉得很难过，我非常非常想念你。所以听着：你觉得你今天下午能来吗，跟我在比弗利威尔希尔酒店碰面？你知道的？就是老早以前，我们第一次喝酒的地方？"

在去那家记忆深刻的酒吧的路上，他诚心盘算着那种或许能让他们都再次感觉年轻无敌的和解。如果她能请个短假，他们可以一起去旅行，往北去旧金山，或是往南去墨西哥，再不然，他可以从那座该死的海滨别墅搬出去，在城里找个更好的地方跟她同住。

然而，几乎从萨莉与他坐下来的那一刻起——他们像以往一样在桌面上紧握彼此的手——她显然有其他想法。

"哎，我对吉尔真生气，"她开口说，"非常生气。荒唐的事情一件紧接着一件。首先呢，我们昨天一起去弄头发——我们一直都是一起去的——回家的路上，她说她觉得我们不应该再一起做什么事了。我说：'你什么意思？你在说什么，吉尔？'她说：'我想别人觉得我们是同性恋。'呃，那真叫我犯恶心，仅此而已。让我恶心。

"然后昨天晚上，她打电话给拉尔夫，让他——噢，用的是那种低沉挑逗的声音——让他邀请克利夫·迈尔斯今晚来吃晚餐。你能相信吗？我说：'吉尔，那很不得体。'我说：'你瞧，再过一两个月，那也许是体贴周到的做法，可这男人的妻子去世才两天。你看不出来那有多么——多么不得体吗？'她说：'就算是，我也不在乎。'她说：'我一定要见见这个男的。我无可救药地被那个男人所象征的一切吸引了。'

"啊，还有比这更糟的，杰克。你瞧，伍迪·斯塔尔在他的工作室后面有一套邋遢的小公寓？在他搬来跟吉尔同居之前，他常住在那里？我想那是违法的——我是说，我想市里有条规定，商人不能在自己的店里过夜——但总之，有时他会带基克尔去那儿，跟他一起过上一两晚，他们自己做早饭什么的，我猜那有点像是外出露营。所以他们之前两晚都是在那儿过的。今天，吉尔打电话到我办公室，咯咯傻笑个不停——她听起来就像十六岁左右的人——她说：'你猜怎么着，我刚刚成功骗伍迪让基克尔在工作室再住一晚。是不是很厉害？'我说：'你什么意思？'她说：'噢，别傻了，萨莉。这样克利夫·迈尔斯过来的时候，他们就不会把一切搞砸了。'我说：'嗯，首先，吉尔，你凭什么觉得他真的会来呢？'她说：'我没告诉你吗？拉尔夫今早打电话来确认了。他六点会带克利夫·迈尔斯来家里的。'"

"哦。"杰克说。

"所以，听着，杰克。事情可能会恶心，看着她企图勾引那个可怜人，但你愿意——你愿意跟我一起回家吗？因为问题是，我不想一个人经历这一切。"

"那何必去经历呢？我们可以去哪里找个房间——妈的，要是你想的话，我们就在这里订个房间。"

"然后第二天早上没干净衣服穿？"她说，"穿着同一条邋遢的裙子去上班？不了，谢谢。"

"真傻，萨莉。马上回那座房子，拿上你的衣服再回来，然后我们可以——"

"你瞧，杰克。如果你不愿跟我一起去，你当然可以不去，但我去定了。我是说，那房子里的一切或许叫人恶心，是堕落的，或者随便你想怎么形容，但那是我的家。"

"嗨，妈的，你想想清楚。天呐，你说的'家'是什么鬼话？那座该死的兽笼不可能成为任何人的家。"

她看着他，像是在生气，故意装作一本正经的样子，就像某个人的宗教信仰遭到了嘲弄一般。"那是我唯一的家，杰克。"她轻声说。

"胡说！"邻桌几个人一脸惊诧地立刻抬起头来看着他。"我说去他妈的，萨莉。"他说，努力压低自己的声音，却没能成功。"如果你无动于衷，任由该死的吉尔·贾维斯在你生活中卖弄她的堕落，由此获得某种变态的愉悦，那你真该跟哪个该死的心理医生聊聊，而不是我。"

"先生，"一位侍者在他旁边说道，"我不得不请您小点声，注意您的言辞。整个房间的人都能听到您的声音了。"

"没事，"萨莉告诉侍者，"我们要走了。"

离开那个地方时，杰克左右为难，又想更加不管不顾地大吼，又想为了大吼而低声下气地道歉。他耷拉着脑袋，僵硬地走着，一句话也不说。

"好了，"他们在刺眼的午后阳光中走到她停车的地方，"你刚刚在里面真是出尽风头，是不是？你的表演真叫人难忘，是不是？以后我再去那儿，侍者和其他人该会怎么古里古怪地打量我呢？"

"嗯，是噢，你可以在你的纪念册里记下这一切。"

"噢，真行。我的纪念册会满满当当的，是不是？等我到了六十岁，读起来会有趣极了。听着，杰克。你去不去？"

"我跟着你。"他说。在走向自己的车时，他立刻纳闷自己为什么没勇气说"不去"。

之后，他便跟着她行驶在比弗利山前的缓坡上，两边种着挺拔细长的棕榈树。然后，他们把车停在吉尔家宽阔的行车道上，另外两位来客的车已经停在那里。萨莉用力甩上车门，力气大得有点儿没必要，站在那里等待着，微笑着准备发表一番话，大约是她从酒店开过来的短短车程中准备和排练的。

"嗯，不出意外的话，"她说，"这应该挺有意思的。我是说，哪个女人不想认识克利夫·迈尔斯这样的男人呢？他年轻有为，身家不菲，见多识广，还单身。要是在吉尔动手之前，我就把他抢过来，那不是挺搞笑的吗？"

"哎，行了，萨莉。"

"你什么意思，'行了'？你有什么立场说什么？你真把他妈太多事都当成理所当然的了，你知道吗？"这时他们已经走上泳池露台，正走向私厅的落地玻璃门。"我说，再过四个礼拜，你就要滚回你老家了，这期间我该怎么办？我就真的坐在那里织东西，跟世上每个过得去的好男人都错身而过？"

"萨莉，杰克，"吉尔坐在一张皮沙发上庄重地说，"我想让你们认识一下克利夫·迈尔斯。"克利夫·迈尔斯从紧挨着她坐的地方起身接受介绍。他又高又壮,穿了一身皱巴巴的西服,剪了一个"平头",金黄色的短毛硬挺挺地矗着,使他看起来像是个呆头呆脑的大男孩。萨莉先走到他跟前,对他痛失亲人表示了哀悼,杰克则希望类似的意思或许能通过郑重地握手传达出来。

"嗯,我刚跟吉尔在说,"等他们都落座后,克利夫·迈尔斯说,"我这两天一定勾起了不少人的同情。昨天走进办公室,几个秘书开始流泪。诸如此类的。今天和一个客户吃午餐,那老兄对着我也快哭出来了。还有那侍者。真是滑稽,受人同情这事儿。糟糕的是你无法存进银行,是吧?当然了,这可能不会长久,所以我还是在能享受的时候享受着,对吧?嗨,吉尔?介意我再来点儿威士忌吗?"

她让他坐着别动,她将为他调酒和端酒变成了一种忘我仰慕他的小小仪式。她仔细瞧着他抿第一口酒,确保酒恰合他心意。

这时,拉尔夫跌跌撞撞地进入房间,双腿软塌塌的,搞笑而夸张地表示他抱在胸前的那摞木柴多么沉重。"哎,知道吗,"他说,"这真让我想起了从前。我以前住这儿的时候,吉尔常常让我做这做那,你瞧,克利夫,"他一边蹲下身子将木柴整齐地摞在壁炉边,一边解释道,"我的房租就是那样支付的。我对天发誓,你们肯定猜不到在这样一个地方,有多少活儿要干。"

"噢,我能想象,"克利夫·迈尔斯说,"你们这儿真大——相当的大啊。"

拉尔夫站直身子,拂掉他棱纹平布领带和牛津衬衫上的碎木屑,又掸了掸他那件别致的席纹呢外套的翻领和袖子。他或许依旧是那个长相滑稽的小个子，但他穿衣服再也不会没品味了。他拍拍手上的灰尘，不好意思地对着他的老板笑起来。"不过很棒，是不是，克利夫?"他说，"我就知道你会喜欢这里。"

克利夫·迈尔斯说这里很不错，真的很棒，这话让他放宽了心。

"我想，夏天还生火可能挺搞笑的，"吉尔说，"但这儿晚上确实会变冷。"

"哦，是的，"克利夫说，"在帕利萨德斯，我们常常一年到头夜里都生火的。我太太一直喜欢生个火。"吉尔堂而皇之地捏了捏他宽厚的手。

那天晚上，晚餐准时开始了，但杰克·菲尔兹几乎没吃什么。他端了满满一杯酒上桌，又回去添了一两次。这顿异常精致奢华的晚餐一结束，他就在私厅找了个阴暗角落瘫坐下来，远远离开那群人，继续喝酒。他知道这是他接连第三或第四个晚上喝醉了，但他可以之后再去担心这事儿。他禁不住想起萨莉的话："他年轻有为，身家不菲，见多识广，还单身。"此刻，他每每抬起头来，都能看到她那美丽的脑袋连着她那优雅的脖子，她的侧脸在火光下熠熠闪光。不管那个刚丧亲的陌生人、那个混蛋克利夫·迈尔斯说了什么愚蠢至极的话，她都回应以微笑、大笑或说着"噢，那太棒了"。

不久，他发现自己再也看不清楚她了，因为一阵黑色雾气从四面八方弥漫进他的视野中，令他垂下脑袋，直到他只能看清一样东西——他看的时候带着可怕而确凿的自我厌弃——就是地毯上他左脚的鞋。

"……喂，嗨，杰克?"

"嗯?"

"我说帮我一下呗?"是拉尔夫的声音,"来呗。"

"嗯,嗯,等一下,行。"他不知哪里来的力气,许是出于残存的绝望羞耻心,他强迫自己站起来,跟着拉尔夫快步出去,进入厨房后走下通往地下室的楼梯,差点儿摔倒,最后他们走到靠着地下室墙壁码放的一堆柴火跟前。边上单独摆了一截切成适合壁炉大小的木头,得有两英尺粗,看起来就像一截被锯断的电话线杆。杰克醉意醺醺,目不转睛地盯着那截木头。"妈的。"他说。

"怎么了?"

"那是我这辈子见过最他妈大的一截木头了。"

"嗯,噢,别管它了,"拉尔夫说,"我们只需要小的。"他们两人都抱了一大堆小柴火,堆到下巴,然后上了楼,一直走到二楼,进了吉尔那间挑高宽敞、空空荡荡的卧室,或者说是吉尔和伍迪·斯塔尔的卧室,杰克此前从未见过。拉尔夫蹲在壁炉边上放木头,在房间尽头,在远离壁炉的地方,好几码白布从天花板上垂下来,半围着一张巨型"好莱坞式"大床,形成了一个闺室,那在少女的梦想中大约无异于奢华与浪漫。

"好了,"拉尔夫说,"就这样吧。"尽管他自己显然也醉了,半蹲着晃晃悠悠的,但他开始在锃亮的黄铜柴架间细心地生起一团火来。

杰克使尽全力想尽快离开那个房间,但一再歪歪扭扭地倒向近处的墙。之后,他觉得用这面墙做支撑和引导或许管用,便用一侧肩膀贴着墙壁重重地滑行,同时集中全部注意力让双脚在深香槟色的地毯上抬起和落下。他隐约知道拉尔夫在壁炉边的活儿已经干完了，踉踉跄跄经过他身边时咕哝了一句"走吧"，就去了走廊，留他一个人待在这个虽危险晃动但所幸宽敞的房间。他看到那个亮堂的门口此刻就在不远处，只要再走几步就到了，但他的双腿却开始疲软无力。他能感受到自己的肩膀正沿着墙壁往下滑，而不是往前移。倾斜的黄地毯离眼睛越来越近，直到变成他双手和侧脸必不可少的着陆面。

过了一会儿，传来低沉的说话声和调笑声，让他醒了过来。他突然明白，吉尔·贾维斯和克利夫·迈尔斯正在拥抱缠绵，在同一张地毯上的壁炉旁边，就在他脑袋后方十到十五英尺的地方。他躺在那里，盯着打开的门，计算着自己能不能逃掉。

"地上那个家伙怎么回事？"克利夫·迈尔斯询问，"他也住这儿？"

"嗯，算是吧，"吉尔说，"但他不碍事的。他是萨莉的。她一会儿就会来弄走他，或者拉尔夫会来，再不然他自己会出去的。别担心。"

"嗬，我什么也不担心。只是想弄明白怎么才能把这根木头弄到里面，而不烧着自己的手板子，仅此而已。坐一会儿吧。好了。这样行了。"

醉醺醺的杰克厌恶地留意到，克利夫·迈尔斯说的是"手板子"，而不是"手"。就算他拘束于调情的羞怯，就算他尚未从丧妻的打击中恢复过来，但只有婊子养的蠢蛋才会这么说。

"知道吗？"吉尔轻声说，"你真是了不起的男人，克利夫。"

"噢？嗯，你真是了不起的女人。"

之后就传来轻轻的湿吻声，纵情的哼哼声，说明他正在抚摸她。一条拉链吱地被拉开（是她连衣裙后面的？是他裤子前面的？）——杰克·菲尔兹挣扎着起身，赶忙离开那里，关上身后的房门，那是他最后听到的声音。

他的状态还没有好到能自行摸回萨莉的房间，他只能坐在楼梯顶端那一级，把头埋进双手，等着恢复平静。几分钟后，他感觉整座楼梯都在颤动，传来拉尔夫的声音"借过！借过！"那个敦实的夏威夷小个子正无比迅速敏捷地爬楼梯。他的脸吃力地绷紧，洋溢着快乐的光芒，他怀里抱着地下室那根巨大的木头。杰克给他让路时，他又喊了一句："借过！"他没有停下来敲卧室的门，用肩膀抵开就冲了进去。光线刚够看清吉尔·贾维斯和克利夫·迈尔斯离开了壁炉边，显然已经躺在了床上。"对不起，女士！"拉尔夫一边喊着，一边吃力地跑去壁炉边，"对不起，先生！敬礼！"他把那根大木头丢进火里，发出咣当一声骇人声响，使得柴架叮叮震颤，溅起一串橙色火星。

"啊，拉尔夫，你这个傻子！"吉尔在闺室内喊道，"立刻滚出去！"

而拉尔夫早就像风风火火来的时候一样急冲冲地离开了，因为这事看起来搞笑至极而咯咯笑个不停。在他身后，从床上传来一阵阵男中音式的纵声大笑——哈哈大笑的这个男人，或许很快就会成为整个加利福尼亚最出色的工程师高管，他一直引以为傲的是自己能在招入麾下的年轻人身上发掘其真实才干。

"呃，我想我们确实都不在最佳状态。"萨莉第二天早上说，她正在梳妆台的镜子前捣鼓自己的头发。那天是礼拜六：她不用去上班，但她说自己不晓得还能做什么。

杰克仍躺在床上，琢磨着余生只适量地喝啤酒，其他什么都不喝是否明智。"我想我会回沙滩那边，"他说，"努力完成点活儿。"

"好吧。"她站起来，漫无目的地走到众多落地窗中的一面跟前。"噢，天呐，来看啊，"她说，"我说真的，过来看。"于是他挣扎着起身，跟她一起站在俯瞰泳池的窗前。克利夫·迈尔斯仰面漂浮在水中，穿了一条栗色泳裤，那一定是伍迪·斯塔尔的。吉尔站在泳池边上，穿了一件极其裸露的比基尼，显然在喊他，她两只手上各端了一只亮闪闪的鸡尾酒杯。

"白兰地亚历山大，"萨莉解释说，"我刚下楼去厨房喝咖啡时，妮皮忧心忡忡地看着我说：'萨莉？你知道怎么调白兰地亚历山大吗？'她说：'贾维斯太太让我调上一大堆，但问题是我不知道怎么弄。我们这儿有什么书上写着么？'"萨莉叹了一口气，"唉，所以一切进展得不错，不是么。在迈尔斯太太过世后的第三天早上，迈尔斯先生和贾维斯太太被人瞧见在泳池边上享用早餐鸡尾酒。"她沉默片刻后说，"不过，我想这对吉尔要更健康一点，自我认识她以来，其他时候的早上，她总是在床上躺到中午，喝着咖啡，吸着烟，做着没完没了、愚蠢至极、该死的填字游戏。"

"嗯，哦，听着，萨莉，你想跟我一起回去吗？"

她的视线没有离开窗边，回答道："我不知道，不了吧。我们又会吵架的。我之后给你打电话，杰克，好吗？"

"好。"

"而且，"她说，"等伍迪和基克尔回家时，我应该得在。我觉得我或许能帮上忙。噢，当然不是为了伍迪，是为了基克尔。我是说，基克尔爱我——或者至少从前是。他以前偶尔会叫我'代理妈妈'。"她沉默地站在窗前良久，看起来疲倦不已，她的上嘴唇开始像喝醉了那样松弛下来。"你知道，"她问，"一个女人生不了孩子意味着什么吗？即便你不一定想要，但发现自己不能生是件很糟糕的事。有时候——啊，天呐，我不晓得。有时候，我觉得生个孩子是我这辈子唯一真正想做的。"

杰克摇摇晃晃地走出房子，半道上去了厨房，说道："嗨，呃，妮皮？你能给我找罐啤酒吗？"

"嗯，我相信能找到，菲尔兹先生，"女佣说，"您在桌边坐好。"等他拿着啤酒坐定后，她坐到他的对面说，"看到那个搅拌机了吗？空了，是吧？嗯，二十分钟前，那搅拌机里装满了白兰地亚历山大。我是说，我觉得这样太不得体了，您觉得呢？一大早上就让一个男人喝那么多酒，他甚至可能一点都不清醒呢，因为他太太去世才三天？我想得有点节制吧。"

"我也觉得。"

"哎，但您压根儿不能跟贾维斯太太说这事，"妮皮说，"她很——老练，你懂我说的吧？非常的——"她一只手摆动着胖乎乎的手指，想找到合适的词——"波希米亚。不过，我不管别人怎么说——我听到很多人说过很多话——我非常喜欢这位女士，一点不假。我愿意为贾维斯太太做任何事。这么多年到现在，已经两次了，她在我们非常需要的时刻，帮我丈夫找到了工作，您知道她为我做了什么我永远都不会忘记的事吗？她给我弄了隐形。"

杰克看起来一头雾水，妮皮高兴地用两根食指指着她双眼的外眼角，一边眨巴眨巴。要是那时他还没理解她的意思——"噢，你的隐形眼镜"——他确信她会弯下腰，扒开一只眼睑，取下一只几乎隐形的湿润玩意儿放进手掌伸过来，作为解释和证明。

回到海边的房子后，杰克一整天都在卖力写剧本，仿佛要在一个礼拜之内完成似的。在过去一个月左右的时间里，他开始觉得剧本还不赖，事实上还挺好的，它会拍成一部相当不错的电影。那天下午晚些时候，他打电话给卡尔·奥本海默，讨论如何处理一个棘手的场景。这电话并非真的必要，但他想听听吉尔·贾维斯家之外的人的声音。

"你怎么一直没过来啊，杰克？"奥本海默问道，"艾莉想见见你，我也是。"

"嗯，我就是太忙了，卡尔。"

"有女人了？"

"嗯，算是吧。我是说，嗯，是的。有的，但她——"

"带她过来！"

"噢，行，卡尔，我会的。我很快再打给你。只不过现在呢，我想我们算是先分开一阵。事情很——事情太复杂了。"

"噢，老天，作家啊，"奥本海默生气地说，"我真不知道你们这帮家伙到底怎么回事。你们为什么不能像别人一样睡就睡了吗？"

"哎——"几天后，萨莉打电话给他，开口就是这一句，他知道现在他得听一个小时的电话了。"那天早上，当伍迪和基克尔回来时，吉尔去外面的露台上见他们。她让基克尔进屋梳洗，然后对伍迪说：'听着，我要你消失一个礼拜。别问为什么，直接走。我之后再解释。'你能想象一个女人对一个同居三年的男人说这样的话吗？"

"不能。"

"我也不能，但她就是那么说的。我是说，她告诉我她是那么说的。她还对我说：'我不会让任何事妨碍到我现在所拥有的。'她说：'克利夫和我是特别的，萨莉。我们是来真的。我们已经确定了关系，我们……'"

杰克想到，如果他举着电话远离脑袋，萨莉的声音就会降低减弱，只剩下叽里咕噜微弱而模糊的声响，就像一个傻子侏儒的声音一样。那声音空洞而混乱，剥离了所有的嫉妒、自怜和自以为是，然后变成没完没了的细微唠叨，没有任何意义，只是为了消磨他的心神，妨碍他完成当天的工作。他试着把电话那样举了五到十秒钟，却在自己秘密背叛导致的痛苦中畏缩了，便放弃了这个实验，刚好听到她说："……所以听着，杰克。如果我们都同意别喝太多酒，如果我们在各个方面都细心对待彼此，你觉得你愿意——你懂的——你觉得你愿意回来吗？因为我觉得重要的是——重要的是我爱你，我需要你。"

过去几个月里，她说过许多充满爱意的话，但从未说过她"需要"他。他刚下定决心再也不去比弗利山，眼下这句话却让他改变了主意。

"……噢，天呐，"半个小时后，她站在自己房间门口说，"噢，天呐，我真高兴你来了。"她倒在他的怀里。"我再也不会对你态度恶劣了，杰克，"她说，"我保证，保证。因为时间真的所剩无几，我们至少可以善待彼此，是吧？"

"是的。"

他们把房门锁上，以免有人莽撞地闯进来，然后一整个下午使出浑身解数彼此善待和温存。等萨莉房间西侧一长排窗户透进来的光从金黄渐变成绯红、暗蓝，他们才终于起床冲洗，穿上衣服。

没过多久，萨莉又开始说起吉尔的言行这个无休无止的话题。她一边说着，穿着长筒袜的纤瘦双腿一边在地毯上踱来踱去，杰克觉得她从来没有这么漂亮过。不过，他对她说的大部分话充耳不闻，只在似乎合适的停顿地方点点头或摇摇头，通常是在她转过身来，一言不发地瞅着他，期待他附和她的愤懑的时候。他开始只用心听她提到她认为是最糟糕的部分。

"……因为我说真的，杰克，整件事最糟糕的是对基克的影响。吉尔以为他不知道发生了什么，但她真蠢。他知道的。他整天闷闷不乐地在房子里闲荡，看起来憔悴可怜，好像就要——我不晓得。他甚至不让我跟他说话，不让我安慰他，或是好好待他什么的。你知道他前两晚做了什么吗？他一个人骑自行车去伍迪那儿过夜了，就在工作室里。我想吉尔甚至都没发现他不见了，两次都是。"

"嗯，哎，那是——那是太糟糕了。"

"噢，他也恨克利夫，毫无疑问恨他。每次克利夫跟他说话，他都态度冷淡——我不怪他。因为你知道另一件事么，杰克？你一开始对克利夫的看法就是对的，是我错了，就是这样。他不过就是一个超级愚蠢——他就是个蠢蛋。"

按吉尔的吩咐，妮皮在给大人们上晚餐至少一个小时前就让小男孩先吃了。她还在宽敞的餐厅摆了一对银烛台，每个上面插了三根新蜡烛，又把电灯关了，这就让一切沉浸在跳跃的浪漫烛光中。

"这是不是很棒呀？"吉尔问，"我总是忘记蜡烛，我觉得我们应该每天都点。"她的穿着让人想起久已遗忘却值得记忆的东西，或许是她身为南方富庶家庭女儿那段无忧无虑、转瞬即逝的少女时光。她穿了一件看上去昂贵的简约黑色连衣裙，领口低得露出了她娇小坚实的乳房上缘，配了一条单股珍珠项链。她一边拨弄着食物，一边用空着的手紧张兮兮地绕着喉间的项链。

克利夫·迈尔斯喝着威士忌，满脸通红，喜气洋洋的。关于他的工程公司，他笑着说了一件又一件自我标榜的轶事，吉尔对每个故事的回应都是"真厉害"。然后，他说："不是，听着，还有一件事，吉尔，这你一定得听。首先呢，我发现我开高速去上班时最能想明白一些事。不知道为什么会这样，但我学着信任这一点。所以呢，知道我今早想到了什么吗？"他利落地切开他的烤土豆，低下头去闻散发出的腾腾热气，让他的听众们等着。他给土豆上满了黄油和盐，又起一块羊排，咀嚼的时候看起来在兴奋地回想着什么。然后，他嘴里含着肉说："这道开胃菜怎么样？"他把食物咽了下去。"我们实验室里有一种相当高级的工业胶水。你们无法相信。把那玩意儿刷在任何金属表面，你碰一碰，我对天发誓，你的手就拿不下来了。用肥皂和水，用任何一种洗涤剂，用酒精，或者你想用什么用什么吧，都弄不下来。所以，听着。"半块羊排几乎进了他的嘴，但他根本嚼不了，因为他开始哈哈大笑起来。"听着：如果我搞辆小卡车。"他又停下，笑得不能自已，一只手捂住前额，努力镇定下来。他的三个听众中，只有吉尔面带笑容。

"好了，"克利夫·迈尔斯最后说，显然嘴巴里的东西咽下去了，"如果我搞一辆我们公司的厢货车，如果我穿上我们一个司机的制服——他们穿那种米色连体工作服，前面的口袋有公司标志，后背上印着公司名？配上遮阳帽？当然货车上也有公司名字，你们明白我说的么？'迈尔斯'？我就开车过来，带一个铝桶，装满玫瑰——三四十枝红玫瑰吧，要最好的——当然，当我拿出来的时候，我会非常小心地捧着干燥的部分，这样我的手板子就没事了。然后，你那个小朋友伍迪会到露台上看看是怎么回事，我会说：'是斯塔尔先生吗？'我就把那个滑溜溜的、涂上胶水的桶塞进他手里，说：'送花，先生。送给贾维斯太太的花。克利夫·迈尔斯送的。'之后，我就上货车开走，或者我会留那么一小会儿朝他眨眨眼睛，好莱坞的斯塔尔老兄就那么干站着。他就那么干站着，你们明白吗？他可能要花半分钟才明白自己被粘在那个破东西上了，也许再过五到十分钟才意识到自己被骗了，被人耍了，有人跟他开了个大玩笑。我对天发誓，吉尔，我敢赌钱——我敢用钱下赌，那个小孬种再也不会来烦你了。"

在他讲后半段的时候，吉尔看起来喜不自胜，眼下她用双手握着他放在桌上的一只手说："真厉害。噢，真的太厉害了，克利夫。"

他们俩一起哈哈大笑，亮闪闪的眼睛上下打量着彼此。

"吉尔，"过了一会儿，坐在桌子对面的萨莉说，"这只是个玩笑，是吗？"

"嗯，当然是啦，"吉尔没好气地说，像是在责怪一个迟钝的小孩，"这绝对是一个很有创意的恶作剧。克利夫公司的人一直互相恶作剧的——我认为这种愉快的方式能让人挺过生活中诸多的乏味无趣，你不觉得吗？"

"嗯，但我的意思是，你绝不会同意去做那种事的，对吧。"

"噢，我不晓得，"吉尔用一种轻快嘲弄的语气说，"也许会，也许不会。可你不觉得那是个好玩的鬼主意吗？"

"我觉得你疯了。"萨莉对她说。

"啊，我也觉得，"她说的时候俏皮地微微皱了皱鼻子，"我觉得克利夫也是。相爱不就该这样吗？"

那天深夜，当杰克和萨莉两人独处时，她说："我完全不想谈这事。我不想谈，也不愿想，就是这样，行吗？"

当然行。任何时候萨莉不愿谈论或思考吉尔·贾维斯的事，杰克都毫无异议。

第二天晚上，他带她去了一家餐馆吃晚饭，之后去卡尔·奥本海默家做客。

"老天，"当他们沿着海滨公路往马里布高档片区开去时，她说，"我真有点怕见他，你知道吗？"

"为什么？"

"呃，因为是他啊。他是几位杰出——"

"得了，萨莉。他根本没什么'杰出'的。他只是个年仅三十二岁的电影导演。"

"你疯了吧？他出类拔萃。他是这一行两三位顶级导演中的一个。你到底知不知道自己有多幸运能跟他合作？"

"嗯，好吧，不过，他到底知不知道自己有多幸运能跟我合作？"

"天呐，"她说，"你这么狂妄自大，真叫人难以置信。跟我说说：要是你这么厉害，你的衣服怎么破破烂烂的？你的淋浴间里怎么会有蜗牛？啊？你的床怎么透着死人味儿？"

"杰克！"等他们从停车的地方走上那条浓荫遮蔽的长长小道时，卡尔·奥本海默站在自家亮堂的门口喊道。"你就是萨莉，"他热情地挑了挑眉头说，"很高兴认识你。"

她说，认识他也是她的荣幸。他们走进屋，年轻的艾莉丝穿了一条曳地连衣裙，站着微笑地表示欢迎。她看起来很美，踮起脚尖给了杰克一个老朋友的热情轻吻，他希望萨莉注意到了这一点。之后，他们愉快地聊着天走进俯瞰大海的大房间，酒也放在那里，这时艾莉丝又转头对萨莉说："我喜欢你的头发。这颜色是天生的，还是你——"

"没，是天生的，"萨莉告诉他，"我只是挑染了一些。"

"坐下，坐下！"奥本海默命令道，但他自己选择继续站着，或者应该说是走着，在这个宽敞精致的房间里慢慢踱着步子，一只手里端着一大杯波旁威士忌，冰块在杯里叮当作响，另一只手则在说话时夸张地打着手势。他正在讲过去几周的丧气事，说到想努力拍完一部进度远远落后于计划的电影，提到跟里面的明星合作有多么

"不可理喻"——那位演员鼎鼎有名，谈话中单是提到他的名字就能让人洋洋得意了。

"……然后是今天，"他说，"今天，片场的一切都不得不停下——摄影，收音，所有的事情——他把我拉到一个角落，让我坐下，跟我讨论他口中的戏剧理论，还问我熟不熟悉一个名叫萧伯纳的剧作家的作品。你觉得有人会信吗？你觉得在美国有谁会相信那混蛋居然这么蠢？天呐，他今年发现了萧伯纳，三年后还会发现有共产党呢。"

过了一会儿，奥本海默似乎厌烦了自己的独白，一屁股坐在一张厚厚的沙发上休息。他搂着艾莉丝，她则紧紧依偎在他身旁，然后他问萨莉是否也是演员。

"噢，不是，"她立刻说，拂掉大腿上看不见的烟灰屑，"不过，谢了。我其实不做很——我只是——我是个秘书。我在经纪人埃德加·托德手下工作。"

"嗯，咳，我觉得不错，"奥本海默爽朗地说，"我有几个好朋友就是当秘书的。"他像是意识到最后那句话并不完全可信，又赶忙问她为埃德加工作了多久，她喜不喜欢自己的工作，以及她住在哪里。

"我住在比弗利山，"她对他说，"我在一个朋友家里有个套房，很不错。"

"嗯，噢，那——不错，"他说，"我是说，比弗利山很漂亮。"

那天晚上在奥本海默家的最后一个小时左右，杰克发现自己惬意地跟艾莉丝一起坐在吧台前两张皮面高凳子上，吧台占据了房间的一侧。她滔滔不绝地对他讲了她在宾夕法尼亚度过的童年时光，提了让她第一次真正"体验戏剧"的那个夏季专业剧团，谈到让她遇见卡尔的一连串特别幸运的事。她的年轻和美貌让杰克欣喜不已，她这么关注他也让他大喜过望，以至于他只能依稀记起他住这儿时就已经听过了所有的故事。

在房间的另一头，卡尔和萨莉一直在热烈地讨论着什么。杰克几次努力去听，都听不清什么，只有卡尔絮絮叨叨、一本正经的嘟囔声。不过，有一次他听到萨莉说："噢，不，我很喜欢。真的。我从头到尾都喜欢。"

"哎，真是不错啊，"他们离开时，卡尔·奥本海默说，"萨莉，认识你真好，跟你聊天也很愉快。杰克，咱们保持联络。"

之后便是酒醉后晕晕乎乎开车回市里的漫漫长路。约摸二十分钟，车里一片寂静，直到萨莉说："他们算是——拥有了一切，是吧。我是说，他们年轻，他们相爱，大家都知道他是个优秀的男人，所以她有没有才华其实没所谓，因为她反正是个可爱性感的小妖精。在那样一个家里，哪会有什么麻烦事呢？"

"哦，说不准，我能想到好些麻烦事。"

"不过，你知道我挺不喜欢他什么吗？"她说，"我不喜欢他一直追问我对他拍的电影的看法。他提了一部又一部电影，问我有没有看过，然后就问：'那你觉得怎么样？你喜欢吗？'要么他会说：'你不觉得后半部分有点垮了吗？'或是：'你不觉得谁谁谁演女主角有些不合适吗？'说真的，杰克，那不是有点儿太过了吗？"

"为什么？"

"呃，因为我是谁啊？"她摇下半截车窗，把香烟弹到风里，"我的意思是，老天，我到底是谁啊？"

"你什么意思，你是谁？"他说，"我知道你是谁，奥本海默也知道，你自己也知道。你是萨莉·鲍德温。"

"是的，是啊，"她轻声说，脸庞对着漆黑的车窗，"是啊，是啊，是的，是的。"

当他们走进比弗利山的宅邸时，杰克惊讶地发现跟吉尔坐在一起的不是克利夫·迈尔斯，而是伍迪·斯塔尔。他这才想起萨莉跟他提过，克利夫答应离开一两晚，以便吉尔能平心静气地跟伍迪彻底断绝关系。伍迪从沙发上起身跟他们打招呼的模样——沮丧，羞怯，像是要为自己的出现道歉——说明吉尔已经把消息告诉他了。

"呃，嗨，萨莉，"他说，"嗨，杰克。我们只是在——要给你们倒杯酒吗？"

"不用，谢谢，"萨莉对他说，"不过很高兴见到你，伍迪。你怎么样？"

"哦，没什么可抱怨的。工作室没什么生意，但除此以外，我一直——你懂的——不惹麻烦。"

"嗯，不错，"她说，"回见，伍迪。"她面带微笑，领着杰克穿过一件又一件大型皮家具，进入客厅，爬上宽大的楼梯。等她把他们身后的房门关好并锁上之后，她才再次开口说话。"天呐，"她说，"你看到他的脸了吗？"

"嗯，他看起来很不——"

"他看起来像死了一样，"她说，"他看起来像一个生命力尽失的人。"

"嗯，好吧，但你瞧：这是常有的事。女人厌倦了男人，男人厌倦了女人。你不能总是为了那些蹩脚货而让自己一次又一次心碎。"

"嗬，你今晚倒像个老成的哲学家嘛，是不是，"她说着前倾身子，摸到背后解开了连衣裙上的搭扣，"非常成熟，非常睿智——一定是你在奥本海默家的酒吧跟那个不知道姓什么的艾莉丝勾勾搭搭时变成这样的吧。"

然而，不到一个小时，等她大声喊出爱他的话，等他们分开躺着等待入睡时，她不好意思地轻声说："杰克？现在还有多少时间了？两个礼拜？更短吗？"

"哦，我不晓得，宝贝。但我可以待久一点，就为了——"

"就为了什么？"她的尖利劲儿都回来了，"为了我？噢，老天，别，别那么做。你以为我要你卖人情给我么？"

第二天一大早，她把他们的咖啡端进房里，还没在桌子上放稳当，就急不可耐地把她在楼下私厅见到的事告诉他。伍迪·斯塔尔还在那里，躺在沙发上和衣而眠，甚至没盖毛毯或是睡枕头。那事情不就太他妈混蛋了吗？

"为什么？"

"哎，天呐，他为什么不昨天晚上走？"

"或许他想跟那个小男孩告别。"

"噢，"她说，"嗯，是的，我想你是对的。可能是那样。可能是因为基克。"

他们下楼时，瞥见伍迪和基克尔正轻声说话，便立刻退到厨房去跟妮皮闲聊，准备在那里一直躲到基克尔到点去学校。他们不知道的是，吉尔·贾维斯也是后来才想起来，那天学校放假。

"噢，老天，妮皮，"萨莉说着瘫坐在厨房的一张椅子上，"我今天真不想去上班。"

"那就别去了，"妮皮说，"知道吗，萨莉？我在这宅子里干了这么久，没见你休息过一天。听着，那间旧办公室偶尔离了你也能正常运转。你和菲尔兹先生今天干吗不去做点好玩的事呢？找个好地方吃午餐，看场好电影什么的，或者开车去兜风，外面天气不错。你们可以往南开去圣胡安-卡皮斯特拉诺¹，或是类似的好地方。你们知道人们在歌里是怎么唱燕子飞回卡皮斯特拉诺的么？嗯，要是我没记错的话，就是一年当中的这会儿。你们可以去那儿看看燕子回归什么的，那不是很棒吗？"

"啊，我不晓得，妮皮，"萨莉说，"那是很棒，但我想我至少要去办公室露个脸，不然埃德加会忙疯的。事实上，我差不多晚了十五分钟了。"

终于离开厨房后——那时萨莉说进私厅是"安全的"——他们如释重负地发现只剩他们俩。经过壁炉时，杰克也发现那幅黑色天鹅绒小丑画已经从上面取下来了。可就在那时，透过洒满阳光的落地玻璃门格，他们看见伍迪和基克尔站在外头泳池露台上，紧紧挨在一起，仍在说话。

"噢，他为什么不干脆一点离开呢？"萨莉说，"谁告别要花那么久？"

1　美国加利福尼亚州橙郡下属的一个城市。

在伍迪·斯塔尔身旁，他的行李在露台上摊了一堆：一只军用旧行李袋，可能是他当商船船员时用过的，一个行李箱，几只装得满满当当的纸质购物袋，上面印着醒目的百货商店广告，用棕色细绳紧紧捆牢。他弯腰把东西匀开，然后跟基克尔把所有东西从露台上搬下去，装进他的车里。接着，他们又走回来，伍迪搂着小男孩的肩膀，走到宅子前面，进行最后的告别。

杰克和萨莉远远地退回私厅，以免被他们发现。他们看着伍迪·斯塔尔用双臂搂住小男孩，又突然依依不舍地将他紧紧抱住。之后，伍迪便转身离开了，基克尔则匆匆往家走。然而，基克尔停了下来，转过身去，这时他们看清是什么吸引了他的注意：一辆快速开上行车道的米色送货小卡车，车身一侧用褐色字印着"迈尔斯"。

"噢，我看不下去了，"萨莉说道，感到无力，将脸贴着杰克的衬衫，"我受不了了。"

伍迪站在露台上等着，卡车在离他几码远的地方停了下来。克利夫·迈尔斯下车走进阳光里，满脸通红，带着不自然的浅笑。他穿了一件连体工作服，尺寸对他而言小了好几码。他快步绕到车后，拿出一只闪闪发亮的金属桶，里面装满了一大捧晃晃悠悠的玫瑰花。他把桶拿到伍迪·斯塔尔跟前，一把塞进他的手里。克利夫在做这些时，似乎一直在说话——事实上，自他出现，他似乎一直在絮絮叨叨、胡言乱语地说着什么，像是突然迫于尴尬不得不如此——可等那桶玫瑰一到伍迪手里，他就闭嘴了。他异常笔直地站着，两根手指碰了碰干净的帽舌，然后双腿僵硬地逃回卡车那里，那样子几乎肯定比他原本盘算的更迅速、更笨拙。

基克尔全都看见了。他走回露台，跟伍迪站在一起。伍迪蹲下身子，想把桶放下来。这时，他们都围着桶蹲下，两人凑在一起商量。

"没事了，宝贝，"杰克贴着萨莉的头发说，"现在没事了。他走了。"

"我知道，"她说，"我全看到了。"

"嗯，哎：你觉得咱们能在家里找着什么弄开他的手吗？妮皮能找着什么东西吗？"

"不过找什么呢？某种洗涤剂或溶剂什么的？"

但没必要在家里找什么东西了。一两分钟后，伍迪和基克尔一起端着那桶艳丽的玫瑰走开了，杰克·菲尔兹跟了过去，与他们保持着远远的距离。他们走进大车库的遮阴处，基克尔小心翼翼地提着一只五加仑[1]油罐往桶壁和伍迪手上倒汽油，直到伍迪的手松脱开来。就这么解决了。然后，基克尔用他的鞋后跟对着桶猛踢了一下，使它丁零哐啷地滚过车库地面，重重地撞在墙上。等胶水干透不会再伤人，等玫瑰枯萎许久之后，那个桶仍会一直留在那里。

艾伦·B.（"基克尔"）贾维斯被一所他母亲说是西部最好的男子寄宿学校录取了，他几乎立刻离家搬去那边住了。

那周晚些时候，吉尔和克利夫去拉斯维加斯结了婚——她说她

---

1 美制一加仑约合三点七六升。

一直渴望在那座城市其中一座"可爱的"小教堂里举办婚礼。当他们离开洛杉矶时，他们的蜜月计划还没确定：他们还没决定是去棕榈泉一个月呢，还是去维京群岛一个月，或是去法国和意大利待一个月。"要不然，"吉尔向萨莉吐露，"或许我们会说，管它的呢，花上三个月，把所有地方都去一遍。"

杰克·菲尔兹的剧本完成后，经历了收稿、争论、再次完成、再次收稿的过程。之后，卡尔·奥本海默热情地跟他握手。"我想我们能拍出一部电影的，杰克，"他说，"我想我们能拍出一部电影的。"艾莉丝起身亲切地轻轻吻了一下杰克。

他和女儿们在电话里愉快地聊了很久，提及很快将在纽约一起度过美好的时光，还花了一天时间给她们买礼物。在萨莉的参谋下，他还在洛杉矶布鲁克斯兄弟门店买了两身新西装，以便看起来像是衣锦还乡。此外，在萨莉的建议下（他暗暗心疼了一下钱），他买了夸脱瓶装的白兰地、波旁威士忌、苏格兰威士忌和伏特加，让人全部包装好了放进礼盒送去吉尔家，另附一张措辞讲究的简短便笺，感谢她的"盛情款待"。

退掉海边别墅后，他和萨莉往南开到圣迭戈，在附近一家海滨汽车旅馆一起度过了四天的长周末假期。是萨莉推荐了那家汽车旅馆，说是"很棒"。他本想问问她是何时与何人在一起时知道那家旅馆很棒的，但时间所剩无几，他清楚最好还是别问了。

回洛杉矶的路上，他们在圣胡安-卡皮斯特拉诺的传教堂停了一下，跟许多其他慢慢晃悠的热情游客一起，在那里来回踱着，但压根儿没看见燕子。

"看来今年它们全都飞走了，"萨莉说，"并没有飞回来。"

这让杰克有了一个似乎很有趣的想法。当他们再次回到汽车边上，他像演员一样敏捷地从她身旁退到路边的草丛中。他知道自己穿了一身新衣服看起来不错，他也一直能唱上几句，或者说至少能假装唱几句。"喂，听着，宝贝，"他说，"瞧瞧这个?"他笔直地站着，像个低吟歌手一般唱起来，双臂从身子两侧微微抬起，摊开双掌，以示诚意。

当燕子从卡皮斯特拉诺飞去，

那时我便要离你而去……

"噢，真感人，"还没等他唱下一句，萨莉便说，"真叫人惊叹，杰克。你真的很有幽默感，你知道吗?"

在一起的最后一个晚上，他们坐在埃德加·托德向他们郑重承诺是洛杉矶最好的餐厅里。她拨弄着她的皇家蟹肉，看起来郁郁寡欢。"这有点傻，是不是?"她说，"你再过几个小时就要上飞机了，却在这里花这么一大笔钱?"

"我不觉得傻，我觉得还挺好的。"他也想到，在这种时候，这或许也是 F. S. 菲茨杰拉德会做的事，但他没说出口。这些年，他尽量不让任何人知道他对菲茨杰拉德有多痴迷，但一个纽约女孩曾发现了这一点，戏谑嘲弄地问了他一连串问题，让他藏无可藏。

"哦，好吧，"萨莉说，"我们就坐在这儿，优雅风趣，又带着感伤，每个人各抽四十五支香烟。"但她的讽刺并不真的让人信服，因为那天下午在办公室跟他见面时，她穿了一件看起来昂贵的蓝色新连衣裙，他敢肯定她买来一定是希望能被带到这样的场合。

"我不会忘记你这条裙子的，"他对她说，"我觉得这算得上是我见过最美的裙子了。"

"谢谢，"她说，"我很高兴买了它。也许能帮我钓到下一个冒冒失失来电影之都闯荡的冒牌 F. S. 菲茨杰拉德呢。"

开车送她回比弗利山的家时，他不顾危险瞥了她两三眼，高兴地发现她面色平静，若有所思。

"认真想想，我猜我一直过着无所作为、漫无目的的生活。"她过了一会儿又说："努力打工念完大学，却从来没有好好利用，从没做什么能让自己骄傲或是哪怕享受的事，甚至在有机会领养一个孩子时也没去做。"

在灯火辉煌的城市里又开了几英里后，她靠近他，用双手摩挲着他的手臂。"杰克？"她害羞地问道，"那不只是在开玩笑，是吗？就是我们可以给彼此写一大堆信，偶尔打打电话？"

"哎，萨莉。我为什么要开那样的玩笑？"

他把她送到泳池露台平缓的台阶前，他们下车道别：他们一起坐在低处的台阶上，像孩子一般别扭地亲吻彼此。

"嗯，好了，"她说，"再见。你知道一件有趣的事吗？我们其实一直都在告别，从我第一次跟你出去时就开始了。我的意思是，我们一直都知道时间不多，所以打从一开始，我们就时时在告别，对吧？"

"我想是吧。无论如何，听着：保重，宝贝。"

他们尴尬地快速站起来，他看着她走上露台——那个女孩身材高挑，动作轻盈，有一头奇怪的灰白头发，穿着一条他见过的最美的连衣裙。

他刚开始往汽车那边走，就听到她在喊："杰克！杰克！"

她又咔嗒咔嗒走下台阶，扑进他的怀里。"噢，等等，"她气喘吁吁地说，"听着，我忘记跟你说了。你知道那件我一整个夏天都在给基克尔织的厚毛衣吧？嗯，我说谎了——我很确信我只对你说了这么一个谎话。那原本就不是给基克尔的，而是给你的。我拿在你那儿找到的唯一一件破毛衣量了尺寸，原计划是在你离开前织完的，可现在已经太迟了。但我会织完的，杰克，我发誓。我每天都会织的，之后寄给你，好吗？"

他似乎用尽全力紧紧抱住她，感觉着她颤抖的身体，然后贴着她的头发说，他收到会非常、非常高兴。

"噢，天呐，我希望会合身，"她说，"穿上它——健健康康地穿着它，好吗？"

她又快步往门口走去，在那里转身挥手，用空着的手迅速擦了擦眼睛，擦完了一边又擦另一边。

她进屋之后，他仍站在那里看着，直到一个又一个房间里的高大落地窗往黑暗中倏地投下光亮。然后，随着萨莉不断进入这座她一向喜欢、或许会永远喜欢的宅邸深处，更多的灯亮了起来，更多的房间也亮了起来。此时此刻，她第一次拥有了这座宅邸，至少有那么一小会儿，它只属于她一个人。

RICHARD YATES
Liars in Love
Copyright © 1978，1980，1981，Richard Yates
Simplified Chinese Edition Copyright © 2021
SHANGHAI TRANSLATION PUBLISHING HOUSE（STPH）
All Rights Reserved.

图字：09‐2011‐099 号

图书在版编目(CIP)数据

恋爱中的骗子/(美)理查德·耶茨
(Richard Yates)著；麦宁译. —上海：上海译文出
版社，2020. 11
（理查德·耶茨文集）
书名原文：Liars in Love
ISBN 978‐7‐5327‐8573‐5

Ⅰ.①恋⋯　Ⅱ.①理⋯②麦⋯　Ⅲ.①短篇小说—小
说集—美国—现代　Ⅳ.①I712.45

中国版本图书馆 CIP 数据核字(2021)第 227645 号

恋爱中的骗子
［美］理查德·耶茨　著　麦　宁　译
责任编辑/赵　婧　装帧设计/好谢翔

上海译文出版社有限公司出版、发行
网址：www. yiwen. com. cn
201101　上海市闵行区号景路 159 弄 B 座
苏州市越洋印刷有限公司印刷

开本 890×1240　1/32　印张 8.5　插页 5　字数 136,000
2022 年 1 月第 1 版　2022 年 1 月第 1 次印刷
印数：0,001—5,000 册

ISBN 978‐7‐5327‐8573‐5/I·5282
定价：75.00 元